ミーツ・ザ・ワールド

金原ひとみ

集英社文庫

ミーツ・ザ・ワールド

歩けない。歩けなかった。人生の中で自分の意思で歩けないという記憶がなくて、今自分が歩けないことが恐ろしくて仕方ない。しゃがみ込んでいた体から力が抜け、尻を地面につけた瞬間もうここで死ぬのかもしれないと思う。私はこんなところで、こんなに惨めな気持ちのまま、こんなになす術《すべ》もなく処女のまま死んでいくのか。そう思った瞬間涙が溢《あふ》れた。トモサン助けて。手を伸ばせない相手への思いだけが体に渦巻いている。悲しかった。身体《からだ》中の感覚が鈍って、血の気が引いて、猛烈に気持ち悪くて、手が震えていて、さっきまで食べていた熟成肉が溢れ出しそうなのに、ただただ悲しかった。つまらない人生だった。我が人生をそう締めくくると、涙がアスファルトを濡《ぬ》らした。

「救急車呼んだ方がいい感じ？」

頭上からかけられた言葉に顔を上げた瞬間、ぐっと肉がこみ上げたのが分かった。ふらついているサラリーマン、バカみたいに騒いでいる大学生、何だかよく分からない若い女とおじさんのカップル、時間感覚を喪失した蟬《せみ》の鳴き声、輝くネオンにドブの臭《にお》い。

子供の頃、くるくると回しながらレンズを覗《のぞ》き込むと世界がキラキラに見える筒状のおもちゃを持っていたのを思い出す。今私の世界はあの時のキラキラだけが損なわれ、ただ不明瞭にぐるぐる回っている。それでも一点だけ動かないその中心に、怪訝《けげん》そうな美しい顔があった。

「……うわあ」

「大丈夫？」

「綺麗《きれい》な人」

「ありがとう」

「あなたみたいになりたかった」

「まあ三百万あればあんたでもなれるんじゃない？」

「三百……？」

三百万が目の前にあるような気がして、その三百枚の紙幣に触れてきた人々の手から一枚一枚の紙幣に移った皮脂が自分に塗りたくられた気がして黙り込んだ次の瞬間、思い切り嘔吐《おうと》した。予想外の勢いの嘔吐に、腕から手にかけて吐瀉物《としゃぶつ》にまみれたのが分かる。肉の脂の臭い胃液の臭い無理して飲んでいたカシスオレンジの甘味酸味飲みに行く前に酔い防止のために飲んだ二百ミリリットルの牛乳の生臭さ。それらのミックスは最高に臭くて自分のゲロ臭に思わず顔をしかめる。うわ、と一言彼女の引いた声が聞こえた。喉の奥に詰まっていたそんなあれこれが蓋になっていたかのように、嘔吐の後にはとめどなく涙が流れた。ぼろぼろという音が聞こえそうなほど勢いよく大きな滴が目から垂れる。

「あなたみたいになりたかった。あなたみたいに生きたかった。あなたみたいな顔に生まれたかった」

最後には「くそう」と久しぶりに口にする罵倒の言葉が溢《こぼ》れた。大声で泣き喚《わめ》けたらいいのに。そう思いながら肩を震わせうっ、うっ、と呻《うめ》いていると彼女はポケットティッシュを投げてよこした。

「三百万あげようか?」

怒りの色を込めて彼女を見上げるけれど、涙は止まらないままだった。

「あんたが私の顔になって私になったらいい」

新宿の片隅でゲロと涙まみれの私は、このままマグロ漁船に乗せられても臓器売買されてもレイプされても構わないという気分のまま彼女に手を取られマンションに連れていかれた。別に私の処女は後生大事に守り抜いたものではないし、何ならセックスしてみたいなあとぼんやり思いながらもあらゆるそういう類《たぐい》の可能性から切り離された人生を生きてきたために肥大してしまった、目の上のたんこぶのようなものなのだ。玄関に入ってすぐのバスルームに押し込められた私の目に入ったのはバカみたいに可愛《かわい》いシャンプーやボディソープの陳列されたバスタブで、とにかくただただこの汚さと醜さの極地にいる自分にまとわりつくものを全て洗い流すことに集中した。このお風呂場を出た後にレイプされても自分は何とも思わないだろう、そう考える程度には自分は汚れきっていて、自尊心も喪失していて、ひりつく喉にシャワーからのお湯を流し込んだ。お酒を飲み始める前に飲んでいた牛乳まで吐いたおかげでお酒は随分抜け、もうすっかり視界は回らなくなっていてホッとする。何の匂いなのか想像もつかないほど甘くて華やかな香りのシャンプーで髪を洗い、何語なのかよく分からないボトルの裏のラベルを読み漁《あさ》ってやっとボディソープを見つけると、やっぱりそれも信じられないほどいい匂いがした。目もくらむほどの幸せの国のお姫様だ。どこか異国の地のお城の最上階にいるんだろうと想像していたお姫様は、こんなところに、歌舞伎町《かぶきちょう》から徒歩圏内に住んでいたのだ。

毛足が長く手触りが良いのにやけにピタピタと肌にひっついて不快なバスタオルに体を包んだまま、ゲロで辺りを汚さないよう気をつけて畳んだゲロまみれの服を前に途方に暮れていると、急にドアが開いて「これ」という一言と共にショートパンツとキャミソールのセットが投げ込まれた。アイボリー地にパステルグリーンのギンガムチェックに花柄がちりばめられたあまりにも自分に不似合いなセットを身につけて鏡に向かうと、似合わなさとぱつんぱつん具合に思わず苦笑が溢れた。この姿を人前に晒《さら》すのは犯罪行為に等しいと分かってはいたけどそれ以外に選択肢はないのだから仕方なかった。おずおずとお風呂場を出て光の漏れるリビングのドアを開けると、ソファの上にちょこんと座っていた彼女がスマホから私に視線をやり、「似合わないな」と無表情のまま言った。

「ていうか何ですかこれ」

「これ？」

「これはやばいですよ」

「何が？」

「こんなんじゃ死にますよ」

「私死ぬよ」

「いや、そりゃもちろん人は誰しも死にますけど、これはやばいですよ。えー、初めて見たこんなの。本当に存在するんですねこういうのって」

　言っている途中で目の前をコバエが飛び手で振り払う。そういえばバスタオルもやけにカビ臭かったしお姫様のバスルームなのだからと見て見ぬふりをしていたけどお風呂場もそこかしこヌルヌルしていた。部屋のどこからかは分からないけど確実に腐敗臭がする。足の踏み場もないとはこのことだった。彼女がソファにちょこんと座っていたのはただの消極的選択で、ソファしか腰を落ち着けられる場所がないのだ。

「駄目だよこれは駄目。本当にこんな生活してたらあなた死んじゃうよ」

「だから私死ぬんだって」

「え、あなたもしかして何か病気なんですか？　余命宣告されてるとか？」

「病気じゃないよ。これはギフト。私はギフテッドなの」

「それって、なんか特殊能力的なあれですか？　ギフテッドって天才児のこととかいうんですよね？」

「私にはこの世から消えるための高度な才能が与えられてる」

「あれ？　なんかちょっと混乱してきた。美人でもこういう人っているんですね。カルチャーショックです」

「そうやって見た目でレッテル貼るの良くないよ。あんたさっきもあなたみたいに生きたかったたって言ってたけど、私の人生の何があんたに分かるの？」

「まあ、少なくとも男に苦労したことがないってことは分かります」

「あんただって男に苦労する余地なんてないんじゃない？」

「よく分かりましたね。そうなんですよ私も苦労したことないんです。柱の陰から隠れて男の子を見てたことはあっても告白しようかどうか悩んだことはありません。相手を困らせるだけですからね」

「冷蔵庫に水あるから飲みな。これからはお酒飲む時チェイサー頼むんだよ」

平然と話を断ち切った彼女はキッチンを指差したけど、無事にそこにたどり着ける気がしない。足元に落ちている服をかき集め、その服の隙間から空き缶やペットボトルをより分けていく。一歩進むごとに分別して、よく分からない雑貨みたいなものとか紙類とかはまた別の場所により分ける。

「あの、ゴミ袋ってあります？」

「いいのいいの。そのままにしといて」

「いや、このままじゃ冷蔵庫にたどり着けないんです」

「大丈夫だよ色々踏んでっていいから」

いやいや駄目ですよそんなことしたら足が血まみれになるかも、そう言いながら適当に見つけた二つのコンビニ袋にペットボトルと空き缶を放り込んでいく。服は部屋の隅にぽいぽい放り投げ、その他雑貨的なものはローテーブル周辺にまとめる。ようやく三メートルの距離分仕分けを終えると、私は冷蔵庫を開けてまた絶句する。

「何ですかこれ何があったんですか？　めちゃくちゃ怖いんですけど」

「醤油《しょうゆ》かな」

どうぶちまけたらこんな風に汚せるのか、冷蔵庫の棚という棚に茶色いべとべとしたが付着していて、いやこれ醤油じゃないですよこんなベタベタしてるの絶対醤油じゃないです醤油ならもっとばりばりになりますと喚き立てると、じゃあ、焼肉のタレとかかなと彼女はスマホに視線を落としたまま言った。一本もらいますと呟《つぶや》き、私はミネラルウォーターを取り出して一気に半分ほど飲み込んだ。またどこからともなく腐敗臭がして思わず眉間に皺《しわ》が寄る。

「あの、今更ですけど、お名前何ていうんですか？」

「しかのらい」

「しかのらい？」

「動物の鹿に野原の野、ライはちょっと難しい字だから分からないと思う」

「本名ですか？」

「うん。惜しいよね馬って字が入ってればバカのウソって名前だったのにね」

馬鹿野ライ、という字面が頭に浮かび、そんな馬鹿げた名前ないだろうと思うけど、鹿野馬ライだったらあり得なくはないかもしれない。シカノバ、あるいはシカノマ。考えているうちに嘘《うそ》みたいに奇妙な彼女に鹿野ライという名前はあまりにしっくりきている気がして思わず笑ってしまう。

「私、三ツ橋由嘉里《みつはしゆかり》です。めちゃくちゃ画数多いんです」

「ふうん。私さっきあんたがゲロ吐いたところから二十メートルくらいのところにあるキャバで働いてるの。あんたは？」

「銀行員です。毎日毎日金勘定ばっかしてます。この間二十七になって婚活を始めました」

「ふうん。婚活かあ。死ぬ前に私も一回やってみようかな」

同僚の女の子に言われたらカッとしたかもしれない。でも鹿野ライに言われると何とも思わなかった。本当にただただ何の感情も湧かない。無だった。この人何も考えてないんだろうなとしか思わない。でも実際のところどうなのだろう。私はこれまで五回参加してきた腐女子にも理解がある系の婚活パーティの様子を思い出す。可愛い女の子たちは各回に数人いた。彼女たちはとても人気があった。でもこの鹿野ライがそんなにモテるとも思えない。ゴミ屋敷の住人だし、美人だけど意外なレベルで話が一方通行。クラブで踊っていれば引く手あまただろうが、婚活パーティに来るような男が好むタイプとは思えない。まあそんなこと、腐女子にも理解がある系の婚活パーティに五回参加して収穫は二人の男との連絡先の交換だけで一度のデートにすら発展しなかった私に分析されたくもないだろうが。

「私さっき合コン行ったんですよ。人生で二回目の合コンでした」

「へえ。いい男いた？」

「いや……いい出会いがあった女が路上でゲロ吐いてると思います？　最悪ですよ奴《やつ》ら、人のこと馬鹿にして、いや馬鹿にするなんてもんじゃなくて、いじめでもリンチでもないですよ、にやにやへらへら笑って、腫れものに触るみたいな態度で、内心小馬鹿にしてるくせに気遣いの嵐ですよ。そうやって真綿で人の首ぐいぐい絞めて、マウントしてボコボコにしてタンポンみたいにポイですよ！」

ねえ行こうよー絶対後悔させないよー。ふわふわ系女子高藤恵美《たかとうえみ》がそう誘ってきたのは大手パソコンメーカーとの合コンで、大学時代から付き合っている年下エリートイケメンの彼氏が関西にいて遠距離恋愛をしているという噂《うわさ》の彼女は「婚活パーティより絶対質いいから」と一瞬だけふわふわを解除して声を低くして言った。私が婚活パーティに参加したことを知っているのは、職場で唯一事故的に「ミート・イズ・マイン」の話をしたことのある邦丘穂積《くにおかほづみ》だけで、何で穂積が高藤恵美にそんな話をしているのか、そしてだとしたら「ミート・イズ・マイン」の話もしているのではないだろうかもし聞いていたとしてもその話には絶対に触れないで！　という焦りの中で前のめりに行きますと口走ってしまったのだ。

現場には恵美とその取り巻きの一軍が二人、もう一人私が誘われたのと同じ目的で誘われたらしき二軍の女の子がいた。その子は恵美が前にいた支店の同僚のようで、私は初対面だったけど他の子たちとは合コン仲間なのか顔見知りのようだった。

当然、一軍の中でも群を抜いて可愛い恵美はモテる。合コンで率先してサラダを取り分ける女が良いだの悪いだのと一時期Xで議論が巻き起こっていたが、恵美に至っては「私はアボカドくんとエビちゃんを分け分けするんで、荒川《あらかわ》さんはロメインレタスさんを分け分けしてくださーい」と、二つのトングの内の一つをお気に入りらしき隣の男に手渡し二人でエビとアボカドのサラダを取り分けるという共同作業を開始十分で実現させていた。恵美が荒川さんに狙いを定めたことを悟った男たちは、それでも恵美を攻めていく陣営と、恵美以外の一軍を攻めていく陣営とに分かれたが、しかし一軍は三人しかいない。当然私たち二軍は引き立て役でしかないということは端《はな》から分かっていたから、私は鋼の心で恵美から課せられた「とにかく数を合わせろでしゃばりにも卑屈にもなるな」という無言の要求を受け入れていた。しかしもう一人の彼女は違ったのだ。彼女は途中から一軍を蹴落としたいという破滅衝動に駆られたのか、あるいは彼女たちへの恨みでもあったのか、恵美ちゃんってこの間話した時彼氏いましたよね？　だの、あれ麗香《れいか》さん枯れ専って言ってませんでした？　と唐突に爆弾を投下し始めたのだ。突然の謀反にも慣れた様子の一軍たちは全く動じることなく「あぁちょっと前に別れちゃったの」とか「渋い男の人が好きなだけだよー」と無難にやり過ごしていてすごいなあと感心していると、何故《なぜ》か初対面のはずの彼女に「そういえば由嘉里さんって腐女子なんですよね？」と振られて時が止まった。荒川さんの隣でルンルンしている恵美が一瞬唇の端を凍らせたのを見て、そりゃそうだよね彼女くらいしか吹聴する人いないもんねと納得していると、ふじょし、って、女の厨二病《ちゅうにびょう》みたいなやつだっけ？　と男の内の一人が多分本気で聞いた。

時が止まったテーブル席で、その日初めて皆の注目を浴びながら、腐女子って微妙なラインだよなあと改めて思う。これがLGBTQなら立派なアウティングだし、そもそもヘテロだって同性愛者だってアセクシャルだって、人に自分の性的指向を暴露されるべきじゃない。でも腐女子の暴露には未《いま》だネタ感がある。腐女子といっても究極一人一派で解釈はさまざまだが、とはいえそれなりにうまく付き合っている腐女子仲間もそれなりにはいる。でも職場では隠している。親は勘づいているだろうが言及してこないので何も話していない。こうして合コンや婚活パーティに参加しながらも、三次元の男と恋愛するということに現実味はない。そして屈辱的なことに、私たちは「三次元の男が言い寄りさえすれば簡単に落ちて三次元の男とリアルな恋愛をする生き物」としてしか捉えられていない。実際に腐女子仲間だった友達が向こう側の世界に離脱していくのを私自身何度も見てきた。私はもう現実の男はいいのと公言していた友達らがある日突然実は彼氏ができて、でも私はこれからもずっとミート・イズ・マイン推し続けるから！と言いながらみるみるイベントや観劇参戦が減り連絡頻度が少なくなり完全に途切れたかと思ったら結婚だの妊娠だの出産だのの報告をSNSで目にするという現象を何度も経験してきた。二十歳前後の頃にはそれなりにいた腐友がもはやほとんど結婚かリアル恋愛を始めこっち界隈《かいわい》の話をする機会が少なくなったことが私が婚活を始めた理由の一つでもあって、いわば私の婚活は、三次元の男とのリアルな恋愛がうまくいけば自分は二次元なしでも人生に充足できる生き物なのかを確かめるための活動でもあるのだ。

「ちょっとごめんだけど」

鹿野ライは怪訝そうな表情で手を挙げ私の話を遮った。

「はい？」

「さっきからちょいちょい出てくるミート・イズ・マインってなに？」

「しがらみのない人なんで引かれるのを承知で言いますけど、『ミート・イズ・マイン』は焼肉漫画なんですそれぞれの焼肉の部位がイケメンに擬人化してミノくんとかトモサンとかカイノミンとかがライバル心と仲間意識と自尊心とコンプレックスとの間でゆるっと仲良くしたり仲違《なかたが》いしたりする日常系焼肉漫画なんです。ちなみに、物心ついた頃から頑なな攻め厨である私の推しはトモサンです。一頭につき二キロほどしか取れない希少部位です」

「ああ、そういうやつね。キャバにも結構腐女子いるよ。イケメンの出てくるアプリにハマってる子とか意外と多くて」

「そうなんですよオタ活は出費がかさむんで、意外とキャバとか、昼職で夜掛け持ちって子も多いんです」

「トモサンって、トモサンカク？」

「そうですトモサンカクってモモのシンタマと呼ばれる部分なんですけど、シンタマにも何種類かあるんですね。シンシンとかカメノコって聞いたことあります？　そのシンシンとカメノコとの関係性がまた複雑なんですよ。トモサンは最近知名度も人気も上がってる希少部位なんです。面白いのが正肉系と内臓系っていう普段は仲良くやってるグループが、何かというとお前はどうせ正肉だから、っていう羨《うらや》みがあったり、逆に正肉から内臓系に対してはツウ好みってことでアイドルがサブカルに抱くような憧れがあったり、更にその正肉の中でもロース、バラ、モモ、っていう愛憎にまみれた三大グループがあったりして、私の推しカプはトモサンとウルテで、ウルテっていうのは気管の軟骨なんですけどめちゃくちゃ硬い部位なんですね。すごく硬いから焼肉では包丁で格子状に切れ込みを入れて出されるんです。かつ、ほとんど味がないんですよ。彼は塩顔でとてつもなくクールで堅い性格なんです。それで自分の人気に無自覚な天使系トモサンが超絶堅物のウルテの心をいつの間にかほぐしてしまうっていうのがまあ、公式のミート・イズ・マインではトモサンとウルテの絡みはほとんどないんですけど私の理想のシチュです」

「ふうん。トモサンってこれか。イケメンじゃん」

鹿野ライはスマホをスクロールしながら呟いた。あっ待ってくださいどうせなら私のトモサンフォルダ見てください尊い画像たくさんありますからと足でゴミを掻《か》き分けながらソファに移動してスマホを差し出す。へーかっこいいじゃん、ウルテっていうののフォルダはないの？　と聞く鹿野ライにもちろんございますともと言いながらスマホを奪い取りウルテフォルダを開いて差し出す。へえどっちも超イケメンじゃんと言いながら鹿野ライはもったいない速さでスクロールしていく。

　このミート・イズ・マインには四天王がいてですね、王子系、マッチョ系、中性系、情熱系の四人、ヒレ様、サガリッチ、ターン、カルビンの四人なんですけどね、彼ら四人が焼肉フェスに出た時の記者会見の様子がもう尊いんで入門編にもなるのでちょっともしよければ読んで欲しいんですけどと言いながらスマホを奪いその回の全ページをスキャンして保存したクラウドにアクセスしようとした時、「あ、それで合コンでこのミート・イズ・マインが好きだって話になったんだよね？」と彼女は突然推しトークをぶった切り、私はアクセスしかけていた手を止め「違います。ただ単に腐女子だってバラされたんです」と呟いた。

　腐女子発言が出た途端私たちのテーブルにはざわざわと不穏な空気が漂い、腐女子という言葉の意味を知る者と知らない者との間に探り合いの視線が交わされ、この話をどう持っていったらいいのか分からないという動揺と戸惑い、憐憫《れんびん》と嘲り、あらゆるものの中で「まあ今はいろんな趣味の人がいるからね」という多様性と個性を認めた現代的とも言えるが基本的には無意味かつ無責任な言葉を吐いた恵美とそれに同調する腐女子という言葉を知る者もの。何となく触れてはならない話題なのだろうと勘づきそれはそうだよ趣味は人それぞれ、と同調する腐女子という言葉を知らない者もの。まあいいでしょう今日はこのくらいにしておきましょうという表情の嵐を引き起こした張本人。

うわキモッ、こいつ変態だぞ。高校の頃腐友と交換して読んでいた同人誌が見つかって、本気で引いた表情で大声を上げた同級生男子に対しても殺してやりたいと思ったけど、今日ああしてそれぞれ大人として気を遣いそれぞれ配慮してくれたあの人たちにも同じくらい腹が立った。「じゃあさ恵美ちゃんは何か人に言えない趣味とかある？」俺空気読めるんだぜドヤ顔の荒川さんが恵美に振ると、恵美は「ありますよー」とニヤニヤして言い、なになにーと皆にニヤニヤと返されると「仕事でストレス溜《た》まった時、ネットショッピングしまくっちゃうんです！」と両頬を両手で覆って言った。言ってるし。心の中で突っ込みながら、私はカシスオレンジを飲み干した。思えば、高校の頃そうして心ない男子にからかわれたことはあったけど、だからと言ってその後いじめに遭ったりすることもなく、周囲から少し距離を取られつつもクラスのイベントには普通に参加していたし、先生の二人組作れ令が出ても慌てず腐友や地味めな子と組めたし特に孤立しているというほどでもなく、大して思い悩んだり思いつめたりすることなく生きてこれた。そして今もそうなのだ。誰しもが私に気を遣い、内心小馬鹿にされたり嘲られながら、何となく数合わせで合コンなんかにも参加しちゃったりしながら生きてしまえている。今だって婚活で空気扱いされる連続でもまあ当然だよねと割り切って、その割り切れる自分を残念に思うことはあっても、未だ現実の男から傷つけられたことはない。

つまり私の悩み苦しみは、完全に一人相撲ということだ。それはそれで残念な事実ではあるけれど、むしろどんなに苦しんでも悩んでも、一人で土俵に上がり一人で相撲を取っているという事実の前では滑稽にしかならないので無意識的にそういう自分を感知しないようにしている向きもなくはない。

「はい。はーい」

「はい。ライさん」

「何ていうか私から見るとあんたは周囲に恵まれててすごく幸せな奴だと思うんですけど」

「はあ？　マジで言ってます？　私みたいな女捕まえて体《てい》のいい数合わせ引き立て役押し付ける同僚と私をダシにして場を盛り下げる女とそれらに対してニヤニヤする奴らの中で酔いつぶれて、歌舞伎町の真ん中で捨てられてゲロ吐いてたんですよ？」

「酔っ払った時見捨てるのって別に拒絶じゃないんだよ。知ってる人だと逆に助け求められなかったりするでしょ？　それに歌舞伎町には常に警察が巡回してるから急アルで死ぬ可能性は他のどの場所よりも低いんだよ」

鹿野ライは晴れやかな笑顔で我が街歌舞伎町を誇るように言う。

「あ、なんかライさんはすごくポジティブなんですね。私は急性アルコール中毒になってたら助けるのが友達だと思いますけど」

「えっ、その職場の人たちと友達なの？」

「いや、まあ友達では、ないですね」

「じゃあ別に、助けなくても責めることじゃないよね？」

「……そうだけど」

「後ろ向きに考えることじゃないよ。由嘉里は同僚たちと同僚レベルでうまくやってて、その上夢中になれる趣味があるんじゃん」

「まあ、そうですけど」

「むしろどうして婚活なんてするの？」

「だって！　孤独だし、このまま一人で仕事と趣味だけで生きていくなんて憂鬱です。最近母親の結婚しろアピールがウザいし、それに、笑わないで欲しいんですけど、子供だっていつかは欲しいって思ってます」

「仕事と趣味があるのに憂鬱なの？　ていうか男で孤独が解消されると思ってんの？　なんかあんた恋愛に過度な幻想抱いてない？」

「私は男の人と付き合ったことがないんです」

「じゃあ彼氏がいるのといないのと、結婚してるのとしてないのとどっちが孤独かなんて分かんないじゃん」

「いたことないから、いてみたいんです。いてみたい？　っていうか、付き合ってみたいんです」

「トモサンへの気持ちは愛じゃないの？」

「それは、愛です。でも永遠に応えられることのない愛だし、いや、愛してるなんてちょっとおこがましいな。愛より尊ぶに近いですね」

「彼氏とか旦那が愛に応えてくれる存在とは限らないし、子供が仮に無事に生まれて仮に無事に育ったところで基本的に皆いつか巣立《つ》つんだよ？」

達観した様子の鹿野ライに、私は口を噤む。

「あなたには分からない」逡巡《しゅんじゅん》した挙句そう呟く。論破できないと思考がむちゃくちゃにこじれた挙句話の前提をひっくり返す悪い癖が出た。そう思ったけど止まらなかった。ものすごい勢いで罵倒したい気持ちと羨みがないまぜになって、出てきたのはまた「いいなライさんみたいな顔に生まれたかったそれで今あなたが言ったみたいな勝ち組の言葉吐いてみたかった」という言葉だった。

「なればいいじゃん。三百万で顔変えたらいい」

「さっきからちょいちょいその話出てきますけど臓器売買とかですか？　風俗に沈める的なのですか？」

「私死ぬの。だからお金あげるよ」

「死ぬって、病気とかですか？」

「理由はよく分からない」

ヘビーな話の予感に怯《ひる》んでいる自分がいた。

「理由は分からないって……。え、どうしてなんですか？」

「理由は分からないけど私はこの世界から消えなきゃいけない。そんな気がするとかじゃない。私は消えなきゃいけない。生まれた時から決まってる、それが私にとってこの世界で唯一無二の事実」

「死が魅力的に感じられるとか、そういうことですか？」

私の言葉に振り返った鹿野ライは困ったように笑って「そうじゃなくて、それがあるべき形なんだよ」と言う。

「例えばだけど、自分の体に違和感を抱いた人が性転換をするのに似てるんじゃないかな。私のあるべき姿は消えてる状態」

「体が死んでも、魂が残るっていう考え方ですか？」

「ううん。形も魂もない。それが私のあるべき姿。消えているのが私の本当の姿。私が消失したら、私はようやく私の存在を認められる」

「じゃあどうして、ここまで生き延びてきたんですか？　性転換はお金も時間もかかるかもしれないけど、ライさんはいつでも死ねたわけですよね？」

「ずっとこの世界に自分が存在することを肯定しようとしてきた。一時期、もしかしたら存在してる私もアリなのかもしれないって思えたこともあった。でもやっぱり違った。私は消えないと私じゃない」

「でもどうして今なんですか？　もうちょっと生きてれば適応できるかもしれないじゃないですか」

「適応できないとか、悲しい話じゃないんだよ。世の中の大半の人たちとは違うかもしれないけど別に病と考えるようなものじゃなくて、これはギフトで、私が与えられたもの。私がこの世に生を享《う》けた時から持ってて、今も変わらず持ってるもの。苦しんだこともあったけど、むしろ今はこのギフトを持って生まれたことに感謝してる」

「そんなことってあります？　私は認めませんよ人は生きてなきゃだめです。死んだら全部終わり。私は自分が大切な人にはできる限り長生きしてもらいたいです」

鹿野ライはそっかと呟いて私から目を逸《そ》らしてスマホに視線を落とした。もしも彼女が本当に自分の性質を変えようのない宿命として捉えているのだとしたら、彼女にとって私の言葉は限りなく残酷なものとなって突き刺さっているのかもしれないと不安になる。でも本当に、そんな風にナチュラルに死にたい人なんているんだろうか。

「きっと、何か悩みがあるんです。自分で気づいてなくても、きっと何かしらのストレスを感じてて、それをライさんは認識できてない、言語化できてないだけです。人生が満たされていれば死にたいなんて気持ちにはなりません」

私はなぜか、どうしても彼女に生きていて欲しかった。出会ったばかりの素性も知らないキャバ嬢に、これからも幸せに生きていて欲しかった。

「楽しいよ。今生きてて普通に楽しい。でもそれとこれとは話が別。普通に生きてはいける。皆優しくしてくれる。むしろイージーモード。不満はないんだよ。出勤めんどいとか二日酔い辛《つら》いとかトイレめんどいとかそういうのはあるけどね。でもどんなに楽しくても、自分は存在することを演じてるって思う」

「例えばですけど、そういう死にたい欲求に駆られた人たちのセミナーに出るとかはどうですか?」

「これはギフトだから、私はこの性質をなくしたいとは思ってないんだよ。現実がどんなに楽しくても充実してても私は死ぬ。不自然な状態から、自然な状態に還《かえ》るだけ」

ずっと、腐女子としてぬるい迫害を受けてきた。だからこそ差別や迫害をしないよう気をつけて生きてきたし、自覚的に誰かを差別したことはない。でも差別なんて基本無自覚になされるものなんだろうし、私が私の人生を全うしようと必死に生きているだけで誰かを差別する結果になってしまうのかもしれない。彼女の話は私がこれまで作り上げてきた前提を崩し消し去ってしまいそうで怖かった。婚活して恋愛をして孤独を解消したい自分、世間に一人前と認められたい自分、結婚出産をして自分が幸せだと自他共に認め認められたい自分。死にたい彼女に、そんな私のささやかな理想をひっくり返されそうな気がして怖かった。

「例えばですけど、ライさんは人殺しも自由だと思いますか？　人を殺さない自分は本来の自分じゃないって、早く人を殺して本来の自分になりたいって苦しんでいる人がいたとしたら、その人は誰かを殺して本来の自分を取り戻さなければならないって思います？」

「そういう人は、本来の自分を取り戻すことで誰が何を失うのか考えなきゃいけないと思う。でも、殺人と自殺を同列に語るのはおかしくない？」

「ライさんが死んで苦しむ人は、傷つく人はいないんですか？　自殺だって殺人同様に人を傷つけますよ。例えばご両親は？　親戚は？　彼氏とかはいないんですか？」

「私が死んで傷つく人は、私には宇宙人にしか見えない。私が死ぬことの何が悲しいのか理解できない。宇宙人との相互理解は求めない」

「人が死んで悲しい人が理解できないって、そんな、自分と違う価値観の人は皆宇宙人だなんて排除の仕方をしたら世の中秩序が保てません」

「世の中の秩序のために私は生き続けなきゃいけないの？」

「そうじゃないけど……」

「人が死ぬってそんなに悲しいこと？」

「悲しい。私はあなたが死んだら悲しい。嫌いな母親だって死んだら多分少しは悲しいし、父親が死んだ時は世界が終わったって思った。今も父親のことを思い出すだけで涙が出てくる。それに昔従姉妹《いとこ》が自殺した時、すごく悲しかった」

何故こんな嘘が出てくるのか、何故出会って二時間も経《た》っていないキャバ嬢をこんなに必死に説得しているのか、自分でも分からなかった。でも私は怖かった。本当に彼女が死んでいくのかもしれないと思いながら真っ当に反論できない自分が怖い。生きていなきゃだめだ。生きていなきゃ何も始まらない。私はいつからか自分にそう言い聞かせていたのだろうか。正直、死のうとか死にたいとか思ったことも一度もなかった。それなりにぬくぬくと生きてこれたのだ。可愛くなくても趣味はあって、輝かしき青春みたいなものを共に送る友達はいなくても同じ趣味の腐友はいて、天才でも秀才でもなかったけど職にはつけて、満足とは言わなくても生きていくのに必要な賃金を稼げている。自虐的になりながら婚活に参加して空気扱いされても、リア充女子に陰で笑われていても、冗談まじりの本気の心配をされても、母親にそろそろ彼氏とか、と冗談まじりの本気の心配をされても、私は一度だって自分から死ぬことを考えたことはなかった。死にたい人に出会って初めて、私は生きたい人なのだと知る。

「私は誰かが死んで悲しかったことは一度もなかった。パズルのピースが嵌《は》まるみたいにどれも納得のいく現象だったよ」

「この世に思い残すことはないの？　本当に何もないの？」

「ないよ」

「私はいや！　絶対に認めない！」

鹿野ライは火をつけたばかりの煙草《たばこ》を指に挟んだまま呆気《あっけ》にとられて私を見つめていた。ライのぽかんとした表情ともくもくと上がる煙と部屋の汚さが強烈にマッチしていて思わず単館系の映画のポスターみたいだと見とれそうになるけれど拳を握りしめて己を奮起させる。

「こんな家に住んでるからです！　分かりました私が何とかします。大丈夫ですこのゴミ溜めみたいな家をすっかり綺麗にすればライさんだって生きる気になれるはずです。部屋っていうのはその人の心の鏡だって、聞いたことありますよね？　しっちゃかめっちゃかなんですよライさんの部屋も精神も。よし、やりましょう今日は何だってできる気がします」

そう言って私は残りのミネラルウォーターを飲み干すと体にまとわりついたおぞましいものを振り払うように立ち上がり、ガラステーブルに落ちていた多分焼き鳥のパックでも留めていたのであろう輪ゴムを取り上げ髪を括《くく》った。

「ほらほらライさんそんなところにいたら粗大ゴミに出しちゃいますよ。ほら一緒に頑張りましょうやってやりましょう。一緒に！」

まだ呆然《ぼうぜん》としたままのライは歯切れ悪く「うーん」と呟いたけど特に立ち上がる様子

もなく煙草を口に運ぶだけだった。片付けは思ったよりも楽だった。部屋にあるもののほとんどがゴミだったせいだ。キッチンの棚の奥底に眠っていた四十五リットルのゴミ袋に目に付いたゴミらしきものを詰め込んで廊下に出してしまうと、残ったのはほとんど洋服だった。テレビでやってるゴミ屋敷の清掃も実際にはこんな感じなのかもしれないと、これまでのほほんと見ていたテレビ番組の演出を疑う。服をプラスチックケースとハンガーで収納してしまうとゴミ屋敷はあっという間にパッと見普通の部屋になったが、髪の毛やホコリがすごかったため、ソファで眠ってしまった鹿野ライを叩《たた》き起こして鍵を貸してもらいキャミ短パンのパジャマ姿で七往復してゴミを三十袋近く捨て、時間的に掃除機をかけるのはヤバいかもという小市民的発想でクローゼットの中にあった粘着テープがなぜかベロベロに伸びきっていたコロコロを苦労して巻き戻しウォークインクローゼットと寝室、リビングを掃除した。いつからそこに置かれていたのか分からないシンクの中の食器もコバエと戦いながらやはりキャミ短パン姿でコンビニに行き買ってきた洗剤とスポンジで洗い、食器スタンドがなかったからコンロの脇にタオルを敷いてその上に放置しておく。何かしらのゾーンに足を踏み入れていた私はカーテンやカーテンレールにまでコロコロをかけ始め、バスルームの絶望的な排水口やトイレも買ってきた掃除用具でピカピカに磨き上げ、すっかり明るくなった外に気づいてカーテンを全開にし西新宿の摩天楼を見つめながら、自分がとてつもない達成感に満ちていることに気がついた。窓を開けて空気を入れ替えていると、鹿野ライがゲロでも吐きそうな呻き声を上げ始めた。

「ライさんおはようございます。見てください綺麗でしょ？」

「わーすごい。天国みたい」

呟いてすぐまた私のかけた毛布にくるまって寝てしまいそうなライの脇に座る。

「ちょっとは生きたくなりました？」

「あんた仕事は？」

「行きますとも」

「家に帰りたくないならここに帰ってきてもいいよ」

思わず眉を顰《ひそ》めて、……いいんですか？　と聞く。実家暮らしであることも母との間に軋轢《あつれき》があることもはっきりとは話してなかったのに、私が家に対して憂鬱な思いを抱いていることに彼女はどうして気づいたのだろう。これが接客業というものなのだろうか。

「いいよ私深夜まで仕事してるから勝手に入りな」

「入るってどうやってですか？」

「鍵開けとくよ」

「何言ってるんですか。ていうかここオートロックですよ？」

「じゃあさっき渡した鍵で入っておいで」

「ライさん合鍵持ってるんですよね?」

「持ってないよ」

「え、でもライさん何時に帰るんですか? 帰る頃私寝てるかもしれませんよ?」

「そしたらこの辺のホテルにでも泊まるよ」

「さすがですね。あの、ベッドのシーツとか探したんですけど替えってどこにあるんですか?」

「替えはない」

「だと思いました。お礼に今日買ってきます。洗濯洗剤もないんですよね?」

「たぶんない」

鹿野ライはあくび交じりにそう言うと目を閉じて毛布を引き上げた。彼女は空っぽだ。そして空っぽな分、昨日私をこのマンションに連れ込んだように、コインロッカーみたいに、何でも受け入れるのかもしれない。理由もなくこれから死ぬことを決めている彼女には何も執着がなくて、それが私には怖くて、怖すぎて目を離せないという思いが、私が今日もここに帰ってきたいと思った理由の一つだ。

ゲロの被害が最小限ですんだスカートを軽く水洗いすると濡れたまま穿《は》き、これしか私が着れそうな服ないんで貸してくださいと叩き起こしてライの曖昧な了承を得た白無地Tシャツを着ると、私は行ってきますと声を上げた。マンションを出て駅までの道を歩きながら、昨日繁華街で吐いた挙句夜通し掃除をしていたにもかかわらず、自分の中に何か、エネルギーが滾《たぎ》っているのに気づいた。胸の中に石油を掘り当てたように、ぐわんぐわん力が湧いてくるのだ。とてつもない高揚感の中にいた。分からない。私は人と恋愛をしたことがないから分からない。でも初めて恋愛をした人が感じるとしたら、こんな高揚感なのではないだろうか。私は突飛な思いつきにニヤニヤしながらパスモを改札にタッチした。

「あっ、由嘉里ちゃん。昨日大丈夫だった？　大丈夫って言ってたからあそこでバイバイしちゃったけど、結構酔ってそうだったから心配してたんだよ」

恵美はロッカールームで会うなりそう言ってわざとらしく私の二の腕に手を当てた。大丈夫と言った記憶はない。本当だろうか。でも恵美の目には何の悪意も見て取れない。

「うん、大丈夫。ていうか酔っ払っちゃってごめんね」

「あのさ昨日途中参加した奥山《おくやま》譲《ゆずる》さんって覚えてる？」

唐突に現れた名前に顔をしかめるがすぐに、すみません打ち合わせが押しちゃってという台詞《せりふ》と共に現れたジーンズに高くも安くもなさそうなジャケットを羽織ったメガネの男を思い出す。初心者とかセンスない奴はこれ着とけ的なXの画像を模倣したような男だった。

「奥山さんに由嘉里ちゃんの連絡先教えてくれないかって、別れ際に言われてね」

「私の連絡先を教えてくれ？　それってどういう意味ですか？」

「え、だからつまり、二人で食事に行きたいってことじゃないの？　意訳すれば由嘉里ちゃんとお近づきになりたいってことじゃないの？」

　呆然としながらいいですよと答え、呆然としたまま制服に腕を通す。どういうことだろう。私とお近づきになりたいとはどういうことだろう。デブ専やブス専というのは噂には聞いたことがあるが、現実に存在する生物として目にしたことはなかった。いやしかし、私は言うほどブスではないし、言うほどデブでもないはずだ。思わずロッカーの中の小さな鏡を覗き込む。お世辞にも可愛いとは言えないが、ものすごいブスではない。最近体重計に乗っていないから体重は分からないけど、まあ痩せているかぽっちゃりのどちらかと言えばぽっちゃりといったところだ。彼はあの腐女子発言で目立った以外には一切目立つところのなかった一次会の中で、なぜ私の連絡先を聞きたいと思うに至ったのだろう。こういう時は大抵マルチか宗教、男女逆の場合だと美人局《つつもたせ》かたかりとXで学んではいたが、連絡先を教える前にマルチか宗教かとビビるのも初心者丸出しで恥ずかしい。

「あの、それって……」

何を聞くつもりか分からないままそこで言葉を零《こぼ》したけど、もう恵美はロッカールームにおらず、ん？　とベランダでトマトやキュウリを自家栽培しているという自給自足系女子堺万奈《さかいまな》がロッカーの中の鏡からこちらに視線をよこし眉を上げた。

あごめん独り言、と独り言のように言いながらロッカーに鍵をかける。今すぐこの事案について鹿野ライに意見をもらいたくてＬＩＮＥをしたいのに、彼女のＬＩＮＥも電話番号も聞いていなかったことに気づいて、彼女の投げやりな生き方に改めて思い至る。連絡先も知らない私に一本しかない鍵を渡すなんて、あんまりだ。私が帰ってこないかもしれないとか、私が鍵を使って悪さをするとか、私が鍵を返さないとか、そういう可能性は考えないのだろうか。それともこれから死ぬ人にとっては、それらもどうでもいいことなんだろうか。奥山譲という男の話にざわざわすると同時に、鹿野ライに何か言わなきゃいけないような気がしてそっちもざわざわする。堺万奈が飲んでいる恐らく自家製のフレーバーウォーターを見て、明日は私もああいうお洒落《しゃれ》なものを飲もうと思いながら、駅で買って八割方一気飲みしていたコーラを飲み干した。

鹿野ライの家に到着すると、すでに出前っぽい中華を食い散らかした跡があって即座にビニール袋に放り込んでいく。開きっぱなしだった寝室のドアの向こうには何枚も服が床に放置されていて、今日着る服を選ぶだけでよくこれだけ引っ張り出せたなと思いつつ全てハンガーに掛けていく。染みだらけのシーツを外しドンキで買ったベッドパッドとシーツをかけてしまうとシーツを入れた洗濯機を回し、コンビニで買ったサラダチキンを齧《かじ》りながら、スマホのＬＩＮＥをタップする。お昼に友だち申請が来てからずっと、開くタイミングを窺《うかが》っていた。このまま開かずに向こうに未読スルーと思われるのも怖かったし、既読をつけてしまえば返信しなければならないのも怖かった。まだ読んでもいないのにあらゆるトーク内容を想定し、頭の中で返信内容をこねくり返しながら職場からここまでの道を歩いてきたのだ。しかしコンビニとアニメイトとドンキに寄り道して現在夜九時。さすがに限界だ。思い切って奥山譲という名前の後に笑顔の絵文字のついたちょっとキモい感じのアカウント名をタップする。

「三ツ橋さんこんにちは。昨日同席していた奥山譲といいます。覚えてますか？　昨日は三ツ橋さんとあんまりお話しできなかったんですが、もし良かったらもう少し話したいなと思ったので高藤恵美さんに連絡先を教えてもらいました。もし良かったら返信ください」

「もし良かったら」がカブっていること、どことなく口調の整っていない文章のこなれなさ。ここまで魅力のない短文ＬＩＮＥも珍しい。光の速さで頭の中に当たり障りのない文章を組み立てながら、ふと思考が足を止め眉間に皺が寄る。もし良かったらがカブっているいることに気づいていないとしたら、彼は初対面から初めてのアクションという重要な連絡だというのに推敲《すいこう》、いや見直しというレベルの配慮を怠っていると言えないだろうか。自分の理屈っぽさには気づいていたけれど、考え始めると止まらなかった。上質な創作の世界、闇や倒錯までをも描き切る完成された世界ばかりを目にしてきたせいかもしれない。私はとにかく適当な文章を送りつける人が許せない。推敲すれば一瞬で気づくのに！　ここまでメッセージを読むこと自体に躊躇《ちゅうちょ》し、それでも相手に失礼がないように必死に自分を奮い立たせてこのLINEを開いたことを小馬鹿にされたような気がしてどこかムッとしてすらいた。

私はバカか？　自分に興味を持ってもらえただけで万々歳だというのに、これまで高い金を払って参加した婚活パーティでLINE交換をしたのは二人だけで、それもマッチングしたというわけではなくサクッと名刺を渡されて淡い期待を抱きつつ自分から連絡しただけで、その二人とのLINEも数日で尻すぼみ的に終わってしまったというのに。何と傲慢なことを考えているのだろう。打っている途中の誤送信を防ぐため、彼からのLINE内容をコピーしてメモに貼り付け、読み返しながら返信を打ってみるものの、とてつもない長文になってしまったり、逆にひどくそっけなく見える文面になってしまったりして、男性との個人的な言葉のやり取りの経験値が少なすぎるのは火を見るよりも明らかで、そんな能力をこの私に期待してくれるなとも思うが、そんな自分に期待しているのは他ならぬ私で、そんな自分に期待したり尻を叩いたりできるのも自分だけだとも思う。くっそー何だよ、呟きながら必死に画面を見つめ続けるが、やはり納得のいく文面ができあがらず、もう返信を放棄してしまおうかとまで思いつめてはこんなこともできなかったら私には永遠に恋愛などできないのだと自分に言い聞かせてを繰返し、はっとして返信を書き始めてから数時間が経っていることに気がつく。十一時を過ぎたあたりで、こんな時間にＬＩＮＥするのも失礼だし、そもそも向こうももう寝てるかもしれないし、と後ろ向きになり、コンビニで受け取ったばかりのミート・イズ・マインの薄い本に手を伸ばした。

「でまだ返信してないの？」

「なんか段々腹が立ってきちゃって。だってなんか、何で私だけこんな悩まないといけないんですか？　向こうは超適当な文章送りつけてきてるのに……」

ちょっと見せてみ？　と手のひらを上向けて指でクイクイする鹿野ライに「もし良かったらがカブってるんですよこんなの一回でも見直せば気づくのに。私文章のセンスない人ダメなんです」と愚痴りながらＬＩＮＥのトーク画面を差し出すと、文章のセンスのある男と付き合ったことあるの？　とスマホを覗き込みながら鹿野ライが真顔で呟いた揶揄《やゆ》に黙り込む。

「こういうＬＩＮＥ書く奴って顔もバカの一つ覚えなの？　って感じの顔してて絶対記憶に残らないよね」

「そうなんです。この人の顔覚えてないんです」

「じゃ何で連絡すんの？」

「えっでも無視するのは失礼じゃないですか？　連絡先教えていいって言っちゃったわけだし、それに私が選り好《えごの》みするような立場じゃないし」

「じゃああんた自分に言い寄ってくる男なら誰でもいいの？」

「そんなわけじゃないけど、拒む権利なんて私にはないし」

「そんなの失礼じゃない？」

「失礼？　私が失礼？　誰に失礼？」

「あんたを大切に思ってる人に対して。それにそんな拒めない前提で関わるのは相手の男に対しても失礼じゃない？」

　鹿野ライがこういう思考回路を持っていることが意外だった。鹿野ライは、きっと誰かを大切に思ったことも、誰かに大切に思われたこともあるのだ。ほっとすると同時に、だったらなぜ彼女は死ぬのだろうと思う。一度でも誰かを大切に思い、誰かに大切に思われたことがある人が、何の未練もなく死にゆくことなんてあり得るのだろうか。

「この人と恋愛したいのしたくないの？」

「それは、もうちょっと相手のことを知らないと判断できません」

「じゃとりあえずアポに発展させるＬＩＮＥ書くよ」

「あっ待ってくださいそういうのはちょっと……」

でもと思う。私は好奇心に突き動かされていた。キャバ嬢の手練手管を見てみたい。百戦錬磨の女のＬＩＮＥを見てみたい。

「じゃあちょっと、打ってみてください」

まかしとけ。鹿野ライはそう言ってスマホをタップし始めた。ものの数十秒でよしできた、と言う彼女に見せて見せてと手を伸ばすと、画面に自分のアイコンが浮き出ていて「送ったんですか!?」と金切り声を上げ、2:15と隣に浮かぶ送信時刻に閉口する。

「打ってって言ったじゃん」

「送る前に確認させてくれると思うじゃないですか普通！　しかもこんな時間に送るなんてめちゃくちゃ非常識な奴だと思われるじゃないですか！」

慌てて文面を確認すると、「昨日はどうも。今度一緒に焼肉でもどうですか？　私はトモサンカクが大好きです。奥山さんはどこの部位が好きですか？」と打ってあって唖《あ》然《ぜん》とする。

「これが、百戦錬磨の女のＬＩＮＥですか？　っていうか私がミート・イズ・マイン好きだって絶対バレるじゃないですかこれ」

「百戦錬磨って何の話？」

「失礼な話ですけど、ライさんってお店で人気あるんですか？」

「最近ずっと七位とかだよ」

「あっ、分かりましたお察ししました。その顔で七位ってことは絶対に接客良くないですね。私があなたの顔ならすぐにでもナンバーワン奪取してやりますよ」

「キャバってマメさがないと人気出ないんだよ。とにかく連絡がマメで付き合いが良くて気がきくキャストがナンバーワンになる。誕生日に連絡するとか、ちょっとしたプレゼントしたり、同伴アフター断らない、休みの日にはゴルフ付き合う、入院してると聞けばフルーツ盛り合わせを贈るような子が一位になんの」

「そのくらい私ならやりますよナンバーワンになれるなら」

「それをどれだけの数こなすか知ってる？　定期的に来店する客だけで二百人くらいいて、連絡先登録してる客が千人以上いるんだよ？」

　おお、と思わず唸《うな》る。腐っても歌舞伎町のキャバ嬢なのだと改めて彼女を見直す。

「人気店のナンバーワンがバースデーイベントやったら、前夜祭と当日で億単位の金が動いたりする。それは彼女たちが日頃から数百人を相手にマメな営業してるから。いくらもらったって私は一年三百六十五日客からの連絡に神経質になりたくない」

　なるほどと呟いて、すみませんナメてましたと続ける。例えば銀行員にも総合と一般があって、その中でも上昇志向の強い人とそうでない人がいて、私はまあ普通に食べていければいいですという人で、きっとライもそうなのだ。稼いでいる額には大きな開きがあるだろうが、特に上は目指していないのだ。

　でも、私がのうのうと暮らしていきたいのはひとえに趣味があるからだ。趣味に費やす時間が欲しいし、実家暮らしで今の稼ぎならとりあえず趣味と衣食住くらいは賄える。仕事にはさほどのやりがいは感じていないし、寿退社もできないだろうからぼんやりしたままお局《つぼね》になってもいいなと、そして私がお局になったら誰もいびらず偉そうな顔をせず若い社員たちにとって居心地良い職場作りに貢献しよう、くらいの気持ちでいた。少しずつ貯金をして、三十代半ばくらいでローンを組んで電車通勤できるぎりぎりくらいのところに１ＬＤＫくらいのマンションを買って、老後は年金と貯金で細々と趣味を継続しつつ定期的に腐友とＤＶＤ鑑賞や舞台観劇をしたりして余生を送れれば。何となく考えていた結婚できなかった世界線のビジョンが改めて鮮明に見えてきて、まあそれも悪くないっていうかむしろかなり上出来な人生だよなと思う。でもライは違うのだ。

　彼女には未来のビジョンがない。服と化粧品しかない部屋に住み、路上でゲロを吐く酔っ払いを拾ってきて鍵を渡し、特に好きでもない接客をこなし、店で上位を目指すこともなく毎晩酔っ払って帰宅して、起きては出勤してまた飲み、近々死ぬのだ。疑問が抑えきれない。彼女は何故死にたいのか、いや、何故自分が死ぬべき運命にあると彼女が信じているのか、私には理解できない。

「お、きたきた」

ライに言われて一瞬飛び上がり、テーブルの上のスマホを手に取る。「返信ありがとうございます。実は僕はホルモン通で、ミノとシビレが好きです。実は西新宿に知る人ぞ知る焼肉屋があるんですが、今度ご一緒にいかがですか？　シビレが最高に美味《おい》しいんです」

「またカブってますよ。〝実は〟がカブってます。しかも明日が休みとはいえ二時に入ったLINEに返信するなんてちょっと非常識じゃないですか？　いやもちろんこんな時間に送ったこっちが非常識なんですけど、でもなんか一言くらい夜分遅くにどうこうとかそういうこと入れるべきじゃないですかね？　いやもちろん私の方が非常識ではあるんですけど！」

怒濤《どとう》の文句を言いながら、何と返信すれば良いのかすでに頭がフル回転していた。怖かった。二十七にして初めて猛獣の棲《す》むジャングルに足を踏み入れた気分だった。見せて見せてと言うライに震える手でスマホを差し出すと、ライはアポまでに無駄なやり取りしないのは良い傾向だねと感心したように言い「シビレってどこだよ」と言いながらまた返信を打ち始めた。「シビレは胸腺です。とろっとした白子っぽい食感が特徴です。ミート・イズ・マインではシビレンって呼ばれていて、甘えん坊で粘着気質の溺愛系キャラです。送らないでくださいね！」と念を押したが、戻ってきたスマホにはすでに「私もシビレ大好きです。来週のご予定はいかがですか？」という返信が更新されていた。

「送らないでって言ったじゃないですか！」

「自分でやってたら朝まで送れないんでしょ？」

「私は初心者なんです。心構えがないとＬＩＮＥの一通も返せないんです。もう、見てくださいよ男の人とやり取りするだけで私は手が震えるんです。そういう病気なんです」

右手を開いてライに向かって差し出すと、だから代わりに打ってあげてるんじゃんと真顔で言う。余計なお世話ですと呟き、これでもう後戻りはできない私はこの人と食事に行かなければならないんだという目の前の現実に足が竦《すく》みそうになる。

「どうしようどうしたらいいんですか？　絶対無理絶対相手を後悔させる。後悔させるくらいなら会わない方がいいですよね？　でもいつがいいですかって聞いた後にやっぱり会えませんなんて頭おかしいって思われますよね？　もう無理の板挟みですライさんのせいですよ！」

「あんたはこの名前の横にキモい絵文字を入力してるこいつと焼肉に行く。それはもう決まり」

「やっぱキモいですよねこれ？」

「キモいしセンスないしどうしようもない」

「あの……」

「なに？」

「例えばドラマとかだとこの後ライさんが私の容姿を改善してくれたり、ほらよくあるじゃないですか髪形とか化粧とか変えて服とか選んでくれて大変身、みたいな展開。別に自分にそんな伸び代があると思ってるわけじゃないですよ？　別にそんな自分が大変身するって思ってるわけじゃないんですよ？　いわゆるっていう意味ですからね、いわゆるああいうのをする気ってないですか？」

「ないよ」

淡い期待を前のめりな一言でぶった切られ、私この家ここまで綺麗にしたのに……と嘆く。何度も濡れ布巾で拭いてようやくピカピカに磨き上げたガラステーブルにはさっき鹿野ライがハイボールを溢《こぼ》して水溜まりができている。さすがゴミ屋敷の住人で、ライは灰皿から溢れた灰も溢した飲み物も拭かない主義らしい。

「確かにあんたは今の時代の日本ではあんまり可愛くないって言われる顔かもしれないけど、別の時代だったり別の国だったりしたら変わるような物差しで容姿を測るの？」

「測りますよっていうかそれ以外の物差しで測る意味なくないですか？」

「いや意味はあるよ。自分を至上の美として周知していこうっていう気概はないわけ？」

「その気概誰得ですか？　冗談も休み休み言ってくださいって言葉生まれて初めて言いたいって思いましたよ。例えばですけど、ライさんは好きな人に好かれたくて自分の何かを変えたことはないんですか？　彼が好きな感じの服を着たり、ショートが似合いそうって言われて髪を切ってみたりとか」

「あるよ。そんなのあるに決まってるじゃん。あんたがその彼に好かれたいなら彼に好かれる外見に寄せればいいし、世界に好かれたいなら最大公約数的な感じにすればいいじゃん。どうせあんたファッションとか化粧にこだわりとか信念ないんでしょ？」

「まあ、ないですね」

「だったらなんか適当な初心者向けアプリとかＳＮＳで無難メイク無難ファッション調べりゃいいじゃん」

　まあそれはそうかもしれませんけどここまで乗りかかったんだから乗ってくれたっていいのにとブツブツ言いながら、何となく違和感を抱いてソファの反対側に座るライを見やる。この人には好きな人がいたのだ。自分を変えてでも好かれたいと望んだ人がいるのだ。

「聞いていいですか？」

「なに？」

「ライさんが生涯で一番好きだった人って、どんな人ですか？」

うーん、とソファのアームに頭をのせハイボールの缶を持ったまま天井に視線を走らせるライを見ているだけで、私は胸が苦しくなった。誰かを好きになるということは、誰かと恋愛するということは、人にこういう顔をさせるのだ。

「摑《つか》み所《どころ》のない人だったかな」

「摑み所のない人じゃ全然想像できないですね。見た目はどんな感じでした？」

「私が好きな見た目だったよ」

「埒《らち》が明かないですね。写真とかないんですか？」

「そういえば写真撮ったことなかったな」

「恋人同士って写真撮りまくるもんじゃないんですか？」

「恋人？」

「えっ付き合ってなかったんですか？」

「分かんないな。それに好きだったっていうか、今も好きだよ」

「えっ、今も好きってどういう意味ですか？」

「昔も今もこれからもずっと好きだよ」

根掘り葉掘り聞いてようやく摑めたのは、鹿野ライが好きな男というのは十代の頃からの友達のようなもので、長い付き合いの中で最後の二年程度デートもするしセックスもするしお互いの家に行き来もするという私から見れば恋人としか言いようのない付き合いを経たのち、二年前にもう会えないと彼が唐突に拒否ってきたという経緯だった。

「まあその状況を付き合ってたのかどうか分からないって言われると、ちょっと私には意味が分からないですね」

「なんか、生きてるだけで何かに耐えてる感じの人だったんだよ。私は彼と一緒にいられれば何でもいいって思ってたけど、彼は私との関係どうこうじゃなくて、ずっと個体として必死に生きてるだけだったんだと思う」

「彼は、何か病気だったんですか？」

昨日もこの部屋で「病気とかですか？」とライに詰め寄っていたのを思い出す。きっと納得のいく答えは返ってこないだろうと思っていたけれど、やっぱり返ってきたのは「病気？　なのかな？」というモヤっとした答えだった。例えば世に言う浮気性みたいな人を病気と称する人もいるし、煙草好きはニコチン中毒お酒好きはアル中、読書好きは本の虫でアニメゲーム好きはオタク私は腐女子。どれも「ヤダあの人病気ー」的に語られることのある属性だ。でも病気と言わずにどう聞いたら良いのだろう。これまで普通だと思っていたこと、これがスタンダードだと思っていた価値観、誰も傷つけないと思っていた言葉、全てに揺さぶりをかけられている気分だった。

「もう寝たら？」

目を瞬《まばた》かせているのがバレたのかそう言われ、ふともう身体中に力が入らないことに気づく。

「まあでも明日休みだし」

「スマホのパスコードなに？」

「何でですか？」

「LINE入ったら返しといてあげる」

乗り気のライにもう投げやりな気持ちになって、「ヨロシクヨロ、です」と告げると私は眠気のあまりソファのアームに突っ伏した。ソファの反対側に座るライが「パスコードまでダサいな」と呟き、ベッド行きなと追い払うような口調で言う。

「泊まらせてもらってる身分なんでソファでいいです」

「私いつもソファで寝てるの。彼がここに来なくなってからベッドで寝てない」

えっ、と声を上げて上半身を起こす。

「彼と会わなくなってから二年とか言ってませんでしたっけ？」

「うん。二年以上あのベッドで寝てない」

「あの、私今日シーツ替えちゃったんですけど、もしかして彼との思い出を洗濯しちゃったことになるんでしょうか？」

「ううん。もう何人も友達とか色々寝てきたから大丈夫」

「不躾《ぶしつけ》なことを聞きますけど、ライさんはじゃあ二年以上他の男の人とセックスしてないんですか?」

基本的にいつも真顔の鹿野ライが可笑《おか》しそうに吹き出して、そんなセンチメンタルな人間じゃないよと笑顔のまま続けた。彼女はセンチメンタルな人間じゃないから、好きな人が来なくなってベッドで寝なくなったけど、好きな人以外ともセックスはする。処女かつ恋愛経験のない私にはあまりよく理解できない理論だった。ほらほら行きなと手で払われ、私はベッドに移動した。ドンキで買ったスウェットのお手本みたいな無地グレーのスウェット上下セットを着て、替えたばかりのシーツに横たわる私は、自分の知らない自分のようで現実感が薄れていく。私は奥山譲という男と恋愛をするのだろうか。現実というのは、あまりにも強烈だ。トモサンと仕事だけで満たされていた頭に、現実の男という要素が入り込んだ瞬間、その男と向かう未来について妄想せざるを得ない。ほとんど思い出せないぼやけた顔の男とキスをする映像が止まらない。抑えの利かない妄想をどうにかして消し去ろうと、鹿野ライと彼女の好きな人がここでセックスしていた時のことを想像してみる。どのアングルから想像してみても、彼らのセックスは美しかった。鹿野ライとその好きな人がセックスしている姿を見られれば、私はもう二度と自分がセックスできなくても良いような気さえした。もともとそうだった。生まれてこのかた傍観者で観察者で、私は現実に一ミリだって触れたことはないのだ。昨日から今日にかけて、鹿野ライと奥山譲という二人が突然私の人生に濃密に関わり始め、現実のハイレゾ化に戸惑っていた。リビングの方からピュイっと恐らく私のＬＩＮＥの通知音が鳴って、何で私は鹿野ライを信用してスマホを完全委託するなんて普段だったら考えられない恐ろしい行為に出てしまったのかとぼんやりとした頭で考える。そうか彼女が死ぬからだ。彼女が死ぬことを決めているから、私は彼女が怖くないんだ。搾取されるとか痛い目に遭わされるとか、そういう可能性を考えずにいられるのだ。そう思うと、そうでもないと他人に何も預けられない自分が情けなくなる。ライは本当に死ぬんだろうか。ライといる間ずっとその疑問は消えなくて、ライが好きな人と抱き合っていたベッドの上で、もしもライがその好きな人を失っていなければライは今死ぬことを考えていなかったんじゃないかと考え始めたら突然顔中が熱くなって唐突に流れた涙に驚きながらそれを拭えずにいるうちに意識が途切れた。

手が震えていた。こんなことになるなら、来なければ良かった。あまりに早く着きすぎてしまったため時間潰しに立ち寄ったカフェで両手のひらをじっと見つめる。小刻みに震える手のひらに、安易に誘いを受けてしまったことを後悔する。そうなのだ。無理するのは良くない。私は現実の男ではなく、二次元のキャラクターを愛し続けるべきだったのだ。もし幻想が崩れるようなことがあったらどうしよう。私のこれまで抱いてきた幻想が、あらゆる労力を費やしてきた幻想が崩れてしまったら……。やっぱり行けない、何度もそうＬＩＮＥを打ちかけて思いとどまってきた。殻を破りたい。これまでの自分から脱皮したい抜け出したいこのままじゃ駄目だ。本当は会いたい！　この目で彼をきちんと見つめたい！

出勤前の一時間だけでいいから化粧品一式だけでいいから選ぶのを手伝ってくれと頼み込み、予算に合わせてデパコスとプチプラコスメの両方で揃《そろ》えてくれたライにレクチャーを受けながら練習したメイクも少しずつ崩れてきている気がして気持ちが保てない。こんな自分が行って良いのだろうか。あぶらとり紙を使っていいのは十代まで、あんた本気で二十七まであぶらとり紙使ってたの今時そんな情弱がいるなんて信じらんない、というライの手厳しいアドバイスに倣ってＴゾーンをティッシュオフして、信じられないほど高かったフェイスパウダーをパフに擦《こす》り付けぱたぱたとはたく。

「とにかく金をかけるべきはベース。化粧なんてベースが綺麗で眉毛さえ時代遅れの形じゃなきゃ合格ゾーン。とにかくベースに金をかけろ。目の周りの粉なんて無難な暖色系のパレットでも買っときゃいいんだよリップも荒れてさえなきゃ何だっていい」

というライの言葉を信じて、化粧下地とファンデーションとフェイスパウダーに予算のほとんどを使った。この三つで二万三千円だ。二万三千円で買える薄い本の数を思って激しく躊躇したものの、イケてない女の子を綺麗に仕上げてしてやったりとドヤ顔のデパートのＢＡさんとほらねちょっとシアー感があるこのファンデがあんたには一番合うと思ったんだよとBAさんに同調するドヤ顔のライの前で出し惜しむわけにはいかなかった。新商品のアイシャドウだ描きやすい極細ライナーだケア成分の入ったリップだロングセラーのチークだあれこれ紹介されてフルメイクをしてもらったけれど、予算上その辺はドンキとマツキヨで済ませることになった。ライに薦められた偏光パールのクリームアイシャドウが自分の塗ろうと思っていた範囲を数ミリはみ出していて小指の先でぐいぐい拭き取るもののパールは落ちないどころか広がっているようにすら見え、擦りすぎたせいか瞼《まぶた》が赤くなってきた。わなわなして一万円也《なり》のフェイスパウダーのコンパクトを震える手で閉じる。

もう行かなければならない。待ち合わせの時間に遅れてしまう。どんなに悩んでも待ち合わせをドタキャンしたりできない性格なのだ。こんな時までそんな性格の自分に嫌気が差す。完全に固まっている木の棒のように感覚のない四肢を無理やり動かし、バッグを摑みコートを羽織る。マリオネットのように不自然な動きになっているのは自覚していたけれど、もうそれ以外に動く手だてはない。動揺は動きに、顔に、あらゆる箇所に出ていてトレーを返却台に戻すにもガシャンガシャンと音を立ててしまう。

「あっ由嘉里さん！　こんばんは！　気合入ってますね！」

「実は今日のためにフルメイクを習得したんだ」

「由嘉里さんめちゃくちゃ綺麗ですよ。愛する人に会いに行く準備は万端ですね」

「もう本当にさっきから震えがすごくて心臓がバクバクしてて……。憧れの人には出会わない方が良いこともあるって悟ったんだよ今さっき。M・I・Mのリアルイベントは絶対に参加しないって決めてたのに、どうして来ちゃったんだろう……」

大丈夫ですって、誰もが通る道ですよ。慣れた様子で言うハナちゃんに腕を取られて歩いていると、大きな垂れ幕に「ミート・イズ・マイン Presents タレまみれナイト」と書いてあるのが見えて思わずその場で立ち尽くし、スマホを取り出し連写する。いやいやもっと近くで撮りましょうよ。っていうかあの前で写真撮りましょうよと大胆なことを言うハナちゃんにぎょっとする。

「やっぱり無理かも。全身の毛穴が開いてきた。毛穴落ちしてるかも」

「向こうは舞台の上なんだからそんなアラまで見えませんって」

手汗が、腋《わき》汗が、震えが、足が、歩けないもう無理、と宣《のたま》った挙句周囲の雰囲気に押されてパシャパシャしている女の子たちに紛れて私たちもお互いに撮り合い最終的にはセルフィーで垂れ幕を背にツーショットを撮った。

「どうしよう罰当たりなことをしてしまった……」

「大丈夫ですよ。今日は思い切り我が推したちを応援しまくりましょう！」

「これまで星ケ丘《ほしがおか》さんの生の姿を見るのがどうしても

怖いんだよ。最初はアニメ化に複雑な思いを抱えていたこともあって、そこから今に至るまであらゆる感情の遍歴があったし……」

「由嘉里さん」

私の目を見てください。そう言うハナちゃんはじっと私の目を見つめて手を握る。握られた手が完全に手汗まみれで申し訳ない。

「大丈夫です。絶対に後悔させません」

もう数ヶ月前からこのイベントの情報を目にしては悶々《もんもん》としてきたけれどどうしてもチケットを申し込む気にはなれず心の中のトモサンそして心の中の星ヶ丘さんと私は心中したいのだと自分に言い聞かせてきたけれど、チケット当選したら絶対に由嘉里さんを誘おうって決めてました！　と屈託なく私を誘ってくれた五歳年下のハナちゃんの心意気に負けてどこか不安を残しながら行くと言ってしまったけれど、結局ここまで決まらなかった覚悟がようやく完全に決まって私はハナちゃんをまっすぐ見つめ返し「誘ってくれてありがとう」と握られた手に力を込める。「物販もあるしもう行かないと……」と唐突に我に返ったハナちゃんと会場に立ち向かう。そして狂気のタレまみれナイトが始まった。

「でね、でね、聞いてください、私の推しがね、星ヶ丘義長《よしなが》さんがね、ひいてはトモサンがね、なんと、なんとですよ！　私の投稿した台詞を読んでくれたんです！　投稿者名が読み上げられた瞬間私生まれて初めてうへえって喚声上げましたよ。あ、何を書いたかは言えません。あ、まあXとか見たら分かっちゃうかもしれないんで言っちゃいますけど、『正肉も内臓も関係ねえよ、俺はお前がどこの部位だったとしてもお前が好きだ！』って。あ、やっぱ恥ずいな。なんかごめんなさい。あの声録音したかったなあ。でも公式が公開する動画とかで使われてれば編集してアラームとかに使えますよね。結構会場でもウケてたし使われるんじゃないかなあって思うんですけど、実はファンの中には正肉には正肉とくっついていて欲しい派の人たちもいて、そういう完全保守派って数は多くはないし普段は鳴りを潜めてるんですけど、琴線に触れると暴動を起こす人たちだから公式がああいう人たちに配慮してあれ系の台詞を取り上げないっていうこともあるかもしれないですね。正肉と内臓の棲み分けなんて時代遅れも甚だしい、って私は思うんですけど、その辺の嗜好の対立で分裂や衝突をするのは良くないですよね。やっぱり言ったって同じ穴の住人ですから」

「あのさ、その星ヶ丘っていう人は声優なの？」

「星ヶ丘さんは言わずもがなトモサンの声優ですよ！　まあ泣きましたよ。初めての生星ヶ丘さん。ほんとやっぱ、ミート・イズ・マインに出会った時からずっとトモサン推してきたけど、初めてアニメ化された時は実を言うと若干違和感はあって、もちろん漫画原作入り勢としては仕方のないことなんですけど、それが少しずつああこの人はトモサンだ、この人こそがトモサンなんだって思えるようになっていって、でもこっちにはね、やっぱ声優とキャラは切り離して考えなきゃって気持ちもどこかにあって、だからリアルイベントに関してはわきまえてたんです。でもね、彼は全部吹き飛ばしましたよ。もうね、行って良かったじゃないですよ。生きてて良かったですよ。生まれてきて良かったですよ。私を形作った精子と卵子にひれ伏したいですよ。本当に心から、永遠にこの時間が続けばいいのにって思ってました。これってきっと恋愛感情の一種なんでしょうね。私には遠いものと思っていたし、推しは遠くから眺めていたいって、触れ合ってはいけないって思ってたけど、間違ってました。私は勇気が出なかっただけでずっと推しに会いたかったし、実際握手会に当選したらその一瞬に何を話そうって考えてたんです。まあ当選しなかったんですけどね。何を話すつもりだったかは秘密です。当たり前じゃないですかそれはトップ・オブ・プライベートです。この言い方間違ってますかね？　今もう幸福がだだ漏れてその勢いで他の大切なものも同時に流れ出して死んじゃってもおかしくないほどです」

「まあ幸せそうで何より」

私はまだ感動の最中《さなか》にあって、ライの無関心すぎる言葉一つにも感謝の気持ちで涙が溢れてくる。物販に一時間並んだため飲まず食わずで挑んだイベント後、ハナちゃんと赴いた焼肉屋でも、私たちの肉たちへの愛は止まらず完全なる狂喜の中で語り尽くした。

「こないだの奥山譲との会合の時とは全く違うね」

はっとしてテンションがだだ下がる。三日前やっぱり覚えたてのフルメイクを顔面に施工して赴いた奥山譲との会合は、決してうまくいかなかったわけではないけれどうまくいったとも言い難く、決していい意味ではないざわつきをこの胸に残した。会った後も連絡がきているから相手を激しく失望または幻滅させたわけではないようだが、今日と同じく手を震わせながら参加した割には食事中ひいては肉焼き中などに胸が震える瞬間はなく、最初に網にレモンを擦り付けると肉がくっつかないのにこの人知らないんだなあとか、ザブトンは炙《あぶ》るくらいでいいのになあとか、肉の焼き方に不満が生じる以外の感情はほぼ芽生えず、やっぱり焼肉はミート・イズ・マイン勢と行くに限るなと改めて思うに至っただけで、二軒目はどうしましょうかと言う奥山譲にはごめんなさい明日早くってと本当に何の僅かな思考もなく反射的に答えていた。

改めて思い返せば分かる。私は彼と一緒に時間を過ごすのが苦痛だった。ストレスだった。仕事の内容、好きな食べ物、休みの日何をしているか、宝くじが当たったらどうする？　などの特に話すことがない男女が話すテーマを話すのが苦痛だった。趣味は何？　と聞かれたって腐女子の私が自分の趣味を吐露できるはずもなく、好きでもなく肉を焼くのがうまくもない男に私の食べる肉を焼いてもらうのは苦痛だったし、自分のペースで飲みたいのに次は何飲みますかと飲みハラスメントとも言えるタイミングで次の飲み物を聞かれるのも苦痛だったし、チャンジャやカクテキなどのサイドメニューも正直普通に王道いって欲しかったなというチョイスだったし、最終的に来て良かったと来ない方が良かったが４・６くらいで来ない方が良かったが僅かに上回ったかなという最初から最後まで微妙な仕上がりだった。

「あの人なんか、いい人なんですよ」

「トモサンもいい人キャラなんじゃないの？」

「ちょっとライさん、そことそこを同一視するのは罪ですよ」

「そうなの？」

「さすが二次元処女ですねライさんは何も分かってません。沼界隈でそんなこと言ったら処刑ですよ市中引き回しの刑ですよ」

「じゃあ奥山譲とはもう会わないの？」

うーん、と言ったきり、自分でも会いたいのか会いたくないのか分からなくなって口を噤む。

「何ていうか、充実感はあるんです。私リア充してるー的な。私ドラマで見るような誰もが普通にやってるようなデートしちゃってるー的な、現実の男女関係築き始めちゃってるー的な。でも何ていうか、もう言っちゃいますけど私あの人のこと多分好きになれないんです。見た目とか優しくないとかオラオラだとかそういう理由はないです。ないのに好きになれないって結論出しちゃってるの不自然ですかね？」

「不自然なんてことないよ。人は何となく好きになるし何となく好きになれないものだよ」

きっぱりと言い切るライが心強くて、シャツがギンガムチェックだった、メガネのツルの部分に赤のドット柄が入ってた、レバーを塩じゃなくてタレにした、私は奥山さんと呼んでいたのに了承も得ずに由嘉里ちゃんと呼ばれた、とつらつら小さなストレス事案を語り出すと止まらなかった。そして言えば言うほど、体の中に溜めていた毒素が体内から出ていくようだった。

「ていうかさ、由嘉里はちゃんと好きな人いるんじゃん。いいじゃん今のままでさ、それでいつかリアルな男を好きになったらまたその人と関係築けばいいじゃん。そのトモサンとか義経《よしつね》さんを好きな気持ちは軽んじちゃいけないよ」

「義長さんです。軽んじてなんてないですよ。本当に私は、手が震えたんです。憧れのあの人をこの目で生で見るんだと思ったら、足が震えました。でもそれとこれとは話が別なんですよ」

「なんかさ、二次元と三次元とか、愛とか恋とか、好きとか愛してるとか、恋愛か友情かとか、恋愛か憧れかとか、世の中そういうの細分化しすぎだよ。自分が一緒にいて心地いいものとか、好きだって思えるものを思う存分集めて愛《め》でればいいじゃん」

そんな高度なこと言わないでくださいよー。叫びながら毛布にダイブする。ライが常にソファに陣取るため、リビングに毛布を置いてライがいる時はそこでゴロゴロすることにしている。

「ねえご飯行かない？」

「私さっき焼肉食べてきたって言いましたよね？」

「今日一日何も食べてないんだよ」

「ライさんお得意の Uber Eats 使えばいいじゃないですか」

「どうしてもラーメンが食べたいんだよ。でも Uber でラーメン頼むと伸びてるから嫌なんだよ」


どうせ明日休みでしょと言いくるめられて連れて来られたのは歌舞伎町のゴジラ近くのラーメン屋で、深夜にこの辺りを歩くだけでぞわぞわするというのに、土地柄か食券販売機にホストやキャバ嬢の顔写真入り名刺が大量に貼ってあってぎょっとする。更に餃子《ギョーザ》とビールの食券を出してついた席に風俗紹介冊子が置いてあるのを見つけてそういう業界の人たちが利用しているのだと思うと気が小さくなってただでさえベタついているテーブルに触れるのすら怖くなる。そうだ、この自分の無菌的なところはきっと恋愛や現実の男性への苦手意識に繋《つな》がっているはずだ。例えば現実に性器に口をつけたり精液を口で受け止めたりしたことのある人と、これまで口を摂食にしか使ってこなかった人とでは、他人との身体的接触への抵抗感が随分違うだろう。でも、あらゆる二次創作を享受して満たされてきた自分がこんなことを考えているのも何というかカマトトぶりやがって汚れっちまってるくせにという気持ちにもなる。そんな葛藤を、私はここ来る時いつも激辛にするんだけど中本《なかもと》の蒙古《もうこ》タンメンの三分の二くらいの辛さで物足りないんだよねといかにも見た目通りそしてキャラ通り舌バカっぽいことを言うライには吐露できなかったし、ライはやっぱり繁華街の住人なんだなと、家でしか向き合ってこなかったためあまり考えていなかったことを改めて実感する。

「うわっ何ですかこれめちゃくちゃ美味しい！」

しかしライの丼に横から箸を突っ込んで一口食べてからというもの私の手は止まらない。信じられないほどコシと風味のある細麺に旨味《うまみ》と辛味が絡み、食べれば食べるほどに舌と喉が快楽の頂点に近づきまるで麻薬のようだった。もういいよ食べられるだけ食べたら返してくれればいいよと隣から麺泥棒されていたライは迷惑そうに私の前に丼を突き出すと、何か一品くらい頼まなきゃと私が義務感で頼んだ餃子に箸を伸ばした。

「こんなの、近くに住んでたら私週一から二で通っちゃいますよ」

ビールを片手に餃子をつまむライは何とも様になっている。

「チャーシュー食べてもいいですか？」

「いいよ」

どこかでライを試していた。欲がないライがどこまで拒まないのか、試したかった。

いいよとこともなげに言うライに、私は悲しくなる。でもチャーシューも味玉も美味しくて本当に自分がブラックホールになったような恐ろしさを感じる。

「じゃあ味玉は？」

「なんか、ほとんど食べちゃいました」

「ビールで結構お腹《なか》いっぱいになったし大丈夫」

ライに何か執着してもらいたかった。この気持ちは何かに似ているなと思って、父親に対する気持ちだと気づく。父親は、誰にでも何でも与える人だった。どうぞどうぞと席を譲る、荷物を持ってあげる人だった。ライがそんなことをする人には思えない。でも私はそんな父親を見る時どこか悲しみを感じていて、この人がもっとずる賢かったり乱暴だったりがさつだったりすれば私はこんな悲しみを感じないのにと思っていた。きっとそれは卑しさの欠如だ。父親にも、ライにも卑しさが微塵《みじん》もない。卑しい人間を見ると、私は嫌悪でいっぱいになると同時にどこか気が楽になる。卑しさのない人間と向き合う時、私は一ヶ月分の給料をはたいて買った真っ白なワンピースを着てカレーうどんを食べる時のようなビクついた気持ちになるのだ。この人を汚してしまったらどうしよう、この人を傷つけてしまったらどうしよう、他の誰かが私の目の前でこの人を傷つけたらどうしよう、誰にもこの人を傷つけてもらいたくない、と。そして卑しい人間が目の前にいる時、私は九百八十円とかの黒いTシャツを着てカレーうどんを食べる時のように気が楽なのだ。

きっと気づいていたのに私の腐女子属性に言及しなかった父。由嘉里はいい子だね、ずっとそのままでいてくれよと常に全肯定してくれた父。父が死んだ時、私をこの世に繋ぎ止める杭《くい》が一つなくなったような気がした。それは彼から全面的に与えられていたあの肯定感の喪失だったのだろう。だから私は、他の誰かからそれを得るために、婚活を始めたのかもしれない。

「ラーイ！」

突然の大声に驚いて口をティッシュで拭いながら顔を上げる。ああアサヒ、とレンゲに口をつけていたライが言う。

「久しぶりじゃーんっていうか何度もＬＩＮＥしてんのに既読無視すんなよー。仕方ないからそろそろ家行こうと思ってたんだぜ？　なになにもう食べ終わる系？　え、じゃあ飲み行かね？　『寂寥《せきりょう》』行かね？　今日休みっしょ？　えっなにここ友達？　ここ友達？」

私とライを交互に指差しながら聞く男に、ライが僅かに残ったもやしと麺を咀嚼《そしゃく》しながら「うん」と答える。

「じゃあ三人で飲み行こうよ。もう何でも奢《おご》るから付き合ってよ」

結局最高に美味しいラーメンを食べずに店を出たアサヒとライと共にゴールデン街の飲み屋に繰り出すことになった私は、今日の体験の多さ濃さとこってりしたものを食べすぎたせいで身体中がぱんぱんに張っているような落ち着かなさの中で二人についていく。完全に歌舞伎町に同化しているライとアサヒの後ろを、何で私こんなところにこんな人たちと一緒にいるんだろうと改めて違和感を抱きながら歩く。

アサヒはライの店のすぐ近くのホストクラブで働くホストで、俺ナンバーワンなんだ！　とナチュラルに自慢する。ライは何でこんな虚飾にまみれた感じのホストと仲良くしているのだろうと不審に思う。何事にも執着がないライに、アサヒは何かしらずる賢く取り入ろうとしているのではないだろうかと勘ぐってしまう。ていうか、この二人は一体どんな関係なんだろう。セフレとかそういう関係だった場合、軽くキャパオーバーしてしまうため同席は不可能かもしれない。

「あら珍しい！　引きこもりのライがここまで出てくるなんて！」

「寂寥」と書かれた店のドアを開けると四十代と思《おぼ》しき男性がライを見て声を上げる。

「この人オシンね」

オシン……と呟くと「初めましてオシンでーす」と彼は私にウィンクをした。先客は女性二人組だけで、私たちは三人でカウンターに座る。ミート・イズ・マインのリアルイベントに参加するのも、ホストと話すのもゴールデン街に来るのも女性言葉の男性と話すのも初めてで、パンクしそうだった。

「奥さん今日もおっさんとデートしててさあ」

「えっ、アサヒさん奥さんいるんですか？　奥さんがおっさんとデートしてるってどういうことですか？」

「うちの奥さん、おっさんと寝て俺のことナンバーワンにさせてるんだよ」

「どういうことですか？　私全く意味が分からないんですけど」

「うちの奥さん何人かおっさんの愛人やってて、毎月締日に来て俺をナンバーワンにさせてくんだよ」

訳分かんないわよねー、とオシンが私の疑問に同調するように肩をすくめて言う。

「えっ、それって奥さんが金づる的な存在ってことですか？」

「そんな言い方しないでよ。俺は奥さんにそんなことして欲しくないし」

「えっ、じゃあ止《や》めてもらえばいいじゃないですか」

「奥さんはナンバーワンの俺が好きなんだよ。まあ色々あって成り行きでこの状況なっちゃったんだけどね。あ、オシンその指輪カルティエだよね？　かっこいいなあ俺もそれ今度買ってもらおっと」

「そうよーいいでしょ。まあ私は自分で買ったんだけどね！」

ライは興味なさそうな顔でジントニックを飲みながら、ライのそのバッグってバレンシアガだよね？　と聞くアサヒにうんと頷《うなず》く。次から次へと人のもののブランド名を指摘していくアサヒには何か病的なものを感じる。住む世界も感覚も違いすぎて男としてというよりも人間としてうまく捉えられなくて目の前がチカチカするような現象に襲われる。

「そういえば、ユキちゃん最近どうしてるの？　結構長いこと来てないわよね」

アサヒは突然生気を奪われたように表情を暗くしてユキ最近忙しいみたいでなかなか連絡返してくれなくてさと呟く。

「一応聞きますけどユキちゃんっていうのは、奥さんとは別人なんですよね？」

「ユキは俺のミューズだね」

「とうとう愛《いと》しのミューズに捨てられる日が来たのね」

ユキは俺のこと捨てたりしないよとアサヒは子供のように言う。後から入って来た三人組の男性たちが私たちの後ろのテーブル席でこの間東京体育館でハッテンを遂げた話をしていて、常に私が薄い本で嗜《たしな》んでいる世界が目の前に！　でも私のような女は彼らにとって最もゴミに近い存在かもしれないから絶対に私が腐女子であることがバレてはならない！　という混乱の極みの中でライに助けを求めたくて「ここから逃げましょう！」と念力を送るものの、ライはこの十人も入ればいっぱいいっぱいといった狭い店内で何も気に留めないような表情で圧の強いアサヒとオシンの言葉を穏やかに受け流している。

ライの態度は基本的に流しだ。実体を摑まれまいとしているかのように、人からの言葉や質問をさらっと流す。ぶつかり合うことがない。その彼女の様子を見ながら、私は昔中学校で受けた合気道の講習を思い出す。合気道というのは人の力を受け止めるのではなく、相手の力を原動力として流すことで相手を投げたりかわしたりするのだと。彼女がキャバ嬢という仕事をしながら全くもって疲弊もすり減りもしないのは、全ての人からかけられる言葉がワセリンを塗りたくった体をぬるっと滑り一ミリも刺さらないように、全ての摩擦から解放されているからなのかもしれない。彼女を怒らせたり傷つけたりできる人がいれば、彼女はもっと、もっと何か違ったのかもしれない。彼女の空虚さを目の当たりにしながら、自分にそんな力がないことが途方もなく悲しかった。

「ライは最近どうなの？　なんか変わったことあった？」

アサヒの言葉にライが顔を上げ、アサヒを見た後私に振り返る。

「由嘉里が転がり込んできたことくらいかな」

「あなに？　二人一緒に住んでんの？」

「うん。それでうちすごく綺麗になったんだ」

「え、あのゴミ溜めみたいな部屋が？　由嘉里ちゃんが綺麗にしたの？」

「うん。由嘉里はすごいんだよ。どこもかしこも綺麗にしちゃうの」

「そんなことないですよ。まだまだ全然行き届いてないところもあって。お風呂のカビ取りもまだしてないし、冷蔵庫の中とかエアコンの掃除もしたいなって思いながらまだできてないし」

「え、どうして一緒に住むことになったの？」

アサヒの言葉に、ライはうーんと言葉を濁す。私はひどく焦っていた。ライに、私と一緒にいることの意味を考えて欲しくなかった。私と一緒にいる意味など考えるだけ無駄で、そんな意味がライにあるはずないのだ。考えてみたら何で一緒にいるのか分からなかった、と放り出されるような気がした。

「私恋愛したことないんです」

勢い込んで言った私に、他の客たちの視線までもが降り注いだのが分かる。

「それって本当の愛を知らない的な意味？　それとも普通に恋愛したことがないって意味？」

「普通に恋愛したことない方です。だからライさんに色々教えてもらってるんです。この間もライさんのおかげでデートにこぎつけることができたんです」

「こぎつけるって言い方は良くないよ。二人が望んで会ったんでしょ。無駄に自分を貶《おとし》めるような言い方はしない方がいい」

ライの言葉に、いやいや私なんてとさらに卑屈な言葉を吐きそうになって、無理やり押しとどめる。ライが私のどういうところに異議を表明するか、少しずつ分かってきた。彼女は私がこの人生の中で外から貼られてきたレッテルと自分で内側から貼ってきたレッテルの中で、過剰に卑屈になっている状態を「は何それ？」と思っているのだ。

「ライって大概正しいけどさ、正しくない人だって精いっぱい生きてるんだぜ？　そんで自分の正しくなさなんて本人は全部分かってるんだぜ？　こぎつけたって言い方しないと由嘉里ちゃんは耐えられないからそう言っただけなんだよ」

アサヒの唐突な言葉に、私は思わず俯《うつむ》く。何で通りすがりの極悪女たらしにこんなことを言われて、こんな言葉に救われなきゃいけないんだろう。私なんて、私なんか、そうやって薄笑いで築いてきた自分の砦《とりで》を切り崩してくるライに救われる自分とそのまっすぐさに恐怖を感じる自分がいて、そしてこうして私の砦を慮《おもんぱか》ってくれるアサヒに救われる自分とそんな自分でいちゃ駄目だと思う自分とがいる。

「あ、ちょっと待って。家出ガールからだ」

アサヒはスマホを見てそう言うと店を出ていった。このタイミングでライと取り残されるのが、どことなく辛かった。何か伝えたいと思うのに何も言葉が出てこない。自分の混乱の出自が分からずさらに混乱する。ライは私の混乱を知ってか知らずか黙ってお酒を飲むだけだ。

「何なんでしょうね家出ガールって。なんか売れ線狙った小説のタイトルみたいですね」

「アサヒ家出少女がいるとナンパして家に連れて帰っちゃうんだよ」

「え、家出少女を奥さんと住む家に連れて帰るんですか？　それって色々問題ありませんか？」

「問題ない人なんてこの世界にいないよ」

説得力のある言葉に頷く。この数時間のいろんなものが色濃く胸に焼きついていた。この間まで完全に私の頭の中を支配していた奥山譲のことはもう一ミリも頭になくて、義長さまの声とライとアサヒとオシンと尊き男性たちに囲まれ、夜はふけていった。


えっ何これ!?　えっ何？　十センチくらい飛び上がって後ずさると、アサヒが呻き声を上げて目を擦る。これはドラマとかでよく見るやつだ。酔っ払って寝て起きたら男の人が隣にいて何これ？　ってなるやつだ。ほぎっと珍妙な声を上げて身体中をまさぐるが、ワンピースもストッキングもきちんと身につけている。ブラのホックが外れていることに気づいたけれど、これはきっと寝ている間に窮屈で自分で外したに違いない。

「ああ、おはようゆかりん」

「これって何ですか？　どういうあれですか？」

「ゆかりんが添い寝してくれって言ったんだよ」

「ライさんはどこですか？　ライさん！」

「ライは今日どこか行くって言ってたよ。コルギだったたか、カッサだったかそういう素敵なやつ」

「私が？　添い寝してくれって言ったんですか？」

「いやいやうそうそ。ライがソファで寝てるからこっち来ただけ。でも寝る前に頭撫《な》でてあげたよ」

「何ですかそれ」

「ゆかりんが撫でてって言ってたから」

「私が頭撫でてって言ったんですか？」

「撫でてっていうか、撫でてくださいよー！　あり得ない！　って感じだったかな」

ようやく半身を起こしたアサヒを見つめたまま後ずさってベッドから出る。きっと本当なのだろう。こういう時頭を撫でてもらえたらきっと楽になるんだろうなと、私は事あるごとに思ってきた。同僚からのマウント、上司からのパワハラセクハラ、窓口業務で出会う嫌な客、仕事上のミスを指摘された時、何かにつけてこんな時誰かに慰めてもらえたらと思ってきた。きっと私の恋愛したいという気持ちは、慰めてもらいたいという気持ちに近いのだろう。でもそんな気持ちから生じる恋愛は、結局のところ恋愛ではないのかもしれない。

「自分が数時間前に出会ったばかりの人にそんな弱みを見せるなんて信じられない」

「誰にだって寂しい時くらいあるんじゃない？　俺ホストじゃん？　来る客みんないろんな話するけどみんな寂しいって言ってるようにしか聞こえないよ。俺も寂しいし」

「アサヒさんが寂しいの？　奥さんいてユキちゃんいて、家出少女たちと仲良くして毎晩仕事で女の人と飲んでるのに？」

「俺さユキのことナンパしたんだけど、その時めちゃくちゃ寂しくてさ、だから金払うからちょっとだけ抱きしめさせてって言ったんだ」

「すごいですね。ホストが金払って抱きしめたいって頼むなんて」

「全然俺のタイプじゃないんだよ。俺ぽっちゃりが好きなんだけどユキ痩せてるし、性格もきついし。でもその時いいよって抱きしめてくれてさ、そしたらそれだけであーしばらく出勤できそうだなって思ったんだよ。きつい飲みも耐えられるし奥さんがおじさんに抱かれてるのも我慢できるって。それでその時、なんかそうやって騙《だま》し騙し生きていくんでもいいのかなって思ったんだよ」

「じゃあ、ライさんとはどうやって知り合ったんですか？」

「ライのことよくコンビニで見かけててさ、店どこかは知ってたから、すれ違うたびに声かけてたら顔覚えてくれて、そんで何度かスタバに並んでるとこ出くわしたから、一緒にフラペチーノ飲んで仲良くなった」

「それって軽くストーカーじゃないですか」

「俺ああいう女見ると首突っ込まずにいられないんだ」

路上で抱きしめてくれたユキちゃん、他の男と寝る奥さん、行き場のない家出少女たち、死にたいライ、つまりアサヒが首突っ込まずにいられないのは何かと癖つよな女たちということなのだろうか。

私は少し逡巡した後ベッドの端に座り直してアサヒのことを測るように観察する。見事なまでにホストだ。ツーブロックの金髪、整えられている眉毛、リングピアス、きっと何か有名なブランドものなのであろうが私にはその良さがよく分からないプリントシャツ、いくつも嵌められたきっと高いものなのであろう指輪、どこからどう見ても百人中九十人はホストだと言い当てられるであろう、ホストであること以外の情報を引き出せないその見た目に軽く感心すらする。

「あの、ライさんが死ぬことは知ってますか？」

「知ってるよ。最初からその話してた」

「どう思います？」

「理解できないね。どんなに空っぽでも無駄でもゴミでもカスでも世界中の全ての人にとって有害でも俺は誰より長生きしてやろうって思ってるもん」

「まあ私もそこまではいかなくても同じようなものです。死にたいとか生きたいとか、あんまり考えたこともなかった」

「だってさ、あと少ししたら人間は不老不死になれるんだぜ？」

「えー何ですかそれ」

「ほんとだよ。これからは遺伝子操作とかで人は自分がなり得る病気をほとんど回避できるんだって」

「でも病気にならなくたって老衰で死にますよね」

「でもそこまでいったらさ、不老不死だって夢のまた夢から夢くらいになってるって気しない？」

「まあ、しなくはないですね」

「だろ？」

　アサヒのバカみたいな笑顔に声を上げて笑った。どう考えてもめちゃくちゃな男だけれど、明日には未成年者略取の罪とかで逮捕されるかもしれないけど、本質的に有害な男ではないんだろう。物心ついてから今までで、男の人と話してこんなに無邪気に笑えたのは初めてかもしれないと気づいてホストの神髄を見たような気がしたけれど、いやこれは別にホスト力とは関係ないだろうと冷静に思い直す。でもこの人と不老不死になりたいよねなんてくだらない話をして高いお酒をおろして帰っていく女の人たちは、もしかしたらその数時間に救われて生き永らえているのかもしれない。私がトモサンに救われているように、皆何かこういう個人的な救いをストックして、辛い時に頓服のように利用して生き延びているのかもしれない。

恋愛だったり友達関係だったり、読書だったりスポーツだったり音楽だったり、買い物やホスト、ギャンブルやお酒、あらゆるものが誰かの救いとして機能しているのだろう。だったら別に、恋愛じゃなくてもいいのかもしれない。そう思うと同時に、もしも私が好きになった人が私を好きになってくれたら、それは自分を支えるかつてないほど強力な要素となり、私の生きる力を増強してくれるだろうとも思う。生きる力、その言葉にどこかで罪悪感がある。生きていくための力を必要としていないライに、この話は永遠に伝わらないんだろう。そう思ったらしゅんと体から力が抜けていった。

「この間、人生に絶望してる人に対する言葉がXでバズってたんです。死ぬくらいなら仕事をやめようとか、死ぬくらいなら人間関係切ろうとか、死ななければそれだけで君は偉い的なやつだったんですけどね、こういう誰しもがほろっとくるような言葉を見た時、ライさんはどんな気持ちなのかなって思ったんです。世界から取り残されたような、世界に一人きりみたいな気持ちなのかなって」

ＬＧＢＴＱ、うつ病、ＡＤＨＤやアスペルガー症候群、そういったこれまで社会から排除されてきた人々への理解を求める声が高まり、平等が叫ばれ、体罰が表沙汰になり、あらゆるハラスメントが問題化し、世の中は少しずつ多種多様な人々の生きやすさに向けて変化し始めている気はする。でも自殺に関しては、自殺する前に相談して、死んじゃだめ、あなたが死んだら悲しむ人がいます的な、少なくとも死を肯定的に捉えてはいない言説が主流だし、例えばアサヒが話していた飛躍的に進化している遺伝子研究なんかも自分たちから死を遠ざけるために推し進められている。死はこの世に生きるほとんどの人にとって忌むべきもので、心が健康であれば自分から求めるべきものではないという考え方が主流だろう。ライは孤独なのだろうか、それとも死ぬことを決めているライには孤独なんて存在しないのだろうか。

「そういう風に思ってるゆかりんがいるってだけでライはそんな孤独じゃないのかもしんないよ。なんかさ、よく分かんない奴らって、別に自分が思ってるほど可哀想《かわいそう》じゃなかったりすんだよ。自分にはよく分かんねえなって奴見た時はさ、可哀想とかバカだなとか思うんじゃなくて、自分よりめっちゃ楽しいこととか面白いこと知ってんじゃねえかなって思った方がいいぜ。だって少なくともライって全然不幸そうじゃないじゃん」

「何だか、余裕ですね」

　私のその言葉には少しだけ羨みがこもっていたかもしれない。アサヒはどうしてこんなにナチュラルに、ライの死にたみを受け入れられるんだろう。ライの死にたみについて考えていると、いつもよく分からなくなって二キロくらいのパスタの乾麺を派手にぶちまけてしまった時のようなどうしようもなさに襲われる。小麦粉ならば掃除機をかけてしまえば良いが、乾麺は拾い集めなければならないという絶望分どうしようもなさが募る。アサヒはきっと、二キロの乾麺を床にぶちまけた状態で「ま、いっか」と諦めてそのままキッチンを後にし眠りにつける人間なのだ。

「ねえゆかりんスタバ行かない？　俺起きてわりとすぐにフラペチーノ飲まないと死んじゃう病気なんだけど」

「何ですかそのオサレ可愛い病気は」

「だって俺オサレ可愛いホストだからね」

「アサヒさんはオサレでも可愛くもないですよ。ホストではありますけど」

俺ナンバーワンなんだよ？　とアサヒはバカみたいなことを言って、私はバカみたいだと思って「バカみたい」と笑う。何故か分からない。これまでの人生の中で最も遠い人種と思っていたライやアサヒが、今は家族や同僚たちよりも親しみやすく、それこそオタ友なんかと同じくらい一緒にいて和める人たちとなっていた。

私はすっぴんにスウェット姿という完全にアサヒが枕をしている客と勘違いされるであろう格好で、すでにランチをしている休日エンジョイ勢なんかもいる中、アサヒに薦められそれぞれダークモカチップフラペチーノのグランデを頼み、窓際で眩《まぶ》しいだの眠いだの二日酔いだだのと文句を言い合いながら高カロリーの極みドリンクを瞬く間に飲み干した。

「私この間初めてデートらしいデートしたんですよ。合コンで知り合った男性なんですけどね。人づてにLINE聞かれて、焼肉食べに行ったんです。それでまあ、結構つまんなかったんですよ。めちゃくちゃ緊張するし、ていうかLINEするのすら緊張するし、行く前の化粧とか身支度ものすごく疲れるし、会ったら会ったで仄《ほの》かにイラッとすることが多いし、それにM・I・Mオタとしては許せない肉の焼き方するし。あ、M・I・Mっていうのはミート・イズ・マインっていう焼肉擬人化漫画なんですけどね、そこに関してはもうグーグル先生に聞いてくださいね。なんか、三次元の男の人に関してこういう文句垂れてばっかりなのもあまりに腐女子的で抵抗あるんですけど、まあ何ていうか、機を逃したのかなーとは思うんです。私もう二十七ですよ。恋愛今から、今からゼロからスタートって、やっぱ難しいんですかね。恋愛以外の、仕事とか友達付き合いとかは普通にできるんだから、そうやって仕事と友達付き合いを目いっぱい楽しんで歳《とし》をとっていくんでもいいのかなって思うんですよ改めてここにきて。ハードルたかっ！　って思ってばっかりなんですよ婚活始めてから。あ、なんかすみません私めちゃくちゃ喋《しゃべ》っちゃって、何なんですかねホストってやっぱり人から話を引き出す能力があるんですかね？」

いや俺今完全オフモードだから何も引き出そうとしてないよ、とスマホを見つめながらアサヒが言う。へー焼肉擬人化ってこういうことね、俺たちの仕事奪う系だなこれ、と眉を顰めるアサヒに笑いながら、私はついさっき気づいた奥山譲からのＬＩＮＥを開こうか開くまいか迷っていた。デート後に数回交わしていた内容からして、再デートの誘いの可能性が高かった。

「恋愛ってハードル高いよね。俺にとってもそうだよ。そもそもセックスってちょっと気持ち悪いじゃん？」

「セックス気持ち悪いんですか？　アサヒさんが？」

「最初は皆知らない人じゃん。知らない人と知り合って仲良くなって、それで手に触れるようになって、キスしたりするじゃん？　そんで性器と性器を擦り合わせるわけだよ？　それってどう考えても気持ち悪いことだよ。俺わりと引きこもり気質だからさ、基本あんまり人と関わりたくないわけよ。だからこそリハビリ的にホストやってるところもあってさ。まあさ、知らない相手と裸で抱き合うなんて、誰にとってもちょっと気持ち悪いことで、結構精神力いることなんだよ。挿入なんてもっとだよね。もちろん勃《た》つよ？　実際目の前に裸で受け入れようとしてくれてる女の子がいたら。でもさ、そこらへん歩いてる女の子とヤルこと考えると、ちょっと気持ち悪いよねやっぱ。でもさ、たまにさ、気持ち悪いを超えてヤリたい、好きだ、ってなる人がいるんだよ。気持ち悪いを超えるっていうか、気持ち悪いことをしたい、ってなる人だよね。そういう人はたまにだけどいて、そういう人と気持ち悪いことをした時、人は最高に気持ち良くなるんだよ」

アサヒの言葉は分かるようで分からなくて、話の方向が見えないことにもやもやしてくる。アサヒは、後先考えずに話し始めて話がにっちもさっちもいかなくなるタイプに見える。はあ、という要領を得ない私の声は、アサヒがフラペチーノをずずっと吸い込む音でかき消された。

「だからさ、単に気持ち悪い人と気持ち悪いことをしたら、最低な気分になるんだよ」

「なるほど。それは、そうでしょうね」

「だから、この人ちょっと気持ち悪くないかも……って思える人と出会うまで、別に恋愛なんてしなくていいんだよ。他の人よりも、ちょっとだけ触れるのにハードルが低いかもって思える人が見つかるまで、手だって繋がなくていいんだよ。ほんとね、気持ち悪い人と気持ち悪いことしたら、女だって男だって傷つくんだから」

これまで私には想像もつかないほどの数の女性の手に触れ、数え切れないほどのキスを交わし、経験人数も超常的な数であろうアサヒの言葉は重たかった。誰でもいいからとりあえず恋愛をしてみたい手に触れてキスをしてあわよくばセックスをしてみたい、そうしたら何かが変わるかもしれない、今のこの孤独が多少なりとも癒されるかもしれない、そんな恋愛未経験者の思い込み的な欲望から婚活を始めた自分が、あまりにも惨めに思えた。でもこいつの奥さんは気持ち悪い人と気持ち悪いことをしてこいつをナンバーワンにさせてるんだよな、と思いついて何とも言えない気持ちになる。この人は、その存在からしてあまりに矛盾していないだろうか。こんな風に生きていて、その矛盾や歪《ゆが》みに耐え難くなることはないのだろうか。

行こうゆかりん。空のカップを持ったアサヒが、なぜか急に私の手を取った。えっ何ですか？　と戸惑いながら私も空のカップをゴミ箱に投げ捨てて外に出ると、アサヒは私の手を引きぐんぐん歩いていく。

「俺と手繋ぐの全然気持ち悪くないでしょ？」

「いや、若干、私手繋ぎ慣れてないからかもしれないですけど、やっぱりちょっと気持ち悪いです」

「まあでもその合コン野郎よりはマシでしょ？」

「確かに、あの人と手繋いだらもうちょっと気持ち悪そうです。なんか生々しいんですよね存在が。まあ私は二次元の民だから当然かもしれませんけど」

「ちょっと二・五次元的な存在の俺で慣れたらいいよ」

「一時間いくらですか？」

「五百円。いや、二人分だから千円だな」

アサヒはそう言ってぐんぐん歩き、コンビニでビールとチューハイを数本買うと、新《しん》宿《じゅく》御苑《ぎょえん》の券売機の前でようやく立ち止まった。促されてチケットを二枚買い、私たちは入園した。いつぶりだろう。随分前、確か学生の頃かなんかに友達に誘われて桜を見に来て以来だった。

「よく来るんですか？」

「新宿キッズだからね」

「キッズって、アサヒさん何歳ですか？」

「二十四だけど？」

二十四かーそれはぎりぎりキッズって言ってもいいのかな、でもなあやっぱり大学卒業くらいの歳からもうキッズではないと思うんだよなあ。私のぼやきを無視して、アサヒはぐんぐん御苑の中を歩いていく。

日曜の御苑には観光客もいて、随分人が多かったけれど、背の高い木の生い茂る奥まった小道のベンチに腰掛けると人の姿はほとんど見えなくなった。

「ここ本当は飲酒禁止だからね」

知ってますよと言いながら出されたビールをちびちびと飲み始める。昨日の晩の酒が抜けていないまま飲むことに抵抗があったけれど、置かれている状況が非現実的でもうそんな小さいことはどうでもよくなる。

「何で私と御苑に来ようと思ったんですか？」

「気持ちいい天気だったからさ。それにまあ、そこにゆかりんがいたから？」

「陽《ひ》の光を浴びながら一緒に迎え酒を飲んだ仲として言うんですけど、私と二人で、プロジェクトを発足しませんか？」

「プロジェクト？　かっこいいな。なにプロジェクト？」

「ライさんが昔すごく好きだった人がいたの、知ってます？」

「ああなんか、有耶無耶《うやむや》に別れたんだったか自然消滅したんだったかっていう彼氏がいたって聞いたことはあるけど」

「私は、その人がキモなんじゃないかと思ってるんです。その人と関係をこじらせたせいで、ライさんの死にたみが増大したんじゃないかって。私が提案するのは、その人との確執を解消してライさんの死にたみ半減プロジェクトです」

「えっダサくね？」

「は？　私がですか？　それともこのプロジェクトがですか？」

「どっちもだよ。距離感間違えてね？　え、ゆかりんもこの東京砂漠を生き抜いてんだから人との適切な距離感分かるよね？　暑苦しいのとか人情的なのとか恥ず！　って感じ分かるよね？　いやー引くわー」

「え、じゃあこのまま、このままライさんが死んじゃってもいいんですか？　私たちこんなにライさんのこと好きなのに？　そんなとこでカッコつける必要あります？」

「いや好きだよ。それにスカしてるとかそういうんじゃないよ。でもさ、人には立ち入られたくないところってあるでしょ。俺は別にさ、他人なんて勝手に死ねみたいなスタンスじゃないよ。むしろもっと、愛したいし愛されたいスタンスよ。人類総ラブよ。でも越えちゃいけない一線てあるじゃん。死なないで！　って泣いて止めるのは違うよね？　それはゆかりんも分かるよね？　でさ、人の生き死にに人は関与できない……みたいな一昔前のサブカル的ノリ？　みたいなのも違うよね。今はさ、そうやって色々気をつけてないとダサいことになる時代なんだよ。こうなりたくないし、これも違うな、かといってこれもダサいし……みたいな？　そういう網の目を潜《くぐ》るようにして生きる時代じゃん？　っていうかこんなこと説明しなきゃいけないのが馬鹿げてるよ。ゆかりんだって感覚的に分かるでしょ？　親友のために過去のトラウマを解消するお手伝いをしましょうっていうストーリーがいかにダサいか」

「まあそう言われると、結構ダサい気がしてきました」

「そもそもプロジェクトっつーセンスがダサいんだよなあ」

　プロジェクトかっこいいって言ったじゃんと思いながら、意気消沈してため息をつく。どうやらライに生きる喜びを感じてもらいたいという私の望みはダサく、当人にとっても困らせる類のものでしかないようだった。確かにこの話をライが聞いたら困ったように笑って有耶無耶に流しそうだ。

「私たち界隈でもキャラの属性っていうのは大事で、スパダリとか溺愛とかヘタレとかワンコとかまあ色々あるわけですけど、例えばダサさを恐れていては溺愛とかヘタレとかは受容できませんよね。実を言うと私、ここ数年でバブみが分かるようになったんですよ」

「話の行く先が分からないけどバブみってなに？」

「簡単に言うとお母さんに甘えたい気持ちです」

「は？」

「そういう指数があるんです。例えばＭ・Ｉ・Ｍのコブクロさんはバブみが高いとか、そういう言い方をするんです。残念なことに昨今バブみの使われ方が間違って浸透してるんですけど、バブみは年下キャラに対して使われる言葉なのでそこは押さえておいた方がいいですよ」

「へー。それってつまり俺のユキちゃんに対する気持ちと同じだな」

「え、ユキちゃんって何歳なんですか？」

「二十九か、三十だったかな」

「だからバブみは年下に対して使われる言葉なので年上には使わないんですってば。年上にバブみを感じるのは当たり前じゃないですか。あくまでも年下に感じるからバブみなんです。ていうか話を元に戻しますけど、よく分かんないなーと思ってた私がバブみの尊さに気づけたように、ライさんだってスポーツは好きじゃないだろうけど、スポーツを見て涙したこととかあると思うんですよ。スポーツやってる人とかが血の滲《にじ》むようなトレーニングを積んだり、チームメイトと熱い絆《きずな》を持って戦ったりとかしてる姿を見てグッとくること、アサヒさんはないですか？　誰にだってありますよね？　暑苦しくても、ダサいとは思わないですよね？」

「まあ、オシンとかは情熱的なタイプだし一緒に試してみれば？　俺は死んでもダサくはなりたくないいんだよ」

「ダサいシャツ着てるくせに」

「は？　このシャツ十万超えだぜ？」

「何でシャツに金色の金魚が泳いでるんですか？」

「ゆかりんてあれだよな、小学生の頃なんでスニーカーのかかとに空気入ってんの？とか、前髪長くて前見にくくないの？　とか言ってきた嫌な奴みたいなとこあるよな。かかとに空気入ってると走りやすいとか前髪ないと目からビーム出ちゃうからとかそんな理由あるわけないだろ？　俺の言動の九割九分はかっこいいからって理由だよ」

　いくら説得しても、アサヒはこのプロジェクトに前向きな姿勢を見せなかった。アサヒがこんな態度だし、ライもこんな態度で流すのかもしれない。でもそこに一縷《いちる》の希望が生まれる可能性は無きにしも非《あら》ずだ。フィギュアスケーターが四回転ジャンプを決めた時、サッカー選手がハットトリックを決めた時、バスケの試合終了まで残り数秒で僅差で負けているチームの選手がスリーポイントシュートを決めた時、感動しない人間などいるだろうか。勝利や頂点を勝ち取ったスポーツ選手が泣いているのを見て、暑苦しいとかダサいなどと思う人がいるだろうか。スポーツの熱さにダサさを感じないのは、きっと見ている者が文脈を摑めるからだろう。ここまで積み重ねてきた練習や、乗り越えてきた怪我《けが》や不調、チームメイトとの軋轢やライバル心、あらゆる背景を想像するからこそ、そこに抵抗を感じないのだろう。だとしたら、私もまたライに対してそれだけの文脈を感じさせることができれば、彼女が私の「生きていて欲しい」という暑苦しい思いに心を動かされることもあり得るんじゃないだろうか。でも、その思いは一体どこから生じているのだろう。私の「生きていて欲しい」は、一体どこから発生しているのだろう。もしこの思いがただ単に自己満足的なものであった場合、彼女にとってこんなプロジェクトは傍迷惑《はためいわく》で押し付けがましいものでしかないだろう。でもスポーツだって、別に生きていく上で必要かと言われればそんなことはない。戦争の代替行為としてオリンピックが機能していた頃とはもう時代が違うわけで、現代のスポーツによって享受される感動は、彼らの根拠不明な勝ちたい、強くなりたいという希求によって生じているものとも言えないだろうか。そもそも人間にとって三大欲求を満たす以外に根拠のある行動なんてあるんだろうか。三大欲求のうちの一つを一度も満たしたことのない自分にはこんなことを考える権利なんてないだろうか。私が被害妄想的なことを考えているうちに、アサヒは記念撮影をしている観光客を見つけて「フォト？　フォトる？」となぜか自分から撮影を買って出ていた。

アサヒが外国人グループと盛り上がり、手を伸ばして自分入りのセルフィーを撮り始めたため、私は意を決してスマホを手に取り、奥山譲からのトークをタップする。

「由嘉里ちゃんこんにちは！この間ご飯行ったばっかりだけど、次のご飯はどうしますか？また焼肉でもいいし、別のものでも僕はいいです！来週か再来週の空いてる日を教えてもらえると嬉《うれ》しいです」

クエスチョンマークとビックリマークが多いし、別のものでも僕はいい、という文章のこなれなさに加えて、最後には笑顔の絵文字が入っていて、さらに喜びを表現しているのであろう無害そうな笑う熊のスタンプが駄目押しのように入っていた。文章の最後を句点以外のもので締めくくる人が苦手だ。こうしてまた、私は自分が苦手な人を自覚する。恋愛できるなら誰でもいいと思っていた。好意を持ってくれるなら誰でもいいと思っていた。でもライのフラットな視点に晒され、アサヒのセックスは気持ち悪い発言を聞いた私は、もう誰でもいいと思えなかった。モテたこともないくせにおこがましいかもしれないけれど、結局私は好きな人と恋愛がしたいのだ。そんな当然のことに気づいて、そんな当然のことも分からなくなるくらいこじらせていた自分に気づいた今、晴れやかだった。

「この間まで親族以外の男の人と二人で出かけたことのなかった私が二度目のデートに誘われましたよ」

隣に戻ってチューハイのプルタブを引き上げたアサヒにそう言うと、

「例のキモい男？　行くの？」

「悩んでます。でも乗り気ではないです」

「二回目って結構重要だからね。いよいよ判定ださなきゃってとこだからね、最後に一回、って会ってみて、ほんとに切っていいのかいったん考えれば？」

「やっぱりそうですよね？　さすがに今のこの段階でもう無理ってなるのも違うかなって、あと一回確かめた方がいいのかなって思ってたんです。アサヒさんが同意見で勇気をもらいました」

勇気を得た私は、これまでずっと奥山譲とのＬＩＮＥに長い時間をかけてきたのが嘘のように「こんにちは。来週なら月水金、再来週も月水金が空いてます。今度は焼肉ではなく、奥山さんのおすすめのお店などに行ってみたいです。」と打ち込む。覗き込んだアサヒが、スケジュール見なくていいの？　と聞くから、火木はどうしてもリアタイで見たいアニメが放映されるんです、それ以外に私用はありませんと答える。

「土日は？　なんか腐女子イベントとかあんの？」

「何だよゆかりんてまあまあライのこと大好きだなー」

まあまあ大好きって何だよと思いながら、まあまあ大好きですよと答える。

「どうして俺らって報われない好きばっかりなんだろうな」

「それってライさんへの好きが報われないってことですか？」

「それもそうだけど、ゆかりんは好きになれる男がいなくて好きの行く先がないわけじゃん？　俺は奥さんもライもユキちゃんも好きだけど、三人とも俺の好きとは違う好きを向けてくるんだよ。俺がテニスボール打ったらバスケットボール投げつけてくるみたいな好きなんだよ」

「アサヒさん、それは贅沢《ぜいたく》ですよ。打ったら打ち返してくれる人がいるだけですごいことですよ。私なんか一人で延々滑稽な素振りしてるようなもんですよ。もうその自分の素振りの不様さが耐え難くて婚活諦めようか悩んでる域なんですよ」

「恋愛にはさ、片思いの地獄、両思いの地獄、結婚後の地獄っていう三種類しかないんだぜ。もしかしたらゆかりんは恋愛に幻想抱ける今が一番幸せなのかもしれないよ」

「幸せな両思い、幸せな結婚がないなんて思ったら恋愛したくなくなります」

「いやもちろん幸せはあるよ。幸せな両思いも幸せな結婚もあるよ。でもさ、恋愛してる時ってちょっと苦しいんだよ。幸せでも、ずっと鎧《よろい》着てるみたいな重さがあって。ほら、中高の頃とかに恋愛し始めた奴らがそれまでの無邪気さをなくしてくみたいなの見てて感じなかった?」

「リア充はあんまり視界に入ってこなかったのでそういうのはちょっとよく分からないですね。あ、でも、腐友たちにもやっぱり二十歳過ぎた頃から少しずつ向こう側の世界に旅立つ子たちが多くて、私たちの中ではその向こうに行ってしまった……っていう表現をするんですけど、まあ彼氏できたとか婚約したとかでその向こうに行ってしまった子たちが、ある日突然その向こうから渡り鳥のように舞い戻ってくることがあるんです。みんなリア充生活に向けて旅立つんですけど、彼氏とか旦那さんとの関係がマンネリ化したり、別れたりするとこっちの世界が恋しくなって戻ってくるんですよ。そういう時の彼女たちは本当に晴れ晴れした顔をしてますね」

「渡り鳥腐女子か、面白いな。そういう子たちってホスクラには来ないのかな? 腐女子とホストってめっちゃマッチング度高いと思うんだけど、割にお客さんには少ないんだよなー」

「それはですね、濃度ですよ。アサヒさんには分からないでしょうけど、私たちにとって現実の男、特にホストみたいな人種というのは濃度が高すぎるんです。私たちにとっては体臭のしない二次元くらいの濃度がちょうどいいんです。ホストみたいにキラキラした男にお酒とか注《つ》がれたり肩を抱かれたりするともう濃すぎて耐えられないんです。だから腐女子が恋愛とか結婚してその向こうへ行く場合も、お相手は私たちが常に漫画で見ているようなワンコとかスパダリなどではなく、キャラ名は伏せますがウルトラ怪獣シリーズにいそうな属性の人が多いですよ」

「分かる分かる。ジャミラとかダダでしょ？」

「せっかく名前伏せたのに！　ていうかアサヒさん本当に二十四ですか？」

「小学生の頃の親友がウルトラオタクだったんだよ。ま、理想と現実は別物だからね。でも理想と現実の境界線に俺らホストは存在してるんだけどね」

　買い込んだお酒が残り僅かになった頃、私たちは缶を持ったまま御苑内を歩き始めた。終わりかけている夏は、木々や草花の随所にその存在感を色濃く残しながら次の季節にバトンを渡しつつある。例えばオタ活に勤《いそ》しむ仲間たちが誰かに恋い焦がれ三次元と恋愛をして、また腐女子界隈に戻ってくるように、一本の木も一人の人間も夏と冬で全く違った世界を映し出すように、私たちは変化し続け循環し続けながら存在し続けているんだ。そして夏と冬の間を緩和してくれる春と秋があるという事実に、日本人の有耶無耶メンタルが誕生した起源をも感じる。

「あれ、もう閉園かな」

園内アナウンスに顔を上げてそう言うと、もう六時かあとアサヒは答えた。ここに来たのが確か二時くらいだったから、四時間くらいアサヒと二人で話していたことに気づいて言葉を失う。奥山譲との食事は、ぴったり二時間だったのに話題ないな何話したらいいのかな話したら話したでつまんねえな早く終わらないかなと考え続けるだけの時間だったのだ。

「あ、リハビリ忘れてた」

そう言って出された手を、私はスタート地点に立ったことがないからリハビリではなく特訓ですと言いながら摑む。手繋ぎシチュなんて何通りも想像してきたから大した発見はないが、と強がりたいものの、やっぱり男の人の手って大きくてごつごつしてるんだなあと普通に恋愛初心者なことを思ってしまう。俺のこと好きになっちゃダメだよと真面目な顔で言うアサヒにはいはいと言いながら門に向かって歩く途中、普通に手を繋いで男の人と歩いているという事実にキュンとする。あくまでもこれは、アサヒと手を繋いでいることにではなく、現実の男の人と手を繋いでいるという事実に対してのキュンだ。自分に言い聞かせながら御苑を出て三丁目方面に向かって歩き、靖国《やすくに》通りの交差点に差し掛かった辺りで「じゃ俺いったん家帰って身支度して出勤するから」とアサヒが握った手に力を込めた。

「大丈夫ですか？　今日あんまり寝てないですよね？」

「ホストっつったってそんな適当に休むってわけにはいかないんだよ。ホスクラってそれなりに厳しいし下に示しがつかないからね」

アウトローな生き方をしようと思っても、逆にアウトな世界においてはインな世界よりもブラックなローが機能してしまっているという典型的な例だなと思いながらふうんと呟いた瞬間、吹っ飛ぶ。ズザアっという音と共に地面に倒れ込んだ私は現状を把握しようと目を見開くが、金切り声と悲鳴が耳に届くばかりで全く何も摑めない。アサヒの慌てきった声が聞こえてはっと振り返り、事件は背後で起きていたことを知る。

「ふざけんなふざけんなよ何なんだよお前殺してやるふっざけんな何だこのブス何でお前こんなことしてんだよ毎月お前に幾ら落としてんのか知ってんのかこっちはお前のためにお前は絶対耐えらんないようなことして金稼いでんのに！　こんな女店で見たことないぞふざけんな！」

最後のふざけんなは怒鳴り声ではなく悲鳴のようで、私は倒れ込んだまま後ずさる。大丈夫ですか？　と声をかけてきたサラリーマンに強張《こわば》った顔のまま首を振る。

「違うんだよ違うんだってこの子は友達の友達で、全然関係ないんだよ全然。ヨリちゃんと同じ次元じゃないんだって。ヨリちゃんが俺のために頑張ってくれてるの俺が一番よく知ってるよ。本当にこの子は友達の友達なんだよごめんねこんなところ見せちゃった俺が悪いよね。分かってるから落ち着こうよ、ね？　俺これから出勤だから同伴しよ」

咽《むせ》び泣くヨリちゃんを抱きすくめるようにして彼女の動きを封じていたアサヒは、彼女の頭を撫でながら軽く振り返ると目で「ごめんね逃げて」と正確に伝え、私はサラリーマンの人の手を借りながら立ち上がり、彼らに背を向けて信号を渡り始めた。

「大丈夫ですか？」

よろめく私の腕を摑んだまままついて来て再び同じ質問をしたサラリーマンに「大丈夫じゃないですけど大丈夫ですって言います」と返して、「ありがとうございました」と頭を下げ、彼の手を押しとどめると足を引きずりながらとにかくヨリちゃんから離れるために歩を進めた。靖国通りを五分ほど歩いた後、コインパーキングの縁石に座り込んでダメージを確認する。左腕から左わき腹にかけて飛び蹴りを食らったようで、その周辺がズキズキと痛む。また倒れ込んだ時にスウェット越しに地面に打ち付けた右肘周辺には血が滲み、広範囲に内出血を起こしていて、腰から太ももにかけては見なくても裂傷的なものが生じていることが分かった。家を出てから延々暑いと文句を言い続けて来たけれど、長袖長ズボンのダサスウェットを着ていたのが不幸中の幸いだ。ふざけんなって、こっちがふざけんなだ！　激しい怒りが湧き上がると同時に、何か自分の中に大きな空白感が生じていることにも気づいていた。つまり私は、ああいう風に脇目も振らず好きな人のために怒ったり泣いたりキレたりできる人間に劣等感があるのだ。ああして好きな人のために我を忘れられる人になりたいんだ。そこには、私が推しを愛するのとは全く別種の「周りが見えなくなる力」が生じている。そうだ、私は我を忘れたいんだ。我を喪失して、好きな人に狂いたいのだ。でもそうなった人間はあまりに浅ましく恐ろしく凶暴だ。恐れをなしていた。私はこんな世界に足を踏み入れるべきではない。

ところでヨリちゃんというのは奥さんなのだろうか、それともお店のお客さんなのだろうか。同伴って言ってたから多分奥さんじゃないよな。いやでも奥さんもお客さんなんだよな。そう考えながらドラッグストアに寄ってガーゼや絆創膏《ばんそうこう》を買っている頃には冷静になっていて、何だかこの自分の冷静さにもがっかりする。

「でも、恋愛なんて人それぞれよ。相手が好きすぎて我を忘れて脱糞《だつぷん》姿を晒すような恥ずかしい恋愛してる人もいれば、和歌を送り合うような奥ゆかしい恋愛してる人だっているんだから」

ライも出勤していてこのつらみを吐露できる人がいなかったため、家で一人Uber Eatsで頼んだケンタッキーフライドチキンをもしゃもしゃ食べ切った後、勇気を振り絞って半ば震えながら訪れた「寂寥」で今日初対面の女から受けた所業と恋愛したことがないコンプレックスを吐露すると、オシンはそう言った。一人でバーに入るのは初めてだったけれど、狭い店内の奥でカップルと思しき男性二人がいちゃついているだけでカウンターに人がいなかったため何とか入店することができた。

「まあそうですけど……でも私和歌も送ったことないからなあ」

「ドラマとか映画になってる激しい情愛みたいなものだけが恋愛ってわけじゃないし、あんたがそんなとこ目指してもしょうがないわよ。激しくならない時はならないしなる時は勝手になるのよ」

なるほどそういうものですかと、小皿に出された湿気《しけ》たおかきをつまみながら呟く。一挙手一投足にびりびりと痛みが走って眉間に皺が寄る。

「私なんてもう何年も片思いしてるのよ？　奥ゆかしいにも程があるわよね」

「オシンさん、片思いしてるんですか？　意外！」

「失礼ねあんた、エクスクラメーションマークつけた勢いで言いやがって」

「そっかー、オシンさんが片思いしてるのか。なんかそれはちょっと、勇気付けられます」

ピロンと音を立てたポケットの中のスマホを取るために屈《かが》んだだけでまた痛みが走る。

「ごめんねゆかりんほんといつかお詫《わ》びするから何がいいか考えといて！　アサヒと朝までこのまま券でもいいぜ！」

いつLINE交換をしたのか覚えていない「asapinchos」という登録名の謝罪メッセージにはそうあった。こんなんじゃいつか殺されるよあの人……。唖然としながらそう呟いてオシンに画面を見せると、オシンは覗き込んでアサヒらしいわーと笑い、朝までこのましちゃ駄目よ、と鋭い目をしてみせた。

「朝までこのままとか冗談じゃないですよ。傷害事件ですよこれは、しかも勘違いの末に起きた事件ですよ」

くだを巻きながらハイボールを飲んでいると、何だか仕事帰りに一杯やりたくなる人の気持ちが初めて分かった気がした。

「なんか、人に笑ってもらって、自分も笑って、そういうことでしか癒されないものってあるんですね……」

「何よあんた、腐って溶けたおっさんみたいなこと言って。若いんだからもっとファンキーに生きなさいよ」

「若さとファンキーを結びつけるあたりオシンさんの方がおっさんですよ。今の若者はそういうの求めてないんです」

「いやそりゃ私はおっさんよ。誰がどういうアングルからどういうフィルターを通して見てもおっさんよ。そんなことどうでもいいのよ、あんたもライとかアサヒを見習いなさいよファンキーでしょあの子たち」

「あの、つかぬことを伺いますが、オシンさんはライさんが死にたがってることを知ってますか？」

「知ってるわよ。死にたがりちゃんが生きる気になるかもしれないからって、アサヒがここに連れてきたんだから」

何だよライの死にたみ半減プロジェクトをダサいとか言ってたけど自分だってライに生きてて欲しいんじゃないか、そう思うとさっき飛び蹴りされた記憶も相まって苛立《いらだ》ちが募った。

「私は、ライさんに死んで欲しくないんです。普通にゆるっと、このまま仲良くしていたいんです。この世界がライさんのいない世界になってしまうのが怖いんです」

「なんかあんた、ライに恋してるみたいね」

意外な言葉に「ほほう」とニヤついてしまう。何がほほうよと笑って、オシンはちょうど入店した女性客二人にいらっしゃいと声をかけ、お酒を作り始めた。話し相手がいなくなってしまうと、途端に居心地が悪くなる。煙草も吸わないしスマホを出してもアニメや声優の公式LINEやXの通知しか入っていないため、必然的にグラスを持ち上げる回数が多くなってしまう。ふと奥山譲からのLINEに返信していないことを思い出したけれど、まあ明日でいいかと思い直す。初めてLINEをもらった時が最高潮で、彼の存在感はそれから今まで下降の一途をたどっている。返信一つにあれほど悩んでいたのが嘘みたいだ。「何で私は自分と食事に行きたがる男性からのLINE一つにあれほど取り乱していたのだろう」、なんていう世慣れた女風のナレーションを頭で流して悦に入る自分に笑えてきて笑いを隠すために口を変な風に歪めている自分がまたおかしくて笑えてくる。

「すみませんハイボールもう一杯」

手を挙げて言うと、オシンは大丈夫なのあんたお酒弱いんでしょ？　と言いながらも「薄めに作るからね」とグラスを持ち上げた。本当に随分と色の薄いハイボールを出したオシンは、どこか憐《あわ》れむような視線を私に向け、新規のお客さんのために大瓶のおかきを小皿に盛っていく。そんな大きな瓶に入れるから湿気るんだと思うけれど黙っておく。

「親が死んだって子供が死んだって、どんなに絶望したって生きてく人は生きてくのよ。それで、親が死ななくても子供が死ななくても、死ぬ人は死ぬのよ。あんたみたいな子が、そんなことで死ななくてもいいのにって思う理由とかで死んじゃったり、ライみたいに皆に祝福されてるのに死んじゃう奴もいるの。死にたくないのに死んじゃう人もいるし、死にたくて死んじゃう人もいる。そういう生まれ持った生命力みたいなものってやっぱりあるのよ」

「何か、ライさんの生命力を伸ばす手助けはできないんでしょうか。ライさんは元カレのことを引きずっていて、それで恒常的な鬱状態から抜け出せてないんじゃないかって思うんです。だからその問題を何とか解消することはできないか考えてて。アサヒさんにはこのプロジェクトダサいって一蹴されたんですけどね」

　おかきを女性客たちに出すと、オシンは私の前に戻ってきて何とも言えない複雑そうな表情を浮かべた。

「二十年くらい前、友達が自殺したことがあってね。彼ＨＩＶに感染してたのよ。当時の日本ではＨＩＶイコールエイズだったし、エイズイコール死だった。当時はまだインターネットも普及してなかったから正しい知識もなかなか手に入らなかったし、前向きに闘病していくって話してた時もあったけど、もともとちょっと不安定なところもあった人だから、どんどん精神的にガタついていって、最後は私はＨＩＶ感染者ですって紙を胸に貼り付けて首を吊《つ》った。発見者の二次感染を恐れてたの」

「闘病のきつさが原因ですか？　それとも病気のせいで周囲との関係がこじれたり、差別を受けたりしたことが辛かったんでしょうか」

「そうやって端的な理由を知りたがるの良くないわよ。結局、ほとんどのことをポジティブに捉える人もいれば、ネガティブに捉える人もいて、ネガティブに捉える人はいろんな要素が負の方向に結びつくのよ。ＨＩＶに関する知識も広がりつつあるし、感染者が増えている今だからこそ治療薬の研究も進められていくはずだからって励ましてたんだけどね。実際そうだったのよ。知ってる？　今はＨＩＶ感染者の寿命は非感染者と同じくらいまで延びてるって」

「そうなんですか？　すごい治療薬が開発されたっていうのは聞いたことありましたけど、そこまでとは思いませんでした」

「でも、彼はＨＩＶになってなかったとしても、いつかふとしたタイミングで死んでしまっていたかもしれないって、最近改めて思うのよ。ていうか、彼はＨＩＶにかこつけて死んでいったところもあったのかもしれないって」

「それって、それは、つまりさだめ的なものとして彼は死ななければならなかったってことですか？　ＨＩＶに感染しようがしまいが、彼は今現在もう存在していなかったんじゃないかってことですか？　理由があってもなくても、死ぬ人は死ぬってことですか？」

　自分の問いの激しさに、二席挟んで向こうに座っている二人組の女性が振り返る。何か空気を緩和させるフォローをしたいと思うもののうまい言葉が出てこなくて、こんな時アサヒみたいな適当な話術があればいいのにと思う。

「あんた、一回ユキに会っておいで」

　え？　顔を上げるとオシンが優しげな顔で私を見つめている。

「ユキって、アサヒさんの彼女の？」

「あの子小説家なんだけど、何かと人が死ぬ小説ばっかり書いてるのよ。それにあの子はこの世の全ての不幸を体現したような女だから。ライのことを知る手がかりになると思う」

「えっ、小説家なんですか？　いやでも会っておいでって言われても……」

「大丈夫よ。日曜はゴールデン街にいるから」

「いや、小説家の方にお会いするなら少なくとも著作を何冊か読んでからでないと……」

オシンは私に手のひらを向けて言葉を止めさせるとスマホを手に取り耳に当てた。もしもし？　ユキいる？　あっそう分かったー、というやりとりを二件済ませ、あ、別にいいんです私そんな今すぐにライさんのあれをどうこうしようっていうあれじゃないんで……という言葉を無視して三件目にかけた電話で「あ、じゃあ今から銀行員を派遣するからユキを出さないでおいて。投資信託？　違うわよただの心配性な銀行員よ」と犯人の在《あ》り処《か》を割り出した警察のような表情でウィンクをするとささっと伝票を書きつけて私に渡した。薄いハイボールは私の奢りよこんなこと滅多にないんだからねとぐちぐち言われながらほらほらと急《せ》かされ「二本向こうの通りのここよりも二軒くらい右寄りのお店で、『世界の果ての隣人』って名前の店ね。どっちが右って、こっちから見て右に決まってんでしょ。ほら早く行ってらっしゃい」

どしんと背中を押されて歩き始めたものの、不安が拭えない。今日初めて一人でバーに入ったばかりなのにそのままゴールデン街をハシゴするなんて、引きこもり系腐女子には荷が重すぎる。しかも初めて入るお店で初対面のしかもアサヒの彼女と、と思うと恐ろしさのあまり足が止まる。この感覚には覚えがある。

「大丈夫あなたならできるわ、怖がらないで」

　小学生の頃、母親によく言われた言葉だ。仲のいい友達とはそれなりに遊んでいたけれど、人見知りが激しく周囲から積極性がないと言われがちな子供だった私を、積極性のあるリア充に育てたかったと思しき母は、スイミングスクールや新体操、スキー合宿やサマーキャンプ、果てはガールスカウトまでことあるごとに勝手に申し込み、この言葉と共に私の両肩を押して送り出していた。私を妊娠するまで不動産会社の営業として働き、仕事を辞めてからも常に習い事を欠かさず、人付き合いの多かった彼女にとって、お小遣いで漫画ばかり買い読みふけっていた私は理解できない座敷わらしのような存在だったに違いない。夕飯時、学校や友達の家に遊びに行った感想を聞かれると、同胞と盛り上がった漫画やアニメの話を嬉々《きき》として延々話していた私は、小学校高学年になり彼女にその資質を疎まれていると気づいて以来、彼女に勉強と事務的なこと以外何の話もしなくなり、それは短大卒業と共に仕事と事務的な話に置き換わった。

　別に毒親とは思わない。私と彼女は属性が違ったというだけのことだ。つまり私は母親のことを何も知らないし、母親も私のことを何も知らない。そんな人と二十七まで特に大きな問題もなく同居していたという事実が今となっては不思議だ。でも、これから先ライに追い出されたり、考えたくないけれどライに何か重大なことが起こってあのマンションにいられなくなってしまった時、私は一人暮らしをするのだろうか。それなりに貯金もあるし、掃除は趣味だし、社会人二年目にお金出すから行ってらっしゃいよと母に勧められ料理教室に通っていたこともあって、生活能力には問題ない。考えてみれば私あなたに料理を教えてこなかったわよねという申し訳なげな言葉の本意は、花嫁修業の一言に尽きるだろう。よくよく考えてみればそんなモラハラ的とも言える彼女の提案を、まあお金出してもらえるしもしかしたらいずれ結婚するかもしれないしと軽い気持ちで受けた私も私だ。そうだ、責任転嫁かもしれないけれど、私が母親を嫌いなのは、母親といるとそういう言い訳を自分にかまして小賢《こざか》しく貧乏くさい自分をぬるっと許容してしまうからだった。もしもライの家に住んでいられなくなった時には、お金貯《た》まるしなどという自分への言い訳は許さず、己を鼓舞して一人暮らしを始めよう。ライと暮らし始めてそんなに長い時間が経った訳ではないけれど、すでに自分はまあまあ自立したような気がする。

振り返ったけれど、もうオシンはそこにはいない。私が見えなくなるまで笑顔で手を振っていた、私が不安そうな顔をすると決まって握った拳を持ち上げ、「頑張れ」というジェスチャーをして更に私を憂鬱にさせた母の下から、私は巣立ったのだ。ふと母から届いていた安否を心配するＬＩＮＥをもう二週間以上放置していることに気づき、途端に力が漲《みなぎ》ってくる。大丈夫。体内でへその緒を通じてフィーディングしてもらった母という最も近かった存在から、私は切り離されたのだ。属性の違いは、血の繋がりを超えられない。薄ら寒い事実を身をもって知ったことが、我が力になるとは思いもしなかった。

「世界の果ての隣人」という店名の割にポップな書体で書かれた看板に足を止め、ゴキブリバリアフリーじゃないかというくらい下に隙間の空いた木戸を引くと、狭い店内に三人の客と一人の店員が一気に目に入って躊躇《ためら》う。カウンター席は九席だけれど、端の二席は目の前に本棚が置いてあるためきっと使われていないだろう。

「銀行の人？」

　肩下十センチの長髪で右側一握り分の毛先から十センチほどだけ真っ赤に染めた同年代と思しき男性店員がぶっきらぼうなようでありながら非常に優しげという謎な口調で聞いた。はい、とか細く呟くと、まあこの人だろうなとは思っていたけれど一番奥の席を手のひらで示した。

「ユキさんですか？」

　振り返った彼女は、心身共にボロボロなのだろうがそれを化粧で何とか誤魔化しているような印象を与える見た目だった。弛緩《しかん》しきってエネルギーも覇気もなさそうな様子が伝わってきた。あときっとこの人は内臓主《おも》に肝臓を酷使しているはずという根拠のない確信がある。

「あの、初めまして、三ツ橋由嘉里といいます。『寂寥』のオシンさんからユキさんに会っておいでって言われて来ました。えっとそれで、アサヒさんとも昨日から一応知り合いです」

「はい」

そう、と微笑《ほほえ》むユキの目には光がない。酔っ払っているのかどうかも分からない。見た目の華やかさと暗さがアンバランスで、飲みやすいハイボールをと注文して隣に座るとそのアンバランスさにぐらついた気がしたけれど椅子がガタついているだけだった。ドアの下にも隙間が空いていたし、酒瓶を置いてある棚も僅かに傾いているし、この店は全ての立て付けが悪そうだ。

「オシンさんがユキさんのこと、失礼な話かもしれないんですけど、この世の全ての不幸を体現したような女だって言ってました」

くすくすと笑うユキは何だか十代の女の子のようで、印象がどんどん変わり続けるその様に不安を隠せない。こんな幽霊みたいだったり少女みたいだったりする奇妙な女をミューズと呼んでいたアサヒへの不信感も募る。

「そういえば、幸福も不幸も等しく私を不幸にする、ってシオランボットの投稿でこの間流れてた」

オーラもキャラも違うけれど、一方通行な話し方にはライに通じるものを感じた。

「無学で申し訳ないんですけど、シオランって誰ですか？」

「ルーマニア出身の思想家。シオランボットフォローしてる奴もまああ無学だと思うけど」

「実は、私の友達が、死にたがってるんです。いや、死にたがってるんじゃなくて、存在してないのが本来の自分だって言うんです。それで、私は彼女に死んで欲しくないんです」

「死んで欲しいとか死んで欲しくないとか軽々しく口に出さない方が身のためだと思うよ。そういう価値観をひけらかすと自分も人に死んで欲しいとか死んで欲しくないとか言われるようになる」

「軽々しく口にしてるつもりはありません」

「少なくとも、初対面の人と話すことじゃないよ」

ユキは子供をたしなめるような態度でそう言って、その目に僅かに嘲りと哀れみの色を浮かべた。どうしていいのか分からなかった。この人に何を言っても無効化されそうな気がして、何を喋ったらいいのか全く分からなくなる。ユキとの間に沈黙が流れれば流れるほど、そもそも私はどうしてライに生きていて欲しいんだろうという気さえしてくる。己に疑問を持てという意味で、オシンはここに行くことを勧めたのだろうか。

「あの、私にはよく分からないんですけど、オシンさんがどうしてあなたに会うのを勧めたのか分かりますか？」

「誰が何を考えてるのかなんて分からないよ」

「ユキさんて、小説家、なんですよね？　何ていうか小説家って、客観性があって、洞察が鋭くて、想像力が豊かで、っていう勝手なイメージがあるんですけど」

「そういう幻想持たれること多いけど、そういうこと言われるたび何も分かってないのは私だけじゃないんだって安心する。人類皆平等に何も分かってないんだって」

「なるほど。私は今己の愚かさを晒したということですね。確かに小説家の方はそう思われがちでしょうし、全くもって紋切り型なことを言ってすみませんでした」

皆そうだから全然大丈夫だよ、と私を励ますように言うユキは、きっとこの人はこれまで訳も分からずずっと生きにくかったのではないかとその人生を勝手に想像させる。

「アサヒって馬鹿でしょ？」

「はい」

「でもアサヒは私にも私の仕事にも一切幻想を持ってなかったから気に入ったの。小説書いてるの？　すごい！　っていう流れにうんざりしてた。私は駄文を肛門《こうもん》から垂れ流して、っていうか脱肛《だっこう》して腸とウンコを引きずりながら歩いてそのウンコ汁と腸から滲み出た血の軌跡で書かれた文章を売って生きてるような道化でしかないのに」

可笑しみを滲ませて言うユキに、完全なネガティブ思考と完全なポジティブ思考の融合を感じる。

「あの、アサヒさんとはどうやって知り合ったんですか？」

「靖国通りで声かけてきて。お寿司《すし》食べに行かない？　って。お腹空《す》いてないから帰るって言ったらなんか延々自分の話始めて、奥さんがおじさんに会いに行ってて寂しいとか、奥さんにナンバーワンにしてもらう生活はもうやだとか言い始めて。それでこれから家出少女連れて帰らなきゃいけないって言い始めて」

「アサヒさん本当に家出少女拉致してるんですね」

「しばらくしたらその家出少女が電話かけてきたんだけど、その子赤羽《あかばね》にいるんだけど新宿まで来れないっていうの」

「お金がないってことですか？」

「いや、馬鹿すぎて来れない。田舎から出てきたから乗り換えが分からないみたいで。それで俺これからタクシーで赤羽まで迎えに行くから一緒に来てくれない？　って言われて」

「行ったんですか？　赤羽まで？」

「うん。一万円あげるから一緒に来てって言われて、小説のネタになるかもしれないしって」

なるほど……と言いながら全然なるほどじゃなかった。アサヒもライもユキも、世間一般の人とは行動原理が違いすぎる。こんな人たちの中にいたら私はとんでもなく非常識な人間になってしまいそうだ。でも、彼らに別の原理があることを責められる人などいないのだ。それはヤノマミ族や各宗教に別の原理があるのと同じようなことで、いや、ヤノマミ族の中にも、各宗教の中にもあらゆる原理があるのと同じことで、日本人って大抵こんなもんと想定して日本人は皆同じような考え方をしてると思い込んでいた私が浅はかだったというだけのことだし、私から見ると行動原理がぶっ飛んでいるライに初対面で家に連れ帰ってもらい、住んでいいよと提案してもらってライにあやかって存在の場所を手に入れ、あらゆるものから解放されたのは私だ。少なくとも私は、自分の常識外の常識に手を差し伸べられ救われたのだ。

「結局、どうしたんですかそのあと」

「結局三人で寿司食べた」

笑顔で答えるユキに、思わず吹き出す。コントじゃないですかとユキの肩を叩いてハイボールのグラスを傾ける。私は唐突に本来の目的を見失っていることに気づいてはっとする。

「ところで、ユキさんはどんな小説書いてるんですか？」

「読みにくい、暗い、人が死ぬ、の三重苦。私のファンには変態しかいないと思う」

「人が死ぬ小説ばっかり書いてるって聞いたんですけど、どうしてそんなに人が死ぬ小説ばっかり書いてるんですか？　ミステリーとかホラー系ってことですか？」

「ミステリーでもホラーでもないよ。私の小説内で死ぬ人は、大体自殺かとても理不尽な死に方をする」

「ユキさん自身は、死にたいと思ったことはありますか？」

「昔は息をするように死にたいと思ってたけど、今は存在することで死に向かってるって考え方になったから死にたいと思うことは減ったかな。突発的に今だ死のうって思うことはあるけど」

「それって、例えばどういう時ですか？」

「外を歩いてて、特にこういう繁華街とか。嫌な臭いがした時とかかな」

思わず顔を顰《しか》め、え、そんなことでですか？　と聞きながら自分が汗臭くないだろうかと首を振りながらにおいを嗅ぐ。

「あと雨の日に砂とか土の混じった雨が足に撥《は》ねた時とか」

「本当にそんな理由で死にたいって思うんですか？」

「あと、子供の頃とか若い頃は、子宮が収縮する時に死にたくなった」

「子宮の収縮ですか、それってつまり、生理の時とかにってことでしょうか？」

「子供を出産した直後に、ものすごい子宮の収縮があって、ああこれまで自分を苦しめてきた死にたくなる感覚は子宮の収縮だったのかって気づいたの。それまではなんか下腹部がシクシクするみたいな感じだと思ってて。だからものすごい発見だったんだけど、出産して産後の収縮を終えたら、その子宮の収縮の感覚が一切なくなったの」

酒にまみれながら破滅的な生活を送っていそうなユキに子供がいるという事実に驚いていた。年齢的にはいてもおかしくない歳ではあるのだろうけれど、彼女はあまりにも母親というイメージからかけ離れていた。ライやオシンに子供がいると聞いてもここまでは驚かなかったかもしれない。

「お子さんいるんですね。びっくりです」

「子供は二歳の時に元夫が引き取って、だから今は一緒に暮らしてない」

ほとんど予想通りといってもいい返事を聞いた私は、自分の考えが浅はかである可能性に勘づき始めていた。ライが好きな人と結婚して子供ができたりしたら、もう死ぬことなど考えずに幸福な家庭を築いていけるのではないかと、私は心のどこかで思っていたのだ。

「どうして、別れることになったんですか？」

「それは一言じゃ言えないよ」

「一言じゃなくていいです。一晩使って話してくれてもいいです。聞かせてください。ユキさんが家庭円満家内安全的な分かりやすい幸福を享受できなかった訳を知りたいです」

「私はすごくだらしない人間で、本当にもうものすごくだらしなくて、とにかく規範みたいなものがどうしても守れないし、集団生活ができないし、ゴミを捨てられない使ったものを元の場所に戻せない、必要な連絡ができない時間とかスケジュールの管理ができない列に並ぶことができない、ドラッグにもお酒にも男にもだらしない。なんかスライムみたいな。スライムってあのバケツみたいな容器から落とすとその場でぐだっと広がってくじゃない？　ああいう感じ。ほっとけば埃《ほこり》とかゴミとか巻き込みながら限界までだらけていって、勝手に干からびていく。同類だと思って退廃的な考え方の男と付き合ってもいつも向こうがもう無理ってなって離れていった。もう男はその都度適当に仲良くする相手がいればいいやって思い始めた頃に夫と出会って、あ、元夫だけど。彼は何もかも世話をしてくれて、部屋も生活も私のスケジュールも管理してくれて、もしかしたらこの人といたら私は真っ当な人生を送れるんじゃないかって思ったの。年金払ったり、保険証をきちんと持ってたり、歯が痛くなったり体に不調があったら病院行ったり、床が見える部屋に住んだり、外から帰ったら手洗いしたり、一日に二回歯磨きをしたり、そういう普通の生活ができるんじゃないかって。半分諦めながら、どこかでそういう生活への憧れは持ってたから、その時は希望に満ち溢れてて逆に戸惑うくらいだった。それで結婚した」

「旦那さんの方は、ずっとユキさんのことを支えていこうっていう気持ちだったんでしょうか？」

「何でも頼ってくれていいって、何でも自分がやるからって言ってた。心から幸せで、私も少しずつお酒を減らしたり、男遊びも減らしたり、ドラッグもマリファナ以外はやめて、自分で床に落ちたゴミとか拾うようにもなったりして、生活を整えることに前向きになってた」

「それでも酒も男もドラッグも完全にやめたわけじゃなかったんですね」

「彼に理解があったからね。まあでも彼に理解がなければ結婚しようと思わなかっただろうし、結局のところ理解があってもなくても駄目だったんだけどね。それで妊娠して、お酒も男もマリファナもほぼ断って、女の子を出産した。そしたら私の真っ当な生活はもっと真っ当になって、ああこのまま真っ当な生活を私は送っていくんだって思ってた。ずっと求めてたものを手に入れたような気がしてた。でもなんかある時から夫と娘と三人でいると変なイメージが浮かぶようになってきて、昔見た悪魔憑《つ》きの映画に出てくる、悪魔に憑かれたのか狂っちゃったのか判別不能な女の子なんだけど、なんかこう、関節があり得ない方向に曲がって目が真っ黒になるみたいなホラー的なやつ、そのイメージが頻繁に浮かぶようになって、それでもしかしたらちょっと育児で疲れすぎてるんじゃないかって夫も心配してくれて、ちょっとずつ家を出るようにしてみたの。そしたら飲み歩いてるうちに段々男遊びも酒もドラッグも元通りになってきちゃって、このままじゃまずいと思って自制しようとしたんだけど、その矢先に昔すごい好きだった男と再会して、またすごく好きになっちゃって、不倫してたら段々家にも帰らなくなって、それでも家に帰れば娘は可愛いし夫は優しいし、こんな私を受け入れてくれる場所があるんだって調子に乗って、あっち行ってこっち行っての生活送ってたんだけど、ある時夢を見てね、私は不倫相手と裸のままセックス後の昼寝をしてて、陽の射《さ》す部屋の布団の中ですごく気持ちいいまどろみの中にいて、目を覚ました彼が手を伸ばしてきて、またするの？　って戯《じゃ》れ合ってたらインターホンが鳴らされて、こっちは盛り上がってるから無視してたんだけど、そしたらすごい勢いでドアがガンガン叩かれて、夫がものすごい剣幕で怒鳴ってるの。ヤバい見つかると思って、彼のこと隠さなきゃって慌てて起きようとしたら、お前が殺したのか！　って夫の声が聞こえて、聞こえた瞬間体が凍りついて、私は自分が子供を殺したことを思い出すの。誰か近所の友達の子かな、私はまだ小さな赤ちゃんを預かって、自分の娘とその子の面倒を見てたんだけど、その不倫相手が来ることになって、この子たちがいたら彼に会えないって思って、その赤ちゃんと娘をベランダから投げ落としたの。赤ちゃんは窓からポーンってぬいぐるみみたいに投げて、娘は抱き上げてベランダの向こうに落とそうとした。そしたら娘が私の腕にしがみついてきたの。柔らかい手を力強く振り払った感覚がこの手に残ってた。思い出した途端私は喉が割れそうな悲鳴を上げて、錯乱してずっとホラー映画みたいに泣き叫んでた。しばらくして部屋に上がり込んできた夫と、なぜか私の実の兄が二人で私のことを口々に罵り始めて、不倫相手は逃げたのか、いつの間にかいなくなってた。私はまだ記憶が曖昧で、どうして自分がそんなことをしてしまったのか分からなくて、きっとすごく酔っ払ってたんだって思うんだけど、酔っ払ってたからってそんなことができるだろうかって現実味が湧かなくて、そんなまさか自分の子とよその子を、好きな男に会いたいからって理由で殺しちゃうなんて、いやまさかって思ってるんだけど、ふかふかのロンパースに包まれた柔らかい肉の塊を放り投げた感触と、小さな手を振り払った感触が手に生々しく残ってて。どうするんだ、お前これからどうするんだって責め立てられて、身震いしながらどうしようって金切り声で叫んでる私は頭の中で『何年くらい投獄されるんだろう、どういう言い訳をすれば減刑されるだろう、減刑されてできる限り早くシャバに出て彼と会いたい』って思ってて、え、まさか自分がそんな人間だなんてって思ってる時に目が覚めたの。目を開けた瞬間泣き叫んで、夫に心配されたまま丸一日泣き続けた後に離婚して欲しいって言った。私はあなたたちといると悪魔憑きの姿が浮かぶって、あなたたちといて真っ当な生活を送れば送るほど、私は悪魔に憑かれているような気がしてしまうって。あるいはあの悪魔憑きのイメージは過去の自分の象徴なのかもしれないって。でもだとしたら私はあの悪魔に戻りつつあるから私と一緒にいちゃ駄目だって。口にするのもおぞましくて、夢の内容は夫には話せなかった。夫は三人で仲良く暮らしていけるよって、一緒にいれば大丈夫だからって言うんだけどどうしてもそんなことができる気がしなくてもう一緒にいられない耐えられないって喚いて、破壊行動に出るようになった。酒浸りになってものを投げる叫ぶ暴れるを繰り返して、夫は娘の目にそんな私が映らないよう必死に娘を庇《かば》ったり娘をベビーカーに乗せて夜通し外を歩き回ったり実家を頼ったりしてたんだけど、彼も仕事してたしどんどんやつれていって、ある日私が外で日本酒を一升飲んでゲロを吐き吐きコンビニに寄って柔軟剤と洗剤を持てるだけ買い込んで帰宅して、全面カーペットの床に全部ぶちまけた翌日に、夫は泣きながら娘を抱いて出ていった。夢とは違う、酔ってたけど私は自分の意志でそうした。夫と娘を追い出そうと思って、家を住めない状態にしてやろうって思ってそうした。でも何が何だか分からなかった。私は何でこんな人間なのか、さっぱり分からなかった。夫と娘を追い出そうとして実際追い出した私に残ったのは強烈な自殺願望で、でも私の混乱に彼らを巻き込まなくて良かったってことだけは分かった。それから何もできなくなって、洗剤と柔軟剤まみれの家でずっとゴロゴロしてて、トイレに行くたび滑って転んでを繰り返して痣《あざ》だらけになって、全身の皮膚がかぶれて真っ赤に腫れ上がって、このまま洗剤にまみれて餓死するんだって思った時に、締め切りを一週間過ぎても連絡が取れなかったからって編集者が家にやって来て、精神科送りになった。入院してすぐ、母親が夫から託された離婚届を持ってきた。夫とは洗剤をぶちまけた翌日から一度も連絡取ってない。こんなに悲しい別れがあるのかって、自分で望んで引き起こしたくせに悲しくて仕方なくて、何ヶ月も泣き続けていつも顔がパンパンになってて、元の顔が分からなくなった。こんな人間が死んでないってことが信じられない。元夫が泣きながら娘を抱いて出ていったあの日に私の九割九分くらいは死んじゃって、残りカスみたいな、焼き魚のカリカリに焦げて割れた尻尾みたいな、ワインの瓶に残ったカスみたいな、ワサビチューブの蓋についてかぴかぴになったワサビみたいな、そういう存在として生きてきた。死ぬべきタイミングは日常の中にたくさんあるのに、それでも私は一日一日死に向かってるんだから大丈夫って自分をなだめてお酒を飲みながら生きてる。一日一日自分が死に向かってるっていう事実だけが私の生き甲斐《がい》で、私の生きる意味」

　ユキはそこで言葉を止めるとグラスの中のウィスキーを飲み干して、氷を入れると手酌でウィスキーを注ぎ足した。混乱している私に追い打ちをかけるように「バカみたい」と忌々しげにユキが吐き捨てた。

「そんな自分勝手で最低な人の話、久しぶりに聞きました」

「大抵の人はそう言うし、私もそう思う。皆考えることは一緒だね」

「どうして自分をコントロールできないんですか？　どうして大切なものを守るための努力ができないんですか、どうして理性で抑えられないんですか？　ひどい話です。こんな最低な話がありますか？　元夫さんの気持ちを考えたらやり切れません。あなたは最低な人です」

　ユキを批判しながら、その批判があまりに的外れであるという確信を得ていく。ライが何の根拠もなく消失しているのが自分のあるべき姿と思い込んでいるように、誰に何を言われても覆らないものは覆らないのだ。どんなに最低でクズで死んだ方がいいと周りから強烈に思われても、彼女が自分のクズさを正確に自覚していたとしても、この人が変わることはないのだ。それは私たちが病気と称するようなものと同様に、周りの力でも本人の力でもきっとどうしようもないことなのだ。

　例えばDV夫がいたとして、彼が罰せられたり殺されたりすれば物事は解決と言えるだろうか。被害者は暴力から解放される。でもそれは善と悪が存在する社会における悪の排除でしかない。でも私から見たライもユキも、なぜか悪ではない。ユキのしていたことはネグレクトであり虐待だ。ユキが夫と娘をきっぱりと拒絶したことで、二人は家庭内暴力やさらに肥大する可能性のあったネグレクト、そこに端を発したPTSDをはじめとするその後の人生に影響する後遺症の危険性から解放されたと言えるかもしれない。でも、例えば自分自身をコントロールできずDVをしてしまう屈強な男がいたとして、彼が「逃げてくれ！　このままではまたお前たちを殴ってしまう！」と殴りそうになる自分を押しとどめ子供や奥さんを逃していたとしたら、そんなの喜劇ではないか。もし本当にそんな風に自分で自分をコントロールできない人がいたとして、その人は病気と言えるだろうか。痛みに強い弱いがあるように、身長が変えられないように、声が高かったり低かったりするように、自己コントロール能力が低い人と高い人がいるのは確かだ。しかし暴力は絶対悪であり、許容できるものではない。だから刑罰があるのだ。でも刑罰では何も解決しない。じゃあ、「自分をコントロールできない人がコントロールできるようになること」を目的として社会は彼らを導くべきなのだろうか。例えば精神の病で感情を抑えられない人が、薬によって感情を抑えられるようになったら、めでたしめでたしなのだろうか。感情を抑えられない状態と、薬という外的な力を借りながら感情を抑える力を維持している状態のどちらが本来の彼そのものに近いと言えるだろう。

ユキが薬を飲んで感情や行動を抑制する力を得たら、彼女は生きやすくなるだろう。薬を飲めば彼女は社会に適応し、夫や娘と幸福な家庭を築けるかもしれない。でも彼女が薬に依存し、それなくしては社会に適応できず、幸福な家庭を破壊してしまうのだとしたら、それは今にも弾《はじ》け飛びそうな自分自身を何重にもビニールテープで食い止め食い止め抑圧しながら生きているようなものではないだろうか。そんな風に身体中にビニールテープを食い込ませ生きていく彼女が、薬で症状を改善できて幸福であったと断定することができるだろうか。そういう資質を持った人間として不幸を味わい辛酸を舐め絶望に絶望を重ねて死んでいく方が彼女らしいような気がしてしまうのだ。

個性を大事にしよう、自分らしさを大切にしよう、近年日本社会はそう要求してきた。ユキの自分らしさ、個性とはまさに不幸であることなのではないだろうか。だとしたら近代社会の求める自分らしさという生まれ持った資質によって、人の幸不幸はそれなりに定められていると言える。しかし同時に医療は発達し、以前は「手のかかる子」「抜けてる子」「落ち着きのない子」などと言われてきた資質の子供たちに次々と病名が与えられ、その治療薬が開発され続けている。自分らしさを大切に、でも社会の秩序を乱す可能性のある人には投薬治療を受けさせ社会生活に適応させていきましょうというダブルスタンダードがまかり通っている現代において、ユキに精神科の治療を受けさせながら何としてでも家庭を守るべきだったとも、あなたの判断は正しかったとも、私には言えない。そもそも社会の秩序を乱す人々を邪魔に思っているのは、人間を社会の歯車としてしか認識していない組織ではないだろうか。実体のない社会というものに迎合することで、喪失する具体的な個人だってあるはずだ。

考えに考えて、何て面倒臭い人なんだと嘆きたくなったが、人生を通してそのことを自覚し続けてきたであろう彼女にそんなことを今更言う気にもなれず、彼女のような人間がこの世に存在しているという現実の残酷さに、打ちひしがれる他なかった。私は悔しくて腹立たしくて、見たこともないユキの元夫と娘を想像し、洗剤まみれのカーペットの上で死にかけていたユキを想像し、涙が出てくるのを抑えられなかった。胸が苦しくて何かを呪いたい気持ちだった。こんな気持ちは初めてだった。こんな気持ちなど知りたくなかった。どうして、ライもユキも、普通に幸せになりたいと思わないのだろう。健康で、仕事があって、家族がいれば、それだけで幸せではないか。婚活してもちっとも男性との関係が発展しない私と違って、あなたたちと幸福な生活を営みたいと望む人はたくさんいるはずなのに、どうして彼女たちは自ら幸福の外側へと逃げるように逸脱していくのだろう。その答えを私が聞いたところで、何一つ彼女たちのことを理解できないと分かっているのに、疑問ばかりがぐるぐると頭を巡る。

「月並みなことを言いますが、自分が病気だとは思いませんか？　治療して、普通の幸せを手に入れたいと思いませんか？」

「病気も幸せも主観でしかない。少なくとも普通の幸せが存在していると思い込んでる人間の言う幸せは私にとっての幸せじゃない」

「じゃあユキさんにとっての幸せって何ですか？」

「私の生きている世界に幸せが存在したことはなかった。つまり幸せとは幻想だよ」

「でも、旦那さんと娘さんと暮らしていた頃、確かに幸せだったんですよね？」

「あれは幸せじゃなくて地獄への懸け橋だった。考えればそんなもの自分の人生に存在するはずないって分かったはずなのに、舞い上がって真っ当な未来予想ができずに足を踏み入れてしまった、地獄への入り口だった」

何を言っても無駄だ。彼女にはどんな言葉も届かない。

「例えば、ユキさんが生きてて良かったと思う瞬間ってありませんか？　死が頭から離れている瞬間です」

「おいしいお酒を飲んでる時、質のいいドラッグをやってる時、いいセックスをしてる時、いい小説が書き上がった時かな。でも全部その瞬間だけで、効用が切れた瞬間死にたくなる。酒とドラッグとセックスと小説がなければとっくに死んでた。でも私の絶望はその四つのせいでもある。絶望を絶望で凌《しの》いで、絶望を絶望で処す、絶望の自転車操業だよ」

　邪悪だ。そう思う。そして次の瞬間悲しくなる。

「私が生きていて良かったと思う瞬間は、焼肉擬人化漫画、ミート・イズ・マイン、略してM・I・Mの漫画本やアニメを見ている時、グッズを買う時、イベントに参加している時です。何だそれって思ってるでしょうけど、ユキさんにとって、いつか何かの救いになるかもしれないと思うので薦めておきます。私がユキさんに対してできることはこれくらいしかありません」

「フィクションは何でものみ込めるから好きだよ」

　すみませんハイボールお代わり、と言うと、別の客に対して自分の飼っているウサギの話をしていたマスターが「薄めにしておきますね」と断ってからお酒を作り始めた。

ずっと、こっちに気を遣わせないよう気を遣っていた日本人的気遣いを彼から感じていた。私たちが話に集中できるよう、彼は気をつけていたのだ。一握りだけ赤く染めた髪をなびかせながら彼がハイボールを出す時、「ここの店名ってどういう意味なんですか？」と思わず口走る。普段初対面のお店の人と必要最低限以上の話をしない私はきっと酔っているに違いなく、自分がそんなことを聞いたことに自分で引いていた。

「世界の果ての隣人って、世界の果てに住んでいる人の隣人なのか、それとも世界の果てから二つ目のところに住んでるところから見た隣人、つまり世界の果てに住んでる人なのか、それとも世界の果ては人のことではなくただの世界の果てのことで世界の果てに隣接して住んでいる人のことなのか、判然としないですよね」

「判然としないですね」

「世界の果てって何なのか、隣人って言う時の主体は何なのかを考える機会って、お客さんたちの人生の中でうちに来た時しかないと思うんですよ」

彼はそう言うと、またウサギの話をしに戻った。何かに似ていると思って、ウルテだと気づく。緩いウェーブのかかった長髪黒髪のウルテに彼はそっくりだった。もしM・I・Mが舞台化されるとして、彼以上のウルテの適役がいるとは思えないほどの神がかったリアルウルテに愕然《がくぜん》としながら、こんな時にも腐女子力を発揮してしまう自分が嫌になる。

「私はライさんに生きてて欲しい。幸せになって欲しい。生きて幸せになって欲しい、生きてて良かったって思って欲しいんです」

　思わず、ユキに言ってはならないような気がしていた本音が漏れた。ウィスキーを飲み干したユキが真顔で私を見つめた。ユキの息からウィスキーの匂いが漂う。すでに酔っ払っている私にはそれだけで刺激が強すぎる。

「元夫が、知り合った頃同じようなことを言ってた」

「どう、思いました？」

「何言ってんのこの人バカなんじゃないの？　私のこと何にも分かってない、って思いながら、あなたと一緒にいれて幸せだよって答えた。言いながら寒々しくて忌々しくて鳥肌が立ちそうだった。この人とは永遠に見ている世界を共有できないだろうって思った。こういう人が絶滅すればいいのにって思った。本気で疎ましかった。死ねばいいのにって思った」

　目がチカチカするようなショックを受けていた。自分を大切に思っている人に対して死ねばいいのにと言う人がいることに。でも考えてみれば私だって母親に対して死ねばいいのにと思ったことがある。彼女だって私を大切に思っていたはずだ。それでもそれとは違うはずだ。自由恋愛で互いに惹《ひ》かれ合って一緒にいたカップル内で、自分を大切に思う故の発言が出た時に、死ねばいいと思うなんてあまりにも共感能力がなさすぎる。

サイコパスに近いものを感じる。そもそもユキはそういう資質を持った人なのだろうが、それでもショックで身体中が強張っていく。

「私の気持ちを、私が大切に思ってるものを、私が闘ってるものを、私が忌むものを、どんなに言葉を尽くして説明しても彼には一ミリも理解できないだろうって分かった瞬間だった」

そしてそれでも、ユキは彼との未来を生きようと望んだのだ。だとしたら、彼らが破綻したのも当然の成り行きと言える。ユキはきっと、幸せを望まれたことが悲しかったのだ。何故なら彼女にとって幸福とは幻想で、幻想を共有していないことを、彼に伝えられなかったからだ。同じ幻想を持っているふりをし続けなければ彼らといられないと知っていて、彼らと生活し続けるユキはどんな絶望を、どんな目で見つめていたのだろう。ユキやライのような人に生きて欲しい、幸せになって欲しいと言うのは、性欲のない一度も勃起したことのない男の人に、勃起して欲しい、セックスして欲しいとせがむことに等しいのかもしれない。勃起しない人なんていないでしょ、好きな人とセックスしたくない人なんていないでしょ、という想像力の欠如した我々の言葉は、一度も勃起したことのない人にとってどれだけ残酷だろう。そう思いついた瞬間目に涙が滲んだ。

うちの子はホーランドロップで、名前はイコライザーちゃんです。イコちゃんって呼んでもライザちゃんって呼んでも僕の下に駆け寄ってくるんですよ。マスターのウサギ話が、冷え切った私とユキの周辺に漂う空気を、効きの悪いオイルヒーターのようにぬるく緩和させていく。まるでウサギと暮らしているような気持ちのまま、私は無理やりハイボールを飲み干すとユキにお礼を言いお勘定を頼んだ。

ライはいつも給湯温度を三十八度に設定する。私は四十一度だ。自分が入る時に設定を変えるため、前回入ったのがどっちだったのか必ず分かる。この温度を変更する時間は若干の煩わしさを伴うけれど、同時に激しい愛《いと》しさも抱いている。私は、ライが下げた給湯温度を上げている時に幸福を感じるのだ。

シャワーのお湯を全身に浴びながら、女に蹴られてできた痣と、それで吹っ飛んででできた擦り傷を確認し、涙が出てくるのを抑えられなかった。怪我の程度確認のついでに恐々《こわごわ》お腹を触って、お腹周りの弛《たる》みを痛感する。一度も恋愛しないまま、一度もセックスしないまま、私のお腹はどんどん弛んでいくのだろうかと思うとどっと悲しみが増した。お腹の肉をつまみながら泣いている私はバカみたいで、色々考えた挙句バカみたいな自分を何ともできないまま水を止める。物音がして、ライが帰宅していることを知る。まだ自分の気持ちが判然としないまま、私は何かをライに伝えたくて仕方なくて、おざなりに髪の毛を拭うと乱暴にグレーのスウェットに四肢を突っ込む。

肩にバスタオルを掛けたままお風呂を出て、ライさんお帰りなさいと言いながらリビングのドアを開けると、薄暗く人気《ひとけ》がない。髪の毛をゴシゴシしながらソファから投げ出された足を発見する。ライさん、と言いながら歩み寄ると、ライはすでに目を閉じソファでブランケットを被《かぶ》っている。スマホで確認すると、もう朝の四時だった。いつもは一時、二時に帰宅することが多いから、アフターでもしたのかもしれない。

「ライさんメイクだけでも落としませんか？」

私の言葉に、ライはピクリとも動かない。

「色々話したいことがあったんです。もちろん、それがライさんの聞きたい話であるかは分かりませんけど。まあ、何が話したいのか私にもよく分からないんですけどね」

自嘲的に笑うと、洗面所に舞い戻って拭くだけクレンジングシートを取り、ソファの脇に座るとライのメイクを落とし始めた。これ一枚で保湿もできると書いてあったけれど、さすがにそれだけではまずい気がして、ライがいつも使っているオールインワンゲルを適当に塗っておいた。これまで、芸能人とかが特別なことは何もしてないんです、とか言っているインタビューを「は？」と思いながら見てきたけれど、ライが朝も夜も大容量のオールインワンゲルを使っているのを見て以来、あれはあながち嘘ではないのだろうと思うようになった。顔も良くて肌も綺麗とかナメてんな。酔っ払った私の愚痴と、ライさんは本当に綺麗だなあ、という私の大きめの感嘆の言葉は、ライの寝息に吸い込まれる。恋愛未経験の私は、どこかで報われない恋愛というものを恐れる気持ちを持っていた。好きな人ができてもアプローチすることができなかったのは、相手にされず無下にされたり、気持ち悪がられたり、好きな気持ちを逆手に取られて騙されたり搾取されるのが怖いという思いがあったからだ。でもライを見ていると思うのだ。どんなに報われなくても、好きな人を見ているだけで近くにいられるだけで幸せな恋愛もあるのだろうと。ユキの話を聞いたせいかもしれないし、酔っているせいかもしれないけれど、どうしても離れる気になれず、私は寝室から掛け布団を持ってきて、ソファの隣で簀《す》巻《ま》きのようにくるまり、髪の毛も乾かさないままライを見つめながら眠りについた。

七時十分前に新宿三丁目の交番前で待ち合わせた奥山譲は、大久保《おおくぼ》方面に十分ほど歩き、人気店だという韓国《かんこく》料理屋に私を案内した。何とも、全く何とも女の子が喜びそうなお店だこと。私は絶妙すぎる店のチョイスに唸りそうになるのを慌てて止める。ここもしかして割り勘？　と不安になるような高級店でもなく、居酒屋ほどの荒《すさ》んだ感もなく、恐らく居酒屋とさほど値段は変わらず内装的にも決してオサレではないのだが、居酒屋とは対極的なこなれ感が充満しており店員はイケメンで気が利き、何と言っても皆が大好き旨辛メニューが目白押しだ。

「焼肉好きだって言ってたんで、サムギョプサルもお好きかなと思ったんです」

サムギョプサルはサムギョプサルで最高だし、タッカルビも好きだしトッポギも食べたいし、チゲとか辛い冷麺なんかもシメに食べたいし、メニューを見ながらテンションが上がっていくのを抑えられない。

「何でも好きなものを頼んでください。僕はとりあえずサムギョプサルは食べたいんですけど、あとはお任せします」

「でもサムギョプサルを頼むということはタッカルビは捨てるということになりますよね。これは悩みますね……」

「いや、僕大食いなんでタッカルビとサムギョプサル両方頼んでくれていいですよ」

え、本当ですか？　二人前からしか頼めないサムギョプサルとタッカルビを頼むのはどう考えても自殺行為だ。前に二人で行った焼肉の時も、彼がそこまで大食いだった記憶はない。一瞬気持ちが揺れたが、バンチャンが出てくるのを見越し、やっぱりハーフの副菜を二品程度、メインはサムギョプサルでご飯一つをシェア、余裕があれば麺や辛いスープでシメましょうと結論を出す。

「面白いな。由嘉里さんて、食べ物とか趣味に対するこだわりが一貫してますよね。ブレないっていうか。そういうところすごく好きです」

少し前までだったら、趣味と言われた瞬間身構えたはずだった。でも私は今、M・I・Mファンであることに全く何の躊躇もない。奥山譲と出会ったあの合コンに参加した時には、腐女子属性であることをバラされあんなに動揺したというのに、私はあの晩ライと出会ってすっかり肝が据わってしまったように思う。たぶらかされたとか、勇気付けられたとか元気付けられたとか開き直ったとかではなく、慌ただしく立ち上がったりうろついたりする私の肝を、「伏せ」と手なずけてもらった感じだ。私はいつまでもこの私で、私として生きていくしかない。そのことを思い知ったのだ。ちょっと待てこの男、私に対してすごく好きと言ったか？

「は？」

「この間焼肉行った時もすごくこだわりが見て取れたし、何ていうか実直に生きてる感じがして、信用っていうか、尊敬できる人だなあって思いました」

私は肉の扱いについて言いたいことも言えず全く肉ラバーの風上にも置けない肉の焼き方をする人だなあと思っていたのに、それでも私のミートへの愛とこだわりが溢れ出していたのだろうか。私が口を出したのはほぼほぼメニュー選びと網を交換するタイミングだけだったというのに。でもだとしたら、私が肉に対する本音とこだわりを全て口にしていたら、彼は完全に引いてしまっていたのではないだろうか。

オシャレ女子たちが集う店内で悶々としながら奥山譲とメニューの相談をしているうち、私は「これがデートというものなのだろうか」という漠然とした疑問に足を踏み入れる。そもそもデートの定義とは、私たちがご飯を食べることの意味とは、ていうかこの私たちのしていることが恋愛の始まりなのだとしたら恋愛ってなに？　こんな高揚のないまま始まるものなの？　と加速していく。

「じゃあ、ハチノスポックンとヤンニョムケジャンのハーフ、サムギョプサル、シメはサムギョプサルがきた後に決めるということにしましょう」

奥山譲の言葉に頷くと、彼は店員を呼び注文した後、ビールで乾杯を求めてくる。そして始まる、この間話していたあらゆる世間話の続き。この間こう言ってましたよね、そういえば由嘉里さんは○○なんですよね、前に話した僕の同僚が……。こうして、人と共通の話題を見つけ、作り出し、その話題を展開し続け、会ったこともない相手の同僚なんかについて「○○さんってさ」などと知り合いであるかのように振る舞うようになるのだろう。そして付き合うようになったら少しずつ相手に興味を失いながら、それでも共通の話題を続け、いずれその彼の同僚なんかに彼女と紹介されたりして、別れたら別れたでそれは彼だけではなく彼のコミュニティとの別れともなるのだろう。私は勝手に、彼との付き合い始め、倦怠期《けんたいき》、相手を憎む時期、そして別れまでをも想像してその荷の重さにうんざりする。

私は自分一人の重みにしか耐えられないのではないだろうか。改めてそう思う。それを超えて無理してまで人と付き合おうという気になれないのだ。自己責任なんていう無責任な言葉が横行する社会で、自分以上の重みに耐えられない若者は増えているはずだ。例えば一昔前の男性が大黒柱となって家族を支えるなんて構造は自分に置き換えて考えると吐き気がするし、そんな責務を負うなんて想像したくもない地獄だ。自分自身の身体、食事、生活、仕事、責任、人付き合い、未来、そういうものだけでいっぱいいっぱいだというのに、この目の前で取り皿にハチノスを取り分けてドヤ顔とは言わずとも「分かってますよ、色々」という表情の男と人生を共にするなんて、無理ゲー辛酸溺死の未来しか待っていない気がするのだ。

例えば大恋愛の末に結婚した人々には、この人と一緒にいる幸福と引き換えにそれだけのものを抱えて生きていくモチベーションがあるかもしれない。でも私のように「結婚してみたいな恋愛してみたいなだってなんかみんなしてるししてみたらなんかちょっと世界観変わるかもしれないし揺るぎなく愛されてたら人生楽しいだろうし」くらいの気持ちで婚活を始めた女が、実際の恋愛の始まり的なものに直面した時感じるのは、自由と身軽さを喪失する恐ろしさと、このままこの重荷を背負ってしまったら、私自身というものは押しつぶされて消失してしまうのではないかという不安だった。恋愛しても結婚しても子供を作っても家のローンを背負っても相手の親戚との付き合いやママ友付き合いなんていうものを請け負ってもお構いなしに「私は全然私です」と言える人はいい。でも、私は希薄なのだ。それこそ重荷が少しでも増えたら、社内で少しでも責任のある仕事を増やされたら、彼氏ができて彼氏に捧《ささ》げなければならない部分が少しでも増えたら、それだけで実生活がつぶれて私のやりたいこと好きなもの実現したいこと、つまり私が私であると認められる私のほとんどの部分が潰《つい》えてしまうような、そんな希薄さなのだ。だから私はいい塩梅《あんばい》に仕事をし、適当に生活を送り、自分が夢中になれる趣味に没頭し、自分が自分であると言える範囲を必死に守っているとも言える。そして、そんな自分の人生に、誰かの人生を、人生とは言わずとも数年間、あるいは数ヶ月を費やさせることが怖いのだ。恋愛や結婚というものは、自信はないけどとりあえず体験してみたいからやってみよう、と軽い気持ちで始められるものではないのではないだろうか。恋愛というのは、私に飛び蹴りを食らわせたヨリちゃんのような恋愛教の信者にのみ与えられた特権なのではないだろうか。誰かを好きで仕方なくて、好き故に己の身を削ったり誰かを傷つけたりできる、誤解を恐れずに言えば狂った人たちだけが、恋愛する権利を持っているのではないだろうか。いやそもそも恋愛に対して権利とか考えてるのおかしくない？　こんなのは権利とかじゃなくて、スキルとか属性とかいうものとして捉えるべきなんじゃない？　ちょっと待って今思いついたんだけどM・I・Mのサイドストーリーとして豚肉編があったら絶対面白くない？　ハナちゃんから友達に美味しい豚専門の焼肉店を教えてもらったんで今度行きましょうというLINEが送られてきたばかりだった私は、その思いつきに今すぐにM・I・Mクラスタたちにこの提案をひけらかしたい衝動に駆られる。豚の正肉とホルモンの対立は、牛本家に比べて激しくないという設定にしたい。まあ俺たち皆豚だから、というちょっとした連帯感のあるのほほんとした豚の部位たちの日常系ドラマが見てみたい！　ミート・イズ・マイン作者の殿閣若旦那《でんかくわかだんな》Jr.にファンレターでこの提案を伝えたいけれど、伝えるならば配慮に配慮を重ねて伝え方を考えなければ。いやそれともフェイバリット薄い本クリエイターにこのネタで一冊描いてみませんかと提案してみようか。でも二次に先を越されたら本家で実現しなくなってしまうかもしれないからやはり先に本家にこのアイデアを伝えたい！

「あ、奥山さんちょっと待ってください。もう少し焼いた方がいいですよ」

韓国人の店員が肉をかなり小さめに切り分けているのを見て、これは本場韓国サムギョプサルだと感動していた私は、火が通った段階で手を伸ばす奥山譲にストップを出す。

「基本的にサムギョプサルは店員さんに全てを任せてください。我々が思っているカリカリよりもさらにカリカリに焼き上げるのが本場サムギョプサルです。店員さんが肉を端に寄せてゴーサインを出すまで待ってください」

「なるほど」

二回目のデートだというのに小うるさいことを言ってしまったと一瞬後悔するものの、でもこんなことで小うるさいと感じる男なんて願い下げだと、やはり肉のこととなると強気になってしまう自分を否めない。

「ところで、由嘉里さんは実家暮らしでしたよね？　ご飯とか作ったりはするんですか？」

「あ、あの、初めてお会いした時は実家暮らしだったんですけど、今は友達とルームシェアをしてるんです」

え、あ、友達？　と言いながら奥山譲がその顔に僅かに不安を滲ませたのを私は見過ごさなかった。

「彼女とは生活リズムが違うので、あまりご飯を作って一緒に食べたりすることはないんです。何ていうかほら、やっぱり一人分作るって難しいじゃないですか。あ、でも料理教室に通っていたことがあるんで、料理自体はできるんですけどね。そう言えば、一昨日《おととい》ふと食べたくなってレンコンのきんぴらを大量に作りました」

友達が女であること、料理ができないわけではないことを自然に会話に盛り込んだつもりだったけれど、は？　別に私が料理しなくたってあんたに関係なくない？　人に聞く前にまずは自分が料理するのかどうか表明しろよ、という気持ちが湧き上がってくる。

「きんぴら美味しいですよね。僕も好きです。一緒に住んでるのって、行員の人じゃないんですよね？　大学時代のお友達とかですか？」

「そういうんじゃなくて、まあ普通の友達です」

「一緒に住むって、すごい仲良いんですね。羨ましいなあ、僕、社会人になってから仕事抜きで仲良くしてるのってほんと数人しかいなくて、あとはやっぱり大学時代の友達とかなんですよ」

一緒に住む＝すごく仲が良い、という公式にモヤる。私はレイプされるかもと思いながらライの名前も知らずに家についていって一緒に住むことになったのだし、今だって仲が良いという言葉が当てはまるとは思えない。あのユキと話して帰宅した日、何となく離れがたくてソファで眠るライの横で眠りについた時も、起きたらライはUber Eatsで頼んだピザを食べていて、「私たまにソファから落ちるからソファの脇で寝ない方がいいよ」と脂ぎった指をピザの箱に擦《なす》り付けながら言い、食べる？　とチーズが固まったピザを指差すと返事も聞かずにタバスコを私の目の前にどんと置き、しばらくぼんやりとスマホを見つめた後「ちょっと出かけようかな」と言い残して行き先も告げずふらりと出かけたのだ。もともと、希死念慮のせいか意思があるのかないのか不明な、ぼんやりとしたところがあったが、最近のライは以前にも増して空っぽになっていっている気がする。その様子を見ていると、何だかユキと話したことや、話して感じたことを口にする気になれず、私は食べ物の話とアサヒに対する暴言と今度デートするんですけどという相談くらいしかできなくなってしまった。

　この私たちの意味不明な関係を、すごく仲が良いと表層的な言葉で表現した男に、私はモヤついているのだと自分の気持ちを分析する。何を言ったらいいのか分からず眉間に軽く力を入れたまま何も答えずにいると、店員がやって来てもう食べていいよーと言いながら肉を鉄板の脇に移動させたから、気を取り直してサンチュを手に取り肉に箸を伸ばす。

「サムギョプサルはごま油が決め手なんです。私は必ず肉をどっぷりごま油に浸してからサンチュに載せます」

デブ活のようなことを言う私に奥山譲は笑って、じゃあやってみますと肉に箸を伸ばす。

「ちなみにご飯を一緒に巻く食べ方も韓国では一般的なんですよ」

「へえ、海苔《のり》巻きならぬサンチュ巻きですか。それは美味しそうだな」

にわかサムギョプサル奉行に、奥山譲は意外なほど素直だ。結局のところきちんと話せば、自分が思っている以上に相手はまっすぐ応えてくれるものなのかもしれない。引かれるかもとかキモいかなとか小うるさいかなとか考えずに、自分の言いたいことを言えば、引く人は引くし、引かない人とはそれなりに仲良くなれるのかもしれない。何となく懐かしいなと思って、それが子供の頃、趣味嗜好の違う子であっても、何となしに同じクラスにいるだけで相手のキャラや性格を知っていって、仲良しとは言わずとも問題なく付き合っていけるようになる過程だと思い出す。中学、高校と上がっていく中で次第にクラスタ分けされていき、同じ趣味の人とだけ付き合うようになっていったけれど、そうでない緩い繋がりというのが幼い頃にはあった。互いに悪意がなければ、人と人とはそれなりに緩く問題なく共生していけるのかもしれない。でもそんな緩い関係が、恋愛に発展することはあるのだろうか。

サンチュ、油の落ち切ったカリカリの三枚肉、ごま油に辛味噌《からみそ》、炒《いた》められたキムチとにんにく、辛ネギとちぎった青唐辛子。これらが揃ったらもう美味しくないわけはなく、私は半ばトランス状態になってサンチュの中の柔らかな宝石たちを激しくミックスするように頬張る。美味しい、ほんと美味しい、たまらない、ほとんど恍惚《こうこつ》として呟きながら食べ進めている途中で、見知った顔を見つけご飯入りサンチュを喉に詰まらせそうになり慌ててビールで流し込む。

「あ、マッコリ頼みましょうか？　さっき飲みたいって言ってましたよね」

奥山譲の言葉に顔を強張らせたまま、何と答えて良いのか分からず首を横に振りかけて慌てて縦に振ると、奥山譲は店員に手を挙げてマッコリをボトルで注文する。どうしようどうしようどうして私は壁側の席に座ってしまったんだろうと挙動不審になっていると、この間まで白に近い金だった髪を綺麗なブルーに染めたアサヒが立ち止まっているのが、伏し目がちに様子を窺っていた私にも分かった。

「あれゆかりん？　ねえライ見てほらゆかりんだよ！　見てよほらゆかりん！」

「ほんとだ。由嘉里だ」

どこからどう見ても出勤前のホストのアサヒは臆することなく寄ってくる。奥山譲は振り返って「友達？」と不安そうに聞く。あ、はいまあ、とようやくサムギョプサルを喉の奥に流し込んだ私は曖昧に答えてアサヒとライに強張った笑顔を向ける。

「なになにゆかりんすきぴとデート？　なにサムギョプサル組？　俺らはね、チーズタッカルビ組。死ぬほどタッカルビ食べたくてライ誘ったんだ。ここのタッカルビ食べたことある？　最後に同じ鉄板でチャーハン作ってくれるんだけどそれがマジで死ぬ！ほん死！」

「あ、そうなんですか？　いや私はこのお店初めてで……」

「そうなんだ。じゃあ次来た時は絶対食べてみてよまじ死だから！　彼氏さん、次はタッカルビでゆかりんとゴーイングヘブンですよ！　あ、そういやゆかりん蹴られたとこ大丈夫？　痣とかならなかった？」

「いや大丈夫です。その際はご心配おかけして……」

「とんでもないよむしろごめんだよ。いやむしろじゃないな直球でごめんだよ。ほんとごめん！」

「いやいや、あ、なんかあっちの席にご案内されたいようですよ」

店員がアサヒとライにテーブルを指し示しているのを見て言うと、じゃあまた今度皆で飲もうねとアサヒは両拳を握りガッツポーズで言い、ライは「きんぴら全部食べちゃった」と呟き、美味しかったとうっすら微笑んでから背を向けた。何となく、ライとアサヒに合流できない物悲しさを感じていると、五メートルほど離れた席についたライが私の視線に気づき、唇の片端と眉毛を上げてみせた。どういう意味かはよく分からない。ここからどうやって弁明しろと言うのか……私は固まりながら僅かに微笑んでみせる。

「もしかして、一緒に住んでるお友達、ですか？」

「そうなんです。あの子と一緒に住んでます。男性の方は彼女の友達で」

「そうなんですね。すごい、何ていうか派手な人たちと仲良いんですね。生活リズムが違うって言ってたけど、彼女は夜の仕事をしてるのかな？」

私たちの関係において、ルームメイトの職業を聞くというのは少し不躾すぎないだろうか。ムッとしつつもそうですねと頷き、やってきたマッコリを注いでもらい忙《せわ》しなく口元に運ぶ。

「彼女、いい子なんです」

言いながら違和感が拭えない。別にライはいい子ではない。特に悪い子でもないがいい子でもない。

「ていうかあの、彼女の親切心みたいなもので一緒に住ませてもらうことになったっていう経緯もあって」

彼女は親切心で私を連れ帰ったのだろうか。今になっても、その理由はよく分からない。ライを見やると、もうビールでアサヒと乾杯していた。彼らは何を話しているのだろう。私といても、ライは食べ物の話か私の話に適当な相槌《あいづち》や適当なアドバイスをするだけだ。既婚ホスト家出少女三昧のアサヒと、彼女は何を話して、何を楽しいと感じているのだろう。

「どうやって知り合ったんですか？　何ていうか、由嘉里さんとは次元が違う感じがするから意外で」

次元って、顔面レベルの次元が違うってことだろうか。いやしかし奥山譲は私をデートに誘い二回目のデートにも誘ってきたのだから、面食いというわけではないはずだ。単に私たちのクラスタが違うということを言いたいのだろうか。しかしあの合コンの後に歌舞伎町でゲロ吐いてるところを拾ってもらったと言うわけにもいかない。

「それはもう、本当にひょんとしか言いようがない経緯で……。まあ、ひょんなことからです」

「そっか。ルームシェアは、これからも続けていくつもりなの？」

「まあ、可能な限りは」

「例えば、どちらかに彼氏ができても二人でルームシェアを続けていくの？　彼女は何ていうか割と恋愛とかたくさんしてそうに見えるし、そういう人とルームシェアってちょっと不安定なんじゃないかって気がして」

そうかこの人は、ライと知り合った時私が感じた違和感を同じように抱いているのか。私は腑《ふ》に落ちる。そりゃそうだ。ライは女の子とルームシェアをするタイプには見えない。見た目的にもキャバという仕事的にも激しい恋愛をしてそうに見えるのは否めない。でもだからこそ、ライの悲劇性は見過ごされてきたのかもしれない。彼女が美しくどんな生き方をしていたとしても、いくらでも手助けしてくれる人に囲まれているであろうと予想されてしまうからこそ、どこからどう見ても勝ち組であるからこそ、彼女は本質的な面において誰からも手を差し伸べられないままここまで死にたみをこじらせ続けてきたのかもしれない。私が考えていることは、あまりにも表層的なことだろうか。その疑問を拭えないまま「彼女はああ見えてそういう人ではないんです」と呟き、三枚肉をごま油に浸しました最高のサンチュ巻きを完成させていった。

「そっか。すみません何か、見た目で判断するようなことを言ってしまって。由嘉里さんがどんな生活送ってるのかすごく気になっていて、それでルームシェアって言われたから、余計気になってしまって」

はあ、と相槌を打つが彼の言うことの意味があまり分からなかった。それってつまり実家暮らしとか一人暮らしなら健全だからOKだけど、キャバ嬢とルームシェアだとNGってこと？　それってどうなの？　別に好きならそんなことに引っかかったりしなくない？　いやでも、この人がすでに私のことを好きである可能性は限りなく低い。つまり私は、値踏みされている？　自分に相応《ふさわ》しい相手かどうか、測られている？　恋愛ってそういうもの？　確かに私たちは好きが先行するような関係ではない。でもそんな風に探りを入れ入れ付き合おうかどうか審査選考するもの？　でも思い返せば私だって婚活をしていた時、相手の条件をあれこれ見比べていたではないか。それはもう不動産屋の物件を見比べるように子細な条件検索をして希望に近い男性を探していたではないか。そしてそこに至ったのは、二十七になるまで自然状態において情熱恋愛が発生しなかったからではないか！

「私は腐女子です」

奥山譲の目には純粋な疑問符が浮かんでいる。言った私にも疑問符が浮かんでいたかもしれない。

「腐女子っていうのは、ＢＬとかそういうのが好きな人のことですよね」

「そうです。唐突な告白をしてすみません。何というか、この際きちんと話しておこうと思って。探り合いとか、そういうのは疲れるので。私は腐女子で恋愛経験がありません。一昨年《おととし》父親が亡くなって、いつかは母親も死に、自分は一人になるのだという不安と直面したこと、周囲の結婚出産ラッシュに焦りを感じたことから婚活を始めましたが、全くもってうまくいきませんでした。今はあの子とルームシェアをしていて、異文化交流ではないですが、世の中にはいろんな人がいることを知りました。それで、彼女や彼女の周りにいる人たちと話しているうちに、少しずつ自分の認められなかった部分を、まあこのままでもいいのかなって思い始めたんです。自分が腐女子であること、恋愛体質でないこと、趣味に猛進してしまうこと、推しへの課金を止められないこと、好きなことについて話す時早口になってしまうこと、そういうオタクならではのあれこれをです。それで、あんなに恋愛をしたがっていた自分に疑問を持つようになりました。今は自分のペースで、恋愛をしたいと思った時に恋愛をしたいと思っています。そんなんじゃ一生恋愛できないぞって声が聞こえてきそうですけど。ライさん、あの彼女は実は少し危なっかしい人で、私は知り合ってからずっと彼女が心配で、彼女の幸福な人生に一ミリでもいいから貢献したいと思っているんです。人の幸福に貢献なんて、めちゃくちゃおこがましいことを言ってるのは分かってるんですけど……」

デートした子がキモい腐女子だった……、腐女子口説こうとしてた危ない危ない、腐女子の自分語りに付き合わされたまじで時間の無駄、奥山譲が食後に書く可能性のある最悪のポストを想像してみたけれど、別に書かれても大したダメージじゃないなと開き直ってマッコリを飲み干し、手を伸ばしかけた奥山譲を「自分で」と制して手酌で注ぎ足す。合コンで知り合った男なんてＮＰＣ《ノンプレイヤーキャラクター》みたいなものだ。でも私がここまで自分自身について吐露できたのは、すぐそこに私を否定しないライとアサヒがいてくれたからなのかもしれないとも思った。

「色々話してくれて良かったです。実を言うと自分も恋愛経験が乏しいんです」

「えっそうなんですか？」

「はい。僕には十代の頃から九年間片思いをしていた相手がいて、二十四の時一度付き合うことになったんですが、半年くらいで振られて、それから一人だけ付き合いましたが、一年半ほどでやっぱり振られました」

「別れの理由は何だったんですか？」

「ずっと好きだった彼女は、他に彼氏ができたって言われて振られました。好きな人ができたじゃなくて、彼氏ができた、でした。もともと、彼氏が途切れた時に体よく利用されてるだけだって、自分でも分かってました。それでも必死にすがりついてれば僕のことを本当に好きになってくれるかもって思ってたんですけど、まあすがりつく男なんて嫌ですよね。二人目の彼女は、この人とずっと一緒にいるのかと思うと憂鬱になるって言われて振られました。アクティブで、バーベキューとかフェスとかが好きな子だったんで、僕みたいな陰キャといてもつまらなかったんだと思います」

「そんな、奥山さんは何ていうか、私から見ると明るくて世慣れてて、女性の扱いにも慣れてる人ってイメージだったんですけど」

「いえ、この歳になって恋愛経験が少ないって思われたら終わりだと思って、無理して虚勢張っただけです。前回お会いした時も、普段はお酒飲まないんですけどお酒が入らないとロクに話せないからペース上げて、それですごい緊張しながら由嘉里ちゃんって呼んだけど、いきなり名前で呼んで嫌な思いをさせたんじゃないかって後から不安になったし、なんか引き出しが少なすぎて宝くじ当たったらどうするとかくだらない話振っちゃったこととかすごい後悔したし、LINEだって送るたびすごい緊張してたし、返事が素っ気ないだけで何か気に障ったんじゃないかって不安になったし、とにかくもうおっかなびっくりで」

本当ですか？　と思わず吹き出して言うと、本当ですと彼は真面目な顔で言った。

「僕は三十間近にして恋愛経験の乏しいポンコツなので、由嘉里さんがそうして自分のことを話してくれたことで、すごく気が楽になりました。それで、僕自身が焦っていたことにも気づかせてくれました。急いてしまって、由嘉里さんに嫌な思いをさせていただろうことも、今ようやく思い至りました。すみませんでした」

「その、ずっと好きだった人というのは、今はどうしてるんですか？」

「彼女はもうとっくに結婚して、子供も産んで幸せそうです。あ、でももう四年くらい直接連絡は取っていなくて、近況はフェイスブックで知ってるだけです。あ、別にでも未練があるということではなくて、本当に純粋な興味だけで」

「分かります忘れられないんですね」

「いやもう忘れています。フェイスブックを見れるから見てしまうというだけで、普通に見れなかったら別に探したりしてません」

「いいんです。よく分かります。私も高校時代ハマっていたというかほぼ私の人生だったとも言える漫画があって、その中で私の推しが死んだんです。震撼しました、激震が走りました、全てを呪いました、世界も著者もその漫画を読んできた自分自身さえもそのキャラへの愛を語らい合ってきた腐友さえも。私は何があっても著者を恨むようなことはないと信じていたのに、その時ばかりは殺害予告をする人の気持ちが理解できました。もちろんそんなことはしなかったですし、その著者への恨みは最終的に克服できたんですが、しばらくはタイトルを見るだけで涙が出てきたし、彼の死んだ後の巻は未だに読めていません。今でも定期的に彼の元気だった頃の姿を読み返してしまうし、生きていたら彼は結ばれかけていた彼とどんなカップルになっていただろうと想像してしまうし、生きていたら設定の同人誌を百冊以上コレクションしています」

「なるほど、言われてみれば彼女への思いはフィクションに対するそれと近いのかもしれません。実際に何年も連絡を取っていないわけで、もうほとんど実在の人物という感じもしませんから。彼女と付き合っていた幸福な時間が存在したこともどこか夢のようで、自分の理想と希望を詰め込んだ映画のような記憶なんです。付き合っていたのはもう五年も前のことで、たった半年です。でも全て鮮明に覚えてるんです。ご飯に行った時彼女が注文したものとか、何の話をしていたか、どんな服を着ていたか、どんなネイルをしていたか、初めてセックスをした時の体位の経緯も、キモいですねすみません、でも全部今も鮮明に、何度も見返した映画のように、彼女の台詞も声も、記念日も誕生日も出会った日付ももう変更してるであろう電話番号も、未だに全部覚えてるんです。メールとかも全部プリントして何度も読み返してたし。ほんとキモいですねすみません」

「いいんですよそれで。むしろそれだけ夢中になれる推しに出会えたことに感謝するべきです。私は、誰かと付き合って別れて、別れを乗り越えて、また誰かと付き合い始める、といった現実の恋愛とは全く違う恋愛なのか分からないけれども恋愛に似た感情を持っています。それぞれの推しを全力で愛したまま、私はまた新たな推しを愛していくんです。誰一人として忘れません。忘れようともしません。奥山さんも、その彼女のことを好きなままでいいんです。むしろ、その伝説の推しへの不変の愛を認め慈しむことでしか、奥山さんは新しい愛にたどり着けないいんじゃないでしょうか」

「なるほど、確かに別れて以来ずっと、僕は彼女のことはもう忘れたと自分に言い聞かせていたような気がします。でも由嘉里さんが推したちへの愛を糧に生きているように、僕の人格も価値観も人生も、未だに八割くらい彼女で構成されているんです。彼女がいなかったら僕はずっと空っぽな人生を送っていたはずで、彼女に出会えておこがましくも一時付き合えて、あらゆる経験や感動や喜びを享受できたことに感謝しなければならないと、今改めて思いました」

奥山譲が差し出したマッコリのお碗《わん》に自分のお碗をぶつけ、私たちは一瞬にして変貌した自分たちの関係を祝福した。それでも調子に乗ってサムギョプサルのシメとしてキムチチャーハンを頼み、肉汁で焼いた飯の美味《うま》さは異常！　と盛り上がって半ば気持ち悪くなるほど胃に詰め込んだ頃には割と冷静になっていて「まあこの人との恋愛は99・9％発生しないだろう」という結論に至っていた。彼はその好きだった彼女のことをきっと一生忘れないだろうし、もしも私と付き合ったり結婚したりしても、彼女から一本電話やメールを受ければ彼女の許《もと》に飛んで行ってしまうだろう。実在して僅かな期間とはいえ物理的に甘やかな関係を築いていた元カノは、いくらのめり込み課金しまくり人生を費やしたとはいえ二次元とかアイドルとかの重みとはちょっと訳が違う。私たちの間には、決して越えられない高く険しい壁がある。

気が楽になったのか、件《くだん》の元カノの尊さについて語る彼に、まあ良くても仲の良い友達止まりだなという予想が、ごってりと塗りたくられたコンクリートのように外側からじわじわと固まっていく。恋愛には二種類ある。相手との対等な関係を志す恋愛と、相手の尊さあるいは従順さを重視する恋愛だ。その区分けにおいて、私と奥山譲は尊さを重視する崇拝系クラスタと言えるが、それにしたって私たちはその内容において差がありすぎる。しかも彼女が不動の頂点すぎるせいか、奥山譲にはどことなく厭世《えんせい》的なきらいがある。分かる、例えば強烈に尊い推しに出会い盛り上がっている時、推しに関わっている時間とそれ以外の時間の落差が激しくなるのだ。それこそアル中のように、アルコールが抜けている時間ずっとアルコールのことを考えてしまい、仕事や日常生活がアルコールを飲むためにこなさなければならない面倒なこと、になってしまうのだ。彼は未だに五年も前に別れた彼女の中毒で、当時享受していた幸福に、彼女の幻影に、今も幽閉されているのだ。

「僕は未だに、彼女の使っていた柔軟剤をストックしてるんです。リニューアルするというアナウンスが出た時、ダンボール二箱分ストックしました。なくなるのが怖いので、今はよっぽど彼女を感じたい時にしか使いません」

「分かります。実は自分の推しのイメージに合わせてオリジナルの香水を調合してくれるお店があって、私も推し香水を四本持っているんです。二本は推しカプの二人で作りました。その二つをちょっと距離を離して一吹きするんです。そうすると今さっきまでここでその二人が戯れ合っていたことを完全に知覚できるんです。香りっていうものは魔術的な力を持っていますよね」

「でもすぐに気づいたんです。柔軟剤やシャンプートリートメント、ボディローションや香水が、彼女の体臭や汗の匂いと混ざり合って初めて彼女の香りになっていたんだって。彼女の表層的な香りを再現することはできても、それはやっぱり彼女の髪の毛に顔を埋《うず》めた時の香りとも、腕枕をしていた時の香りとも、彼女が脱いだ下着の香りとも別物なんです。まあそれでもその香りにすがってしまうんですけどね」

99・9が１００になった。私はこの人と恋愛はできないし、この人は次の恋愛をしたいのであればこの好きだった人の話を完全に封印しなければならないだろう。きっとその好きな人に振られた後に付き合った人も、彼のそういう面を見て引いていたのではないだろうか。自分を見せたい、さらけ出したい、その上で受け入れてもらいたい。その自然な欲望は、彼の場合叶《かな》えるのは至難の業だろう。もちろん私だって人のことは言えないのかもしれないが。

「奥山さん、そのずっと好きだった人には、別れてから連絡はしなかったんですか？」

「しました。し続けました。ヨリを戻して欲しい、好きだって、すがりました。でも彼女は新しい彼と幸せそうで、一年くらいした頃心が折れました」

「でも、今も好きなんですよね？」

「好きなのかどうか……。もはや彼女は僕にとって女神なんです。象徴、愛のシンボルのようなものです。つまりそもそも僕たちは同じ世界線に存在したことがなかったんです」

言いたいことは分かるけれど、私から見れば彼らは同じ世界線に存在している。紙の上でも画面の上でもなく、彼らは現実に存在し手を繋ぎキスを、セックスをしていたのだから。

恋愛経験が乏しいと奥山譲は言ったけれど、彼はむしろ恋愛のエキスパートではないだろうか。例えばアサヒのようにたくさんの女性との恋愛を経験している人よりも、もう自分に振り向いてくれることはないと知りながらそれでも愛し続ける、愛し続けてしまう人の方が、ずっと恋愛のエキスパートなのではないだろうか。私たちは、似て非なるものだ。奇妙な敗北感がじわじわと体内に広がっていくのを感じながらぼんやりライとアサヒの方を見つめていると、私の視線に気づいたアサヒが「ィヤッ」と声を上げ親指と人差し指でL字を作りドヤ顔でウィンクをして見せた。美味しそうなものを口に運び続ける人々をぼんやりと見つめながら、身も心も根こそぎ奪われるような恋愛してみてえな、という卑しい欲望が湧き上がって、そんな欲望の湧き上がる自分に少し引いた。

というわけで、私は旅に出ます。私の言葉に、ライは鏡を見つめてファンデーションを塗る手を止めず「うん分かった」と呟いた。

「大丈夫ですね？　ゴミは捨てに行かなくていいんでとにかく何でもいいから袋に入れて口を縛っておいてください。約束ですよ。缶とペットボトル、瓶なんかはキッチンに置いておいてください。後で私が分類して資源ゴミとして捨てるんで。あとはえっと、あっそうだ、火の元です、火の元にはすごく気をつけてくださいね。本当にもうライさんが消した煙草の半数以上が燻《くすぶ》ってるんですから。ほら灰皿見てくださいよ半分以上がここで焼け焦げてますよね。むしろここまで火事を起こさずに生きてこれたことが驚きです。絶対に絶対に煙草を消す時は全ての火種が消えたことを確認してくださいね。あっそうだ、もう灰皿に水入れときますね。なみなみ入れとけば帰るまで多分平気ですよね」

たかが三泊でしょと、ブラシを顔に走らせながらライは言う。

「火事になって一酸化炭素中毒で死ぬ時は一瞬ですよ。しかもライさんよく寝落ちちゃうからなあ……。とにかくいいですね、煙草の火とゴミのことはしっかりしてくださいね。もしも火事になったら煙を吸い込まないように這《は》いつくばって逃げるんですよ。部屋の外に出たら非常ボタンを押して、絶対にエレベーターには乗らないで階段で下りてくださいね」

はいはい、と流すライに全く危機感はない。私がいなかった頃ライが一人で普通に生きていたという事実がもはや信じられない。まああのゴミ屋敷状態を普通に生きていたと言えるかどうかは微妙なところだけれど。

「何か欲しいものはありますか？　ご当地スイーツ的なものとか、ご当地マスコット的なやつ」

「別にないな。社畜の由嘉里が息抜きして帰ってきてくれればそれでいいよ」

生業《なりわい》と割り切りここまで無難に仕事をやり過ごしている私が社畜ならばこの世のサラリーマンの98％が社畜と言えるだろうが、ライにとっては毎日同じ時間に出社しているというだけで社畜に見えるのかもしれない。

じゃあ行ってきます！　私の言葉にいってらー！　とライは珍しく目を合わせて手を振る。

「明々後日《しあさって》、夕方くらいに帰る予定なんですけど、その時ライさんいますか？」

「えー、分かんない」

「そうですか。可能であれば出迎えて欲しいなーなんて思ったんですけど……」

「いれば出迎えるけど？」

「いや、いて欲しいなって思ったんですけど……」

「まあ、予定がなきゃいるよ」

「私のためにいてくれたりは」

「それはない」

まあないですよね、と意気消沈しながら小さなスーツケースを引っ張り行ってきますと呟く。私がいないうちに、ライが死んでしまうのではないだろうかと、そこはかとなく不安だった。私は一緒に生活しながら、半ばライを見張っていたと言っても過言ではないのだ。まだ消えませんよね、生きて待っててくださいね、ご当地スイーツ一緒に食べましょうね、そのどれも口にできないまま、私は家を出た。

「ゆっかりーん」

東京駅の新幹線の乗り換え口で落ち合ったアサヒは間抜けな声を上げて両手を振る。

「おはようございます」

「何だよ他人行儀だな。同じベッドで一晩を明かした仲なのに」

「私はもはやアサヒさんに心を乱されないメンタルを身につけたので何を言われても平気です」

「ナンバーワンホストを不倫旅行に誘っといてつれないなー」

「それは語弊があります。不倫ではありませんから」

「不倫っていうのは人の道から外れること、でもあるんだぜ」

「私は外れてません」

「既婚ナンバーワンホストを旅行に誘っといて人の道から外れてないって言える？　俺との旅行はたくさんの人が待ち望んでるんだぜ？　他の既婚男を誘うのとは桁違いの罪深さだぜ？」

アサヒの言葉を無視したまま新幹線の改札に向かう。確かに既婚者を旅行に誘うのは人の道から外れていることかもしれない。それでも、私にはそうせざるを得ない理由がそれはもうたくさんあったのだ。まず第一にM・I・Mの舞台化が発表されたこと。東京公演を一、二、三次先行からリセールまで落選したため諦めていたところ、ハナちゃんが大阪公演一緒に行く予定だった子がインフルで行けなくなっちゃって一枚余ってるんですけど一緒に行きますか？　前日は原作鑑賞会をしようと決めていて実はもうすでにクレカポイントで高級ホテルのツインを二泊とっているんです。と誘ってくれたのだ。しかし腐女子の最も恐れるシチュエーション、「出張とイベントがカブる」を見事に引き当ててしまい大泣きするハナちゃんにホテルもチケットも譲るから私の屍《しかばね》を越えていけと言われ、少なくともチケットは買い取ると豪語したはいいものの、推しへのお布施と称した課金に余念のない腐友たちは余裕のない派遣だったりあらゆるリアルイベントに参加しすぎて有休使い切り組だったりで誰も捕まらなかったのだ。

一応と思ってライに聞いてみたが「いい！」と前のめりに断られたし、ライに連絡先を聞いて「何か小説のネタになるかも！」とユキさんを誘ってみたものの「この間オーバードーズを起こして以来体調が悪い」と断られてしまった。途方に暮れていた時、ライから話を聞いたアサヒが「俺しばらく東京離れたいから行かせて！　イケメン研究の機会にもなるだろうし」と前のめりに手を挙げたのだ。東京から離れたい理由は聞いてないし聞きたくもないが、イベントを楽しんでくれるならばもう誰でも構わないと腹を括った。

「駅弁買おうぜー。奢ったげる」

アサヒの言葉に迷いなくすき焼き重千六百八十円也を差し出す。ビールとストロングのロング缶を五本も購入するアサヒにどこまで乗るつもりだと呆《あき》れつつ、私たちは新幹線に乗り込んだ。

「ちょっとすき焼き重食べさせてよ。俺の牛タンも一口あげるから」

「腐女子相手にそういう女性慣れした口利くのやめてもらえませんか？　こちとら間接キスで妊娠する高レベル腐女子ですよ」

私の言葉を無視して、アサヒは私のすき焼き重に箸を伸ばし一瞬でごっそり肉とご飯を奪っていく。はあ？　と思ってこっちも箸を伸ばし一番大きなタンを頬張った。やいやいやり合いながら一本ビールを飲み終えたところで、私は改めてアサヒに向き直る。左腕を頭の後ろに当てがい、スマホで次から次へと女の子にスタンプや返信を送っていくアサヒに、女に好かれる能力だけ長《た》けている男の末路を見たような気がする。

「実は、アサヒさんに頼みたいことがあるんです」

「恋愛関係的なこと？」

「まあそれも関係なくはないんですけど」

「ちょっと俺今パンク状態で、これ以上の修羅に巻き込まれるのは本気で避けたいんだけど」

「違います。ライさんの恋愛関係の話です」

「ライの？　どゆこと？」

「前にも話したライさんの死にたみ半減プロジェクトです」

「だからそれダサいって。俺ダサい話聞いただけでダサ死にするから止めてよ」

「とりあえず話だけ聞いてください」

「聞くのはもちろんいいけれども」

「ライさんには好きな人がいて、今も好きなんです。それで、その人とは音信不通なんです。彼はライさんの前から突如姿を消したんです。もしかしたら精神的に不安定な人だったのかもしれません。とにかく、ライさんは彼が出ていってから、あの家のベッドで寝ていません」

「で？」

「私はライさんからその彼の情報を僅かながら引き出すことができて、フェイスブックをたどって調べてみたら、何とその彼は大阪に実家があってそこに住んでいるらしいんです」

「嫌な予感がしてきたな」

「もともと私の腐友が提案してきたのは二泊なんです。ホテルは二泊しか取っていません。つまり、最後の一日延長をして、彼に会いに行き、ライさんがあなたのことをまだ好きなんですって伝える旅なんですこれは」

「クソダサバラエティ番組みたいな趣旨だな。そういうこと考えてて自己嫌悪にはならないの？　ならないとしたらちょっとした心の病気だと思うよ」

アサヒの完全に軽蔑したような表情に怯みそうになるけれど、自分を奮い立たせて状況を分析していく。

「でも、私がライさんの生きるための力になれるとしたら、それしかないんです。これ以上に、自分にできることは思いつかないんです。彼女にとって、私もアサヒさんも誰も彼も、生死とは全く関わらないＮＰＣみたいなものです。彼女の生に関与できるのは、そのライさんが、彼が出ていって以来ベッドで寝れなくなったという、それだけの影響力を持った彼だけだと思うんです」

ゆかりん。アサヒは呟いて私に向き直ると両肩を摑みそこをさすさすする。

「ライが好きなら自分はライのことが好きなんだって、しっかりと伝えたらいいよ。そしたらライだってゆかりんの気持ちをきちんと受け取るはずだよ。そんな風に自分に力がないなんて思う必要はないんだよ」

「私は伝えてます！　ライさんを大切に思う気持ちも、ライさんのことをすっかり丸っと愛している気持ちも。それでもライさんは全く何も変わりません。私は彼女に対して影響力を一ミリも持っていないんです。その無力感がアサヒさんに分かりますか？　私だけ毎日毎日ライさんの無事を祈っててバカみたい。ライさんは私がどうなろうと知ったこっちゃないのに。私が数日間いなくたって何とも思わないのに」

「分かるよ。自分が思ってるのと同じくらい思われなきゃ、辛いよね。でもさゆかりん、ライは歌舞伎町で潰れてるゆかりんのことを助けてくれたんでしょ？　ゆかりんのことどうなろうと知ったこっちゃないなんてことないと思うよ。そこは冷静な判断してあげなよ」

「できることは何でもしたいんです」

「例えばだよ、例えばだけど、その人と会って、その人がライに連絡したり会ったりして、ライの死にたみが余計に増してしまうスパイラルになる可能性は考えないの？」

「考えました。考え尽くしましたよ。でもライさんはこのままじゃ本当に死んじゃう。私には分かるんです。ライさんは前よりもずっと気力も覇気もなくなってる」

「俺が見る限りライに気力とか覇気があったことはないよ。それにさ、聞いてよゆかりん、ゆかりんのこと話してる時、ライは一番覇気があるんだぜ？　こないだ韓国料理食べに行った時だって、あのぼんやりした男とご飯食べてるゆかりん見てさ、由嘉里がね、由嘉里はさ……って何度も話振ってきたんだぜ？　俺から見たらゆかりんだってライにとってめちゃくちゃ大事な人だよ……」

それは嘘ですね。私は大きな声で断言してアサヒの言葉を遮る。

「ライさんは私のことに全く頓着しません。私といても、アサヒさんといる時のような楽しそうな顔は見せてくれません。今日だって旅行から帰ったら出迎えてくれますかって聞いたらいればねって言われました」

「まあ、それはライの性質の問題なんじゃない？　誰かに待たれてたり、期待されてたりっていうのがきつい人もいるからさ」

ほほう、と声を上げ私は黙り込む。確かに、私も子供の頃母親に待たれたり期待されたりするのがものすごく嫌だった。そんな風に自分を意識している人がいるだけで、死ぬほど辛かった。私は全ての人に、電柱とかガードレールとかみたいにそこにいることに不思議さを感じず、あえて視線を送ったり注視したりしない、そこにあるのが当然という無視のし方をされたかった。じゃあ、私はライにとってうざったい存在なのだろうか。一緒にいると、その人の視線や意識を感じると、この世に生きることが嫌になるような存在なのだろうか。

憂鬱な疑問が頭を満たしてしまう前に、すき焼き重を食べ切りあっそれ俺飲みたかったやつ、というアサヒの言葉を無視して期間限定ピーチマスカット味のストロングを開ける。

「どうせアサヒさんはいつも何十万とかのお酒浴びるように飲んでるんでしょ」

「なんかゆかりんはあらゆるバイアスがかかりがちだね。俺様然としたホストなんて今時売れないいんだぜ。今はもっと庶民的で普通に草食っぽい、そこら辺にいそうな大学生みたいなマイルドドホストがウケてんだよ。そんで俺たちだって普通に鏡月のソフドリ割りとか飲んでんだぜ。そんな何十万もするボトルぽんぽん入れてくれるのはよっぽどの太客だけだよ」

「そうなんですか？」

「そうだよ。俺みたいなのはちょっと古いタイプだね。最近はもっと何ていうか、昨日ほうれん草のおひたし作ったんですけど、ちょっと茹《ゆ》ですぎちゃったんですよね、とか言うようなホストが人気なんだよ。そういう自炊とかしちゃう系ホスト？　で格好もイキった感じじゃなくて、もっとこう普通に大学とかにいそうな？　麻のシャツにチノパンとか穿《は》いちゃって？　そんでビルケンのサンダル履いちゃうみたいな？　金髪とかも最近ウケないしなー、って思って青にしてみたんだけど別にそんな好評でもないっていうね」

「そんなビビッドなブルーにしたらイキってる感ダダ漏れですよ。でも、アサヒさんみたいに一目でホスト！　って分かるタイプのホストも潔いなあと思いますけどね」

「ホスクラに来る客ってどうしても自己評価低い女の人が多くてさ、ちょっと前までは自己評価低いけど金持ち、っていう女の人が落としてく金で成り立ってたんだけど、最近は不景気だし安いホスクラも増えてきて飽和状態だし、もっと間口を広げなきゃってことで自己評価低くて金持ちじゃない女の人でも気楽に通えるような店作りをしなきゃいけなくて、それで見た目的にも性格的にも威嚇しないホストの需要が高まってるんだよね。例えば未収が嵩《かさ》んで仕方なく風俗とかAVに足を踏み入れてきた女の人たちもたくさんいるけど、最近は少しずつそこまで沼る人も減ってて。ホスクラも本気の草食を投入し始めてるから、そうすると草食のマイルドホストたちは特に無理やり貢がせない、ビールでいいよってなる。ボーナス入ったらシャンパンじゃなくてスパークリングでいいから入れてくれたら嬉しいなって感じ。女の人も無理しないでホスクラに通える、ホストも昔みたいに馬鹿みたいな収入は得られないけど、普通のバイトよりは稼げる」

「それって……ウィンウィンじゃないですか」

「そう。女の人は自分の払える範囲のお金で一時の安らぎを得て満足して帰っていくし、ホストはホストで下克上みたいなランキング争いとか上下関係に参加しないで、のんびり気が向いた時に出勤して、友達みたいなお客さんと安い酒飲んで、それで生活費なり学費なりを稼ぐ。もちろん豪遊はできないけど、両者ウィンウィン、幸せなんだよ」

「なるほど。最近のホスト事情にはというか過去一ミリもそんな状況について思いを馳《は》せたことはなかったんですが、ホストというだけで自分が何となく思い込みの中でイメージを構築していたことを知りました」

だったらそれをよこせ！　と私の持っている缶を取ろうとしてくるアサヒの手を避《よ》けながら思わず笑い声を上げる。

「あ、そういやあの冴《さ》えない草食の末路みたいな感じの彼はどうなの？　うまくいってるの？」

「あぁいや、あの人はないですね。ないなあって分かっちゃいました。あの人、昔の彼女が今も好きでたまらなくて、極限までこじらせてました」

奥山譲が一体どういう経緯でこじらせることになったのか、一方的に語り尽くすとスッキリして、それにしてもやっぱりアサヒは話しやすいと痛感する。ライは聞いているのか聞いていないのか分からない感じの態度を取るが、ホストだからか分からないけれどアサヒはきしめんのようにするすると話をのみ込んでいってくれるのだ。どんなことを言ったとしても、私を責めるようなことはしないだろうという安心感もある。

「でもさ、本当にないの？」

「いやいや、ないでしょう。話聞いてました？」

「人ってさ、誰しも誰かへの愛情を引きずりながら次の恋愛に踏み出していくもんだぜ。そんなさ、人の気持ちなんてはっきりしてるもんじゃないんだよ。恋愛って主に感情と言葉っていう不安定なもので成り立ってるわけで、しかも感情と言葉は必ずしも一致しないしね。別れたからもう好きじゃありません、付き合い始めたからこの人のことを一途《いち》《ず》に愛してます、なんていうシンデレラみたいなことじゃないんだよ」

「分かってます。その辺の機微は腐女子の大好物ですし、理解はしているんです。それに私だって同時進行であらゆる推したちを愛してるじゃないかとも思いました。でも、気持ち悪いって思っちゃったんですよ。サムギョプサル食べながら、同じ鉄板の肉食べるのさえちょっと嫌だなって思っちゃったんですよ」

「それは致命的だな。生理的嫌悪は98％覆らないからね。例えばだけど、BL読んでて最初無理、キモいって思ったキャラをその後好きになっていくみたいなことってないの？」

「BLにはあまりキモいキャラは出てこないんですよね。あったとしてもキモさにエッジが効いていてキワモノキャラとして成立してるんです」

「なるほど、そんなものばっかり読んできたからゆかりんにはその実在系粘着草食青年が生々しすぎて無理なんだろうな」

「それに、そんな激しく熱い恋愛を経てきた人に対する引け目もあるんです。ここまで二次元の世界に閉じこもってきた私には、実感的に恋愛感情もよく分からなくて、だから片思い十何年みたいなプロフェッショナルとはあらゆる意味で次元が違いすぎるって」

　ピーチマスカットを取り上げてグビグビと一気に飲むと、プロフェッショナルねえ、とアサヒはため息をつくように言った。

「俺実は離婚してくれって言われてさ」

「えっ、あのアサヒさんをナンバーワンにさせてる奥さんにですか？　最低なところから始まってそれ以上落ちることなんてないはずなのに何でですか？」

「疲れちゃったって」

「ていうか、もともと奥さんだって疲れる前提だったんじゃないんですか？　もしかして、それで東京離れたいって言ってたんですか？」

「まあね。なんかいたたまれなくて。まあ傷心ですよ」

「例えばですけど、アサヒさんも奥さんもカタギの仕事について、二人で普通の結婚生活を送るのは無理なんですか？」

「始まりが普通じゃないカップルって、その後普通に戻ることはできないんだよ。その逆はあり得るけど。でもさ、普通のカップルが普通じゃなくなる瞬間てどういう時だと思う？」

「例えば……片方が経理部で働いてて、お金に困って二人で横領に手を染めてしまうとか。あるいはどちらかが親から虐待されてたり長年のハラスメントに悩んでいたりして、ひょんなことをきっかけに抑圧していた人を殺してしまって、二人で死体遺棄をするとか……」

「なんかゆかりんの発想は昼ドラみたいなんだよなあ。でもさその二つのエピソードだと、普通じゃない因子が彼らの中にあるっていうより、自分たちを追いつめる外部への対応として普通じゃない行動を取ってしまったってことじゃん？　やっぱ最初から普通じゃないカップルとはニュアンスが違うよね」

「アサヒさんホストなのに因子なんて言葉使うんですね」

言ってしまった後に「バイアス」のくだりを思い出してゆっくりとアサヒを振り返ると「そゆとこー」と呆れ顔で指差されてしまった。確かにそゆとこだ。良くも悪くも、いや多分悪く、私は発想力、想像力がお粗末だ。例えばシナリオライターだったとしたら三十年前のシナリオか！　と突っ込まれるようなタイプの古さだ。実家暮らしが長く、ずっと母親の一存でチャンネルが決められていたテレビでバラエティやドラマを見ていたからかもしれない。

「すみません。自分の狭量さ、発想の乏しさ、ステレオタイプな思考回路は自覚してます」

「ま、そういう発想力ゆかりんに求めてないから」

「ひどいこと言いますね。どうせお前はパンピーだみたいなことですか」

「俺に誠実さ求める？　そゆこと」

一人完結したアサヒになるほど、と同意すると、それでも面白みのない人って言われたみたいで悲しいなあと愚痴りながらピーチマスカットチューハイを飲み干した。

あれ、大阪で降りるんだっけ？　という間の抜けた声ではっと目覚めるとすでに新幹線はホームに滑り込み始めていて、どうして起こしてくれないんですか信じられない！　と生まれて初めて家族以外の人にキレながら缶やゴミや充電器やスマホを掻き集めてぎりぎりで新幹線から飛び降りた。いや俺もうとうとしちゃっててさ、とぼやくアサヒにアサヒさんがあんなにお酒を買い込むからです！　と責任転嫁しながら、私たちはホテルに到着した。

「さすがにツインでもさすがにちょっとあれですね」

「大丈夫、俺は女の人に飢えてないレベル世界のトップ百に入るから」

自分のことを時代遅れの俺様系ホストと話していた割に、アサヒはいつも女性のことを女の人、と言う。女、と言わないところには好感が持てる。

「なんかめっちゃいい部屋だなー。あ、ねえねえスパいつ行く？　嬉しいなー久しぶりだなスパなんて」

「アサヒさんスパ行ったことあるんですか？　私初めてなのに！」

「あ、今度そのハナちゃん？　にお礼させてよ」

「お店に連れていったりしないですからね」

「そんなこと言わないよ。まあ俺も今ちょっと考えてるしね。今後の身の振り方について」

「それって、ホスト辞めるってことですか？」

「ま、ホストはいつまでも続けるような仕事じゃないからね」

なるほど確かに、ホストやキャバ嬢はそんなに息の長い仕事ではないのだろう。それでもどこかで、悲しみを抱いている自分がいた。きっと私は、恒常性を求めている。でも皆、私みたいな生き方はしていないのだ。ずっと今の会社にいて特に昇進することもなく代わり映えのしない仕事をしながら、趣味に費やせるお金と老後資金を貯めて今の自分を長期熟成させていくだけのような生き方を、皆はしていない。もっと流動的で、気の赴くままに生きている。そういうところが彼らの良さでもあるのに、ずっとこのままでとなぜか私は願ってしまう。

「ま、スパはおいといて、とにかく今日はM・I・Mナイトですからね。覚悟しててくださいよ！」

そう言うと、「M・I・Mナイトフー！」というアサヒの声を背中に受けながら、私はフロントで貸してもらったDVDプレーヤーを粛々と設置し始めた。イベントに備えアサヒにM・I・Mを布教すべく、DVDを全巻持参していた私は飲み物とポテチまで用意し一本目をセットしたけれど、アサヒはお風呂を見に行ったり部屋の調光をしたりでなかなか大人しくしてくれない。小学一年生の担任はこんな気分なんだろうかと思いながらキャラクターの人物設定の説明を繰り返していると、「俺は俺の解釈で見るから何も言わないでくれ」とごもっともな反論を受け、全くどうして私はこんなにオタク気質なんだろうと自省する。

DVDを二本見たところでアサヒが食べログを駆使して見つけたモツ煮が美味しいという居酒屋に行き、モツ煮、豚串盛り合わせ、豚の唐揚げ、フルーツトマトの浅漬け、本当に大丈夫なんですかね？　もしあたって明日の舞台に行けないなんてことになったら一生恨みますよ、と念を押しつつ「絶対美味い食べなきゃ損」とアサヒが言い張る低温調理豚刺し風盛り合わせを頼み、濃厚クリーミーなレバー、歯応えと程良い脂が絶妙なタン、ぶりっとした食感がくせになるハツに悶絶した。シメに豚の脂で炒めたガーリックライス、という分かりやすいデブ飯と、ダメ押しで安納芋バターサンドをデザートに頼み、さすがの俺ももうご飯の一粒も入らない！　私も一粒飲み込んだ瞬間胃が破裂しますね。俺は胃だけじゃなくて腸も、言うなれば小腸でさえもダイナマイトの勢いで破裂するね。それはアサヒさんのみならず隣にいる私も即死ですね。と言い合いながらホテルに戻った。

あまりの満腹と進んだお酒で危ぶまれたM・I・Mナイトだったけれど、アサヒが寝そうになるたび隣のベッドに枕を投げつけて覚醒させた。

「ゆかりんは俺と付き合いたいと思わないの？」

正肉というのは四つの種類に分かれています、マエ、ロイン、トモバラ、モモの四つです。さらにこの四つからあらゆる部位が派生します。例えばモモの中にはランイチ、内モモ、外モモ、シンタマ、という四つの部分があって、さらに！　その中にも複数の部位が存在します。例えばシンタマの中にもシンシン、カメノコ、マルカワ、トモサンカクという四つの部位が存在します。私の神推しトモサンは赤身が多いモモであるにもかかわらず、サシが入っている希少部位です。とDVDの内容を補足するためわざわざ一時停止して説明していた私の言葉を疎ましげに聞いていたアサヒは唐突にそんな質問をして私を引かせる。

「何ですか急に。真面目に聞いてくださいよ。部位の話はM・I・Mを理解する上で非常に重要なポイントなんですよ」

「いや、付き合いたいと思ってたら可哀想だなーと思って」

「アサヒさんはアニメや漫画を馬鹿にしないし割合ストーリーやキャラも頭に入ってるみたいですし、なかなか教え甲斐のある生徒だなとは思います。でも恋愛とかそういうのはあり得ないですね」

「参考までに何で俺と付き合いたいと思わないのか教えてよ」

「私がアサヒさんと付き合いたいと思わない理由は星の数ほどありますが、その一つとしてユキさんの言葉がありますね。ちょっと前に『寂寥』で偶然ユキさんに会った時に言ってみたんです。ユキさんとアサヒさんは実は二人とも寂しがり屋ですよねって、似た者同士もし付き合ってたらうまくいったかもしれませんねって。もちろんけしかけたわけではないですよ。既婚者を薦めるようなことは口が裂けても言いません。ただ漠然と、そうなったらうまくいくんじゃないかなって思って」

「で？　なんてなんて？」

「アサヒが全ての性病検査するじゃない？　それで結果が出て全て陰性だったとするじゃない？　でも性病って潜伏期間あるじゃない？　だからもっかい調べさせるじゃない？　陰性だったとするじゃない？　でも潜伏期間中に他の女とヤってるかもしれないじゃない？　このループになって永遠にセックスができないから無理。って言ってました」

「何だよその偏見。ていうかユキあれだけドラッグと酒に溺れてるのに性病だけは絶対にかかりたくないんだな」

「股が不健康な時ほど不快な時はないって言ってましたよ。何かひどい性病にかかったことがあるのかもしれませんね。そもそもユキさんは酒と男とドラッグに溺れる地獄は受け入れても、性病に苦しむ地獄は美意識的に受け入れられないんじゃないですかね」

「えー、そう言われて納得したのゆかりんは」

「私は異性と付き合うということをどこか机上の空論的に考えているところがあるので、現実的な意見を聞けてとても勉強になりました」

ふーん、と不満そうなアサヒに一時停止していたＤＶＤを再開させ講義を始めたもののやっぱり眠たそうな顔をしていて、結局朝の四時に枕に顔を埋めて眠ってしまい、私ももう起こす気力がなくM・I・MをBGMにリモコンを抱き抱えるようにして目を瞑《つぶ》る。正直、M・I・Mの舞台観劇前夜は緊張の極みで眠れないかもと思っていたけれど、アサヒに解説することにより初心に返り、M・I・Mの尊さを再確認することができ、さらにはお酒のおかげでスムーズに眠りにつけそうだった。


「ねえ起きてよゆかりん。スパの前にプールでひと泳ぎしようぜ」

「は？　え、プール？」

「え、プール？　じゃないよ。俺絶対泳ぎたいって昨日言ったじゃん」

「えっと、私水着持ってきてないんですけど」

「下の売店で売ってたから買えばいいよ。それからスパ、その後エステね。俺もうさっき十二時にエステ予約しちゃったから後が詰まってるんだよ早く行かないと」

え、えっ？　と言っている間に布団を剝がされ、仕方なくのそのそと起き上がると洗面所で顔を洗う。クローゼットに用意されていたバリアンな雰囲気の麻のバッグにタオルやスキンケア類を入れ、アサヒは準備万端で待っている。えっと、スマホあった方がいいですかね、ロッカーありますかね、えっと、館内地図がないと迷子になりますよね、あ、水着買うならお財布持ってかないとか……、右往左往している私にアサヒはじれったそうで、「時間かかるなら俺先行くけど」とまだ化粧水しか塗っていない私を急かす。スパとかホテルのプールみたいなオサレな場所に一人で行くのは緊張する、アサヒと共に行けばホストを侍《はべ》らせてる女と思われる可能性大だけれど、それでもその方がいくらかマシだ。

プールなんて高校生の頃以来じゃないだろうかと思いつつも意外に泳げて五十メートルプールを何往復もしてホクホクしていると「ゆかりんて平泳ぎしかできないの？」とディスられた。意外に美しいフォームでクロールを繰り返す、想像はしていたものの嫌みなくらい綺麗な細マッチョのアサヒは、俺水泳で県大会出たことあるんだぜとドヤ顔をしたが、真偽不明のためスルーした。スパに移動するとジェットバス、大浴場、露天風呂、足湯、薬湯、低温サウナをそれぞれ楽しみ、エステの時間に遅れそうになり髪も乾かさず汗だくで移動する。先にエステの待合室に着いていたアサヒは、すでに青い髪をサラサラに乾かし優雅にガラスのカップに入ったお茶を飲んでいて、ゆかりんはなんか全体的にバタついてるんだよなあ、本人に言うのも何なんだけどゆかりんしかいないから仕方なく言うけどまるでひっくり返った虫だよと呆れたように呟く。

ご案内しますと言われて通された個室には二つの施術台が置かれていて、カップルでエステやマッサージをご堪能いただけます的な広告によくあるやつだ、と軽く尻込みしながら台に乗ると、今回はお二人でご旅行ですか？　と美しいエステティシャンが優雅な口調で聞く。M・I・Mの舞台を観《み》にきたんですとは言えずヘラっと笑って誤魔化すと、「そうなんですよ僕たち初めての旅行なんです」とカップルみのあることをアサヒが言うからドギマギする。ツンデレキャラには慣れているけれど、実物ツンデレを目にするのもその対象が自分というシチュエーションも初めてで、いったん止まった汗がまた噴き出した。

フェイシャルマッサージはあまりに痛く、エステって優雅なイメージだったけどこんなに痛いの？　と目を白黒させながら歯を食いしばる。ほら見てください今右半分だけリンパマッサージをしたんですがどうですか？　ほらフェイスラインがシュッとして、お顔のたるみが引き上げられて毛穴が小さくなっているのが分かりますよね、ともしこれが本当の彼氏同伴だったら恥ずかしくて死にそうなことを言うなと思うが、現実のカップルはこんなことで恥ずかしさを感じたりはしないのかもしれないとも思う。私は恋愛経験がないせいで、世の中の半分くらいのことを正確に理解できていないんじゃないだろうかと被害妄想のようなことを考える。同様に説明を受けているアサヒは手鏡を持ったまま「ほんとだ！　俺めっちゃ若返ってない!?」と右半分を見せつけてくる。

「はいはい若返ってますよ。私はどうですか？」

「ゆかりんもトゥルトゥルだよ！　虫感半減！」

何だよ虫感って。と心で呟きながら再び苦行に挑む。ゴリゴリいっているのはリンパの詰まりがある証拠です。これを全て解きほぐすことでストレスフリーなお顔、子供のように柔らかいお肌を取り戻せますからね。夢見るような表情でエステティシャンは言って、私はまた歯を食いしばって耐える。ひたすら耐える。二・五次元という自分が遠ざけてきた、最もハードルの高いジャンルを享受することに及び腰になっていた自分を、美しくなることによって鼓舞するのだ。強く念じて涙が出そうになるのを辛《かろ》うじて堪《こら》えていたけれど、ようやくフェイシャルが終わって間髪をいれずに始まったボディもまたリンパの詰まりをゴリゴリ解消する系のマッサージで愕然とする。

ゆかりん、エステ中は力を抜くんだよ。身を任せるんだよ。リ、ラーックス、リ、ラーックスだよ。そうだよ何でか知らないけどゆかりんって全ての動きに力が入りすぎてるんだよ。泳ぎ方から動き方からマッサージの受け方さえも否定され、こちとらお前のような優雅な奴と行動を共にする人種じゃねえんだとムスッとしつつ部屋に戻った私は勢い込んで化粧を始める。

「どうしようアサヒさん！　早くも手が震えてきました」

「虫だから？　鳴くの？」

「どうしようアサヒさんのくだらない冗談も笑えません。緊張で爆発しそうです」

「分かるよ。推しに会うって不安だよな。しかもそれが二・五次元だったら余計だよな」

「そんな……アサヒさんに理解を示されると逆に不安になります」

「まあ、俺もいわば二・五次元の男だから分かるよ。俺を前にすると皆緊張するからね」

「アサヒさんは全ての要素を自分アゲに使いますね」

「ゆかりんも自分サゲばっかりしてないでさ、ほらばっちりメイクしてトモサンに会いに行こうよ。誰もM・I・M愛に溢れたゆかりんを咎《とが》めやしないよ。もはや誰も私を止められない私はゴジラ！　って気持ちでさ」

私はゴジラじゃないんですよと泣き言を言いながら化粧を完成させると、それでも気持ちは少しずつ高まって、小さく震えながら新調したばかりのワンピースに袖を通すと、私はとうとう覚悟を決めた。二・五次元版トモサンの手腕を、刮目《かつもく》ししかと見極める時が来たのだ。

「テプレット？」

「は？」

「フランス語で準備できた？　ってことだよ。俺の奥さん、昔フランス語専攻してたんだ」

ホストに入れあげて結婚しても店に通いナンバーワンにさせ続けている奥さんがフランス語を専攻していたという事実が意外だったけれど、やっぱりそれは私にバイアスがかかっているから意外に感じるだけなんだろう。内省的に考えながら「準備できた、は何て言うんですか？」と聞くと「それは知らない」とアサヒは髪の毛に入念にワックスをもみ込みながら答えた。

それにしても、アサヒには奥さんがいて、その奥さんと二人で楽しくフランス語の話をしたりしながら過ごす穏やかな時間があったのだという事実を改めて思い知る。私は恋愛というと手を繋いだりキスをしたりセックスをしたりという即物的なことばかり想像してしまうけれど、実際にはそうした何気ない会話、ありがとうとかじゃあねとかただいまとかうんとかううんとかいう小さな言葉の積み重ね、後ろを通り過ぎる時に相手に僅かに添えた手の温《ぬく》もりや、あれとかこれとか言う時の共通概念や、柔らかかったり尖《とが》っていたりする語尾への喜びや悲しみなんかで、彼らの関係は満ちているはずなのだ。そう思い至るや否や、キスやセックスじゃなくて、好きな人の言葉に優しさを感じたり、一緒に笑ったり、スマホ取ってと言って取ってもらうような瞬間を手に入れたいという欲望が湧き上がる。

アサヒと奥さんは関係が破綻している。そんな美しい瞬間だけが恋愛じゃないのも分かっている。それでも誰かが私の甘えた言葉に反応してスマホを取ってくれて、「はい」と微笑んで差し出してくれたらどんなに幸せだろうと思わずにはいられない。好きな人が私の言葉に反応して何かをしてくれる。これこそが恋愛の最も原始的な喜びではないだろうか。でもこれは恋愛未経験者の甘い幻想でしかなくて、例えば好きな人が私の言葉に反応して何かしてくれて、そのしてくれたことに苛立ったり悲しくなったりするような感情の機微なんかもあり得るのかもしれない。恋愛について考える時私はまるで深《しん》淵《えん》を覗き込むような気持ちになるけれど、手を伸ばせば案外そこにはもう底があるのかもしれないし、実際に底知れぬものがそこには潜んでいるのかもしれないし、まあ兎《と》にも角《かく》にも飛び降りなければ何も分からないよねというため息しか出ない。

　土地勘のない大阪の街を歩き、どことは言い難いけれど東京とはどこか趣の違う電車を乗り継ぎながら緊張感が高まり、緊張感が高まっていることを意識するが故に更に緊張を高めていくという自家中毒スパイラルに嵌まっている途中、バッグの中のスマホが連続して震えたのに気づいて手を伸ばす。lailalaiというバカみたいなライの名前に思わず胸を弾ませてＬＩＮＥを開くと缶と瓶を袋に入れてある画像、コンビニ弁当らしきものを包んであるコンビニ袋の画像、私がたっぷり水を入れておいた灰皿に煙草が浮いている画像、という相手が相手なら嫌がらせとしか思えないゴミの画像たちが送られていて思わず微笑む。「ライさん偉いですね！　素晴らしい成長です！　私はこれからＭ・Ｉ・Ｍの舞台です！」そう送ると、しばらくして豚が焼肉を食べているスタンプが送られてきて、これはＭ・Ｉ・Ｍの舞台を見る私へのエールなのか、それとも私を豚に見立てた皮肉かブラックジョークなのか、真意を摑めずしばらく悩んだ挙句超リアルな焼き鮭《ざけ》定食のスタンプを返した。こうして離れている間、ライにも私のことを想起する瞬間があるのだ、そう思っただけでぐっと酸素が濃くなった気がした。力が漲り、これからどんな世界が待ち受けていようと、きっと生き抜けるという気がした。緒方義純《おがたよしずみ》というトモサン役の俳優のXを確認すると、これからリハです、という自撮り投稿が最後だった。彼が敵なのか味方なのか、まだ私には測りかねる。

「アサヒさん心してくださいい。出陣ですよ。ひとまず私をあの垂れ幕の前で撮影してください」

「オッケー！　最高の笑顔を見せるんだゆかりん」

はい！　と言いながら会場に駆け寄り振り返る。もうちょっとこっち、行きすぎ！　そうそうそこ！　可愛いよゆかりん！　とさっきまで虫扱いしていたくせに人たらしカメラマンのようなことを言いながらアサヒは私を撮影し、さらに私が手に乗っている風の写真を撮りたいのか、上向けた左の手のひらを差し出しながら何枚か撮ったあと、通りすがりの二人組の女の子に「ちょっと撮ってもらえる？」と頼み私の横にやってきた。

「チーズタッカルビ！　のビ！　で撮ってくださいね。はい、チーズタッ、カル、ビー！」と何故か自分で掛け声をかけて四枚も撮らせた。

「ありがとね。君たちも超絶美人に撮ってあげようか？」

二・五次元の推しを見るため目いっぱいオシャレをしてやって来たのであろう同胞た

ちがアサヒに絡まれているのが不憫《ふびん》で助け舟を出そうかと思うものの、彼女たちは存外きゃっきゃと喜んで「お願いしまーす」と自分のスマホをアサヒに手渡した。すごく綺麗！　最高！　とまたエセカメラマン役をこなしたアサヒに、スマホを返された女の子が「あの……ナカニクモモタに似てますね！」と少し恥ずかしそうに言って、アサヒが「ナカニクって塩顔の生真面目イケメンだよね？　俺も似た匂いを感じてたんだよー」とM・I・Mオタの話に乗っかる。「私モモタ推しなんです」と言う彼女にじゃあ俺と写真撮る？　とスマホを指さす。ちらっと私を見て「え、彼女さんいいの？」という戸惑いを見せた彼女に「どうぞどうぞ」と勢い込んで言う。私はそんなことよりもアサヒがナカニクモモタに似ているという斬新な可能性を検証していた。確かに髪形は似ているかもしれないけれど、キャラが違いすぎて全くイメージが重ならない。「この人はナカニクモモタに似ていません！」そう主張したかったけれど、モモタ推しのモモタ似発言に難癖をつけるのはお門違いだ。私は何とか自分を押しとどめ、満足げなアサヒと共に会場に向かい、敵あるいは味方との対面にざわつく胸を押さえつけ深呼吸をする。

ゆかりん、ねえゆかりんてばー。

呼ばれて振り返ると、アサヒの顔に数時間前まで見上げていた緒方義純の残像が重なる。

「やばい緒方さんの姿が消えない……永遠にこの残像が目に焼き付いてるのかな？　だとしたら幸せだし、むしろ緒方さんの映像をこの視界に延々映し出してくれるメガネとかあったら買うし買ったら私はあらゆることを頑張れるようになって仕事の効率も上がるはずで、そしたら私の周りの人は皆幸せになってその人たちの周りの人たちも皆幸せになって幸福の輪が広がって全世界ウィンウィンじゃない？」

「なーゆかりん俺ナカニクモモタに激似だったよな？」

確かにと呟き、パンフレットをめくる。会場に入る前に会った彼女が言っていたのは、本家のナカニクモモタではなくナカニクモモタ役の俳優、辻家鷲太郎《つじやわしたろう》の方だったのだ。髪の色こそ違うが激似と言っても過言ではない。でもそんなことはどうでも良くて、とにかく私はトモサンこと緒方義純への抑え切れない思いで胸がいっぱいで、お昼前にサンドイッチ二切れだけでプールとスパとエステと観劇という大業を経て通常なら絶対的ハラペコタイムだというのに大好きな焼肉を目の前にしても上の空だった。

「やっぱり生身の人間っていうのはすごいですね」

「俺と旅行してたのにこれまで気づかなかった？」

「気づかなかったですね！」

「良かったよゆかりんが幸せそうで」

トングで取り分けてもらった骨付きカルビにかぶり付き、あちっ、あっつっ、と言いハフハフしながら噛《か》みちぎる。M・I・Mラバーすなわちミマーたちの考えることはだいたい同じで、希少部位多数取り揃え！　と謳《うた》っている人気焼肉屋にはたくさんの舞台版M・I・M『炭火かガスか、それが問題だ』観劇後のミマーたちが集っていて周囲の浮き立った空気がさらに気分を盛り上げていく。「きゃーカイノミン！」とか「とうとうカルビン様がいらっしゃいました！」などと推し肉が登場するたび反応するものだから店員たちが不審そうな顔をしつつ「なんかよく分からないけど今日はそれ系のイベントがあったんだろう」と適当に納得している様子まで伝わってくる。かくいう私もトモサンが供されると「ひゃあ」と声を上げてそのフォトジェニックな姿を連写し瞬時にMIM 4ever というハナちゃんをはじめとしたミマー仲間のグループLINEに「尊きトモサン鑑賞後に美しきトモサンを食します。M・I・Mを愛する全ての人に幸あれ」というテキスト付きで送信する。少し悩んだしもう出勤してるかなとも思ったけれど、一応ライにもトモサンの画像と「今度一緒に焼肉行きましょう」とメッセージを送る。トングを伸ばすアサヒに「推しは私が！」と叫びトングを取り上げる。細心の注意を払って焼き上げたトモサンは、幸福の味がした。トモサンを噛み締めていると、同時にトモサンを食したアサヒが「すげー幸せだな」と満面の笑みで呟いたから、相手がアサヒだということも忘れてついつい一瞬キュンとしてしまった自分にヲイヲイとツッコミを入れつつ、満面の笑みを浮かべたまま肉を頬張り続けた。

本当に行くの？　本気で？　やめた方がいいと思うけどなあ……。アサヒの言葉に頑として「行きますよ！」と主張する。

「俺は遠慮しようかな」

「お願いです一緒に来てください後生ですから！」

「えーでもな、俺はダサいものを見たり感じたりしただけで死んでしまう美意識高い系男子だからなー」

「そんなこと言わないでください！　お願いですから！　ホテル代は私の友達が、観劇代は私が出したじゃないですか！　一緒に来てくれるだけでいいです何一つコメントは必要ないので！」

　でもなあと小声で繰り返し視線を泳がせ続けた挙句、アサヒは「本当にいいの？」と真面目な顔になって私をまっすぐ見つめる。

「経験上、このままゆかりんの設定したシナリオを突き進んだとしても幸せな結末は待ってないって俺には分かるんだよ。今の時代、思いが一致してれば俺らの手助けなんかなくても二人は結びつくはずなんだよ。結びついてないってことは、結びつくことをどちらかが求めてない、あるいは二人とも求めてないってことなんだよ」

「でももしかしたら彼らの間には何かすれ違いがあるんじゃないかと思うんです。私はそれを確認したいだけなんです。無理強いをする気はありません」

「ゆかりんは、もし本当にライが死んじゃった時、何か自分にできることがあったんじゃないかって考える要素が残るのが嫌なだけでしょ？　自分でも無意味だって分かってるんじゃないの？」

アサヒはその後に出かかった言葉を無理やり止めたように見えた。そんなの自己満足だ。そう言いたかったのかもしれない。折れそうになる心を、昨日トモサンが一番の見せ場で放った、「炭火だってガスだっていい！　俺たちは美味しく食べてもらいたいだけなんだ！」という台詞を頭に反芻《はんすう》させ自分を奮起させる。

「思いつく限りのことをしたいんです。後悔したくない、それは自己満足かもしれません。でも、あんな家に住んでいたライさんが、汚部屋の長《おさ》だったライさんが、見てくださいよほら、昨日ゴミを分別してくれたんです。私の言った通りに。つまりライさんは私と会って変わったんです。他に何も変わってなくても、ゴミを分別できるようになったし、分別の方法を知ることができたんです！」

「ウォーター！　って感じだな」

「本人にそんな感動があったのかどうかは定かではありませんが。でもこの人はこうだ、と決めつけてしまうのはどうなんでしょう。変わらないと思っていたものが変わることだって、あると思うんです！　私だって、ライさんと会って変わりました。それはもう、一変したんです！　山は動くと思うんです！」

アンダースタンド。確かにゆかりんは変わった。出会った頃プンプンさせてた卑屈さが消えて、腐女子としてのプライドと自信に満ち溢れてる。確かにそれは疑いようもなく、ゆかりんが俺やライに出会ったからだ。アサヒはそう断言すると、止めていた荷造りの手を動かし始めた。黒いエナメルの大きなボストンバッグに荷物を詰め切ると、「よしじゃあ行こう！　今日中に東京に帰れるように、早く済ませちまおうぜ！」と声を上げた。ライには明日帰ると言ってあったけれど、私もできることなら今日中に帰りたかった。サプライズで帰って、ライの反応を見てみたかった。多分一言目は「ああ」で、そこに何の感嘆符もない「おかえり」を付け加えるのだろうと分かっていたけれど、それでもサプライズを仕掛けてみたかった。そしてもしライが今日出勤でなければ、あの歌舞伎町の背脂マシマシ味噌ラーメンに誘って怠惰と背徳の極み深夜の超こってりラーメンを一緒に堪能したかった。

乗換案内アプリを起動させた私は、東京の電車乗り換えは初心者には無理ゲーってよく聞きますけど大阪の電車乗り換えもまああ無理ゲーですねと煩雑な検索結果を見つめる。

「なんか乗り換えに馬鹿みたいに時間がかかったりするんですよ……」

「それはあれだろ？　別の鉄道会社なんだろ？　関西では私鉄と国鉄の対立が昔からあったらしくて、同じ名前の駅でも結構離れてたりするんだよ」

「それってつまり、競合他社だからあえて行き来しづらくしたってことですか？」

「まあね」

「昔の人間って残酷ですね……。しかも聞いてください、ＪＲ難波《なんば》駅と平仮名のなんば駅と大阪難波駅があるんですよ？　あまりにもじゃないですか？」

「乗換案内でなんばを検索すると四つ候補が出てくるよ」

「なんかアサヒさん、大阪に詳しくないですか？」

「昔彼女が大阪に住んでたんだよ。当時のバイト代は全部新幹線代とホテル代に消えたね」

「そんな涙ぐましい話がアサヒさんの口から出てくるとは、驚きです」

「涙ぐましいか？　別に普通に恋愛してただけだよ。好きな人が遠くにいたら遠くまで会いに行くって普通のことじゃね？」

　恋愛クラスタと自分との違いを思い知らされたような気がして思わず口を噤むと、ゆかりんだってミート・イズ・マインとライのためにここまで来たんだろ？　と言われ、認めたくはないけれどやはりアサヒはモテる星の下に生まれたモテ星人なのだと諦めに似た気持ちで納得する。それでも、若かりし頃のアサヒがバイトをしせっせとお金を貯めてみどりの窓口で新幹線のチケットを買っている姿を想像するとそれだけで胸が震えてしまうのは、やはり私が恋愛クラスタに過度なバイアスをかけているからなのだろうか。

新大阪駅のコインロッカーにスーツケースとバッグを詰めてしまうと、乗ったことのない電車に乗り込み座席に腰掛けた。そこまでくると胸がざわざわしてしまい、ライの元彼に会いに行くなんてトンデモ発想を持ってしまった自分が信じられなくなるけれど、もし今会いに行かなければ絶対に後悔するだろうという予想もついてしまうという、自分の一部分と自分の一部分による板挟み状態に陥り、現実逃避をしたい気持ちによってアサヒに絡んでしまう。

「アサヒさんはもうその、大阪の女性に会いたいとは思わないんですか？」

「あと二十年くらいしたら会いたいと思うかもね」

「アサヒさん二十四ですよね？　二十四に二十年後の気持ちなんて分かるんですか？」

「明日のことよりも一年後のことよりも、二十年後のことの方がよく分かるよ」

何だそりゃ、と言葉を失っていると、なんかよく分かんないけど言ってみた、というアサヒの言葉に苦笑する。あと何駅で乗り換えだろうと路線図に目を凝らしている私の手をアサヒが突然摑み、何ですかと手を引きそうになった瞬間、薄い色の入ったサングラスの向こうに僅かに潤んだ目を見つけて黙り込む。大阪に住んでいた彼女に会いに行くために通っていた駅でも通過したのか、はたまた離婚要求してきた奥さんのことでも思っているのか、過去と現在の対比で思うところがあったのか、明日のことが分からないことが辛いのか、分からないけれどとにかくリア充たちの悩みは複雑そうだなと呆れつつ、アサヒの手の中で私はしんと手の力を抜きなされるがままになった。ふと暑い日の小学校の教室が脳裏に蘇《よみがえ》る。

アブラゼミが鳴いている暑い夏の日、夏休み直前くらいの時季だろうか。扇風機で風の立つ教室の片隅で飼育ケースを恐る恐る覗き込む私は、どうしてもカブトムシに手を伸ばせずにいた。その時、私の隣で同じようにカブトムシを覗き込み、ゆっくりと人差し指を近づけようとしては遠ざけを繰り返している男の子が私の手首をギュッと摑んできたのだ。触りたさと恐怖の板挟みになっている彼は、無意識に深淵のこっち側にある木を摑みながら、深淵の向こうに手を伸ばしていたのだろう。私は黙ってカブトムシに気を取られているフリをしながら安心感として機能してやり、彼はしばらくして私の手首を摑んだまま指の先でカブトムシのツノに触れた。子供が旅立つのを見守る母親のような気持ちで見ていた私の満たされた気持ちは、「どうしてゆかりちゃんの手握ってるの」とその男の子を茶化す他の児童たちの声でかき消された。名前は思い出せないけれど、クラスの中で一番小さな男の子で、そのへなちょこさを可愛がられたり茶化されたりしながらも、確固とした立ち位置をキープしている、それなりに世渡りがうまそうな子だった。手首を摑まれたまま何も言わずに恐怖と闘う彼を見守ったあの瞬間を、アサヒに手を握られたまま思い出す。

「普通に生きてるだけなのに、どうしてこんなに苦しいんだろうな」

たまに、ドラマなんかを見ていると思う。どうしてこの人たちこんなにいろんなことに必死になって苦しんでるんだろう、と。恋愛関係、親子関係、友人関係、学校生活、仕事、そんなことに悩み苦しみ七転八倒《しちてんばっとう》しているのを見ると、私は不思議でならないのだ。もっと穏やかに、落ち着いていながら充実した人生を送る術はあるのに。でも不思議に思いながら、私はそういう人々に劣等感を抱き、穏やかで充実した人生から這い出そうと婚活を始めた一人でもあるのだ。

「いつも一つ足りないいって思うんだ」

「一つ足りない、ですか？」

「あと一つ支えがあれば立ってられるのにって」

「アサヒさんはちゃんと立ってると思いますよ。私のようなバイアスのかかった人から偏見を持った目で見られることはあるかもしれませんが、何だかんだ一応広義では人を支える仕事をして、奥さんとも色々あるんでしょうけど、一応所帯を持ってるじゃないですか」

アサヒの仕事は、そんな風に甘い言葉で許されることではないのかもしれない。人の苦しみを癒しつつ増大させる仕事かもしれないし、弱者から金を吸い取るシステムの中に存在している仕事かもしれない。それでも個と個として向き合い涙ぐんでいるアサヒを追い込むようなことは言えなかった。唐突に表出したアサヒの弱さに、私は微《かす》かに驚き、戸惑っていた。そして結局、仕事の評価に関しても奥さんの稼ぎにかかっているという状況が彼に無力感を与える大きな要因ではないだろうかと、至極真っ当かつ面白みのない予想が頭に浮かび、例えば奥さんがアサヒに落としたお金をプールしてさらにそれを元手に奥さんが再びアサヒにお金を落とし続ければ、お店の取り分だけ稼げばアサヒは永遠にナンバーワンでいられるし奥さんもそこまであくせく働かなくて済むのではないだろうか、でもお店の取り分を稼ぐのだって大変なのかもしれないし、そもそもうすでに彼らはそのシステムを採用しているかもしれないとぐるぐる考える。

「アサヒさんがライさんとか、ユキさんとかに声をかけたり、家出少女を略取してしまうのも、その支えが必要だからなんですか？」

「ユキに声かけて一万あげるから抱きしめさせてって言って、抱きしめられた時、初めて全てが満たされた気がしたんだ。ピースが嵌まったって気がした。あの瞬間が俺の人生の中で最も満たされた瞬間だった」

　仕事上で女の子たちから指名されたりして散々求められた挙句、結婚して奥さんからも貢がれて、その上路上で声をかけた初対面の女に抱きしめてもらって初めて満たされたってこと？　意味不明なんですけど？　と思うけれど、そんなの漫画を貪って読み、アニメのＤＶＤを擦り切れるほど見て、二次創作も当然のように買い漁り、とうとうＭ・Ｉ・Ｍのリアルイベントにまで進出し始めた自分とそう変わらないのかもしれないと思いついてうーんと悩むけれど、でも彼らは生身同士の存在として関わっているわけだから私のそれとはちょっと違くない？　でもそこそこを分けるのは野暮なの？　そもそも幸せって瞬間的なものなの？　もっとじわじわと効いてくるエレキバン的なものだったりしないの？　もちろんエレキバンの効果だってそんな長くはないのかもしれないけど、そんな刹那的なものを求めて生きていたら、それこそユキさんのように瞬間的なもののために永続的な幸福を壊してしまう破滅的な生き方しかできなくなっちゃわない？　と疑問が噴出して何も答えられない。結局、脳内麻薬によって与えられる瞬間的な幸福を求めていたら、自分と現実のどちらかを破壊してしまう結果になるんじゃないだろうか。

「結局、一人の女の人じゃ満たされないってことなんですか？」

「そんなことないよ。でも誰も俺一人に対して、自分一人で向き合ってくれない。奥さんはナンバーワンにさせることが目的で俺との関係は二の次、お客さんたちは自分の問題に手いっぱいで一時の安らぎを求めて店に来る、ユキだってそう、自分で手いっぱいで俺のことはネタか暇つぶしにしか思ってない。ライはあんな調子で全然俺のことは見てない。一人の独立した存在として俺と一対一で関わろうとする人なんていない。だからいつも溺れそうで誰かに手を伸ばしてる」

いつも誰かに手を伸ばしているから、あなたには暇つぶしで手を伸ばす人の手しか掴めないんだ。そうは言えなくて、私は握っていてもずっと冷たいままのアサヒの手を握り返す。

「誰か一人だけに本気で手を伸ばしてみたら、その人は本気でアサヒさんの手を取るかもしれませんよ」

そして、手を伸ばすのに相応しい相手は奥さんかもしれません、そう言いたかったけれど、彼らの関係性を知らずにそんなことを言うのは無責任かもしれないから胸の内に留《とど》めた。乗り換えですよと促すまで、アサヒは黙ったまま私の手を離さなかった。


ライがずっと好きな人、鵠沼藤治《くげぬまとうじ》のフェイスブックはプロフィール写真もなければ投稿も皆無、もうずっとログインされた様子もなく、出身地と出身校が明記されているだけだったけれど、その名前の珍しさと出身地、高校の卒業年から彼がライの元彼に違いないと踏み、彼をフォローしている出身地が大阪の友達らに片っ端から連絡を取っていた。友人が亡くなり、友人が生前仲良くしていた鵠沼さんに連絡を取りたいのですがという嘘臭く縁起でもない連絡を無視する人がほとんどの中一人だけ、大きな魚を抱え大口を開けて笑っている写真と「良質な釣り生活のためカナダに移住」という紹介文をプロフィールに載せている男性が連絡をくれた。四年前からカナダ在住だという彼は、高校時代鵠沼藤治とバンドを組んでいたという話から仲の良さが窺えたが、カナダに移住する前に会ったのが最後で、二年前からは連絡が取れず自分も心配していたという不吉な内容をメッセージで送ってきた。

「で、二年も本人と連絡取ってない奴が実家の場所を教えてくれたと……そいつも大概ネットリテラシーのない奴だな」

「彼はずっと帰国してないみたいで、自分では彼のことを調べようがなかったんですよ。でもちょっと不安なのが、鵠沼さんの実家はスマイル弁当というお弁当屋さんをやっているらしいんですが、そのお弁当屋さんの電話番号を調べてかけてみたところ、何故か繋がらなかったんです」

「そして俺たちは無謀にもそのスマイル弁当の跡地に向かっていると」

「跡地と決まったわけではありません。電話番号を変えていて、登録し直していないだけかもしれません。それに、いざという時のためその友人が自分の妹の電話番号を教えてくれました。妹さんはまだ地元に住んでいるから、何か役に立つかもしれないとのことでした。しかも妹さんも鵠沼さんと面識があるようです」

「何で事前に連絡取らないの？　実際行ってみてスマイル弁当がなくて、その妹にも電話繫がらなかったら完全な無駄足だよね？」

「今日の今日まで、ずっと勇気が出なかったんです。アサヒさんがいたからここまで来れたんです。その点に関してはものすごく感謝しています。性格上、もし私一人だったらライさんも望んでないだろうし、って自分に言い訳をして途中で帰っていたと思うんです。アサヒさんと一緒に助走したから、グライダーは風に乗ったんです」

唐突なグライダー、と独りごちたアサヒは呆れ顔で、まあもう乗っちゃった船だから最後まで付き合いますよ、と私が縮小拡大を繰り返しているグーグルマップを取り上げた。

取り上げた割に特に地図を読むのが得意というわけでもなさそうなアサヒと侃侃諤諤《かんかんがくがく》やりながら、私たちは馴染《なじ》みのない土地を歩いていく。周囲が関西弁ばかりで異国感を抱き続けたこの三日間だったけれど、寂れたアーケードに人通りは少なく、その閑散ぶりに戸惑いつつもどこかほっとしてもいた。やっぱり関西弁は疲れるのだ。誰かが関西弁を口にするたび澱《おり》が巻き上がるようなざわつきが残る。関西弁に溺れているとその澱が常に撒《ま》き散らされていて、まるで霧の中、いや降りしきる火山灰の中を歩いているような気になる。そして自分は黙っていても口の中に火山灰が残っているような居心地の悪さが残るのだ。

「あれだね。どう見てもあれ」

「でもあれはスマイル弁当じゃないですよね、ローソンですよね。これ地図の向き合ってます?」

「俺はゆかりんの設定した住所にローソンがあるってこのマップを見た時から分かってたよ。だってこのピンのところにローソンて書いてあんじゃん。二十一世紀のマップ舐めんなよ」

「つまり、スマイル弁当はもう潰れているということなんでしょうか」

「あれは何?　お馴染みのローソンのロゴだろ?　あれはスマイル弁当ではなくてまごうことなきローソンだよ」

アーケードを出て二本目の道の斜め向かいには、まごうことなきローソンがマンションの一階に入っていて、スマイル弁当のスの字も見当たらない。ちょっとこの辺り歩いてみましょう、もしかしたら裏手とかにあるのかも、と歩き始めた私を制して、アサヒは買い物カートを押して歩いているおばあさんに「ちょっといいですかこんにちは」と声をかけた。

「ちょっと聞きたいんですけど、この辺にスマイル弁当って弁当屋があるの知ってます?」

青髪にシルクシャツを着たホストが声をかけたらおばあさん怖がるんじゃない?　と心配したけれど意外にもおばあさんは「あんた晴天みたいな髪してんな」とアサヒを見

上げて言い、晴天？　晴天って言った？　と聞き間違いを疑っている私をよそに「スマイル弁当は随分前にのうなったで」と顔をくしゃくしゃにして言う。あそこどれも脂っこくって、年寄りには重たかったんよ、とナチュラルにディスるおばあさんのカートは間違えてスーパーから持ってきてしまったものなのか、それとも関西では普通にカートを押して家まで帰っていいシステムなのか気になったけれどそれを聞いたら話がこんがらがりそうで自粛する。

「スマイル弁当をやっていた鵠沼さんて方はご存じですか？」

「鵠沼さんかどうか知らんけど、スマイル弁当のおっちゃんあっこのコンビニの店長やってんで。地上げされたんちゃう？　アーケードもそうやけどここらへんは人が少のうなってどんどん店も潰れてってん。店持たせてもらえて良かったやんってみんな言うてたで」

カートがなければ歩くこともままならなそうなおばあさんが関西弁を喋ると途端に強そうに見えるのが不思議だ。ありがとうございましたと二人で声を揃えると、私たちはすぐに信号を渡りローソンに向かった。渋谷でも丸の内でも郊外でも沖縄でも雪国でも県庁所在地が分からないようなマイナーな都道府県の片隅でも、ローソンに入ればそこは何の変哲もないローソンであるということが不思議だ。きっとローソンからローソンへワープしてもほとんどの客は店を出るまで気づかないだろうと緊張のあまりどうでもいいことを考える。

「すみません、鵠沼さんはいらっしゃいますか？」

ライの元彼が親の経営するローソンでバイトをしている可能性を疑い挙動不審になっている私をよそに、アサヒはまっすぐレジに向かって警察のように迷いのない口調で聞いた。

「店長ですか？　店長はバックヤードにいます。呼びましょうか？」

話が早いタイかインドかの外国人店員はお願いしますと言うと嫌な顔一つせずむしろ少し楽しげにも見える態度で奥に入っていき、私はそわつきが止まらなくなる。ライから好きだった人の名前を聞き出すこと、フェイスブックで彼を捜し出すこと、彼の友達に片っ端から連絡を取ること、大阪に来たこと、アサヒを説得してここまで来たこと、一つ一つこなしていくたびに不安のスパイラルに巻き込まれてきた。つまり私はライが消えてしまう道を回避するためにできることを、またここで一つなくすのだ。残り少ないエアクッションを潰していき、とうとう空気の入った凸が一つもなくなってしまった時、私はライを諦めなければならないのではないだろうか。胸が苦しくなってレジ上に落とした視線を上げられなくなった頃、「ここまで付き合ってやってんだからちゃんとダサいことやり切れよ」とアサヒは肘で私をつついて言った。

築年数は浅そうだけれど、機能性だけを重視して造られた感が否めないザ・日本のマンションの居間で出された麦茶を一気飲みすると、すぐにまた二杯目が注がれ「すみません」と頭を下げる。ここに入った瞬間、何となくここに鵠沼藤治は住んでいないような気がして、ほっとすると同時に落胆している自分がいた。

「藤治のことでいらしてくださったというのは……」

私とアサヒに向き合った鵠沼藤治の両親は、私の母親より十くらいは若く見える。

「突然押しかけてしまってすみません。あの、私は藤治さんとは直接面識はないんですが、私が今一緒に住んでいる女性がですね、藤治さんと以前お付き合いをしていたんです。それで彼女は今、ちょっと説明しづらいんですが、窮地に陥っているというか、世界に何も求められなくなっているんです」

そこまで話したところで、藤治の母親が苦痛そうに顔を歪めたのが分かった。父親の方は穏やかな表情でありながら、依然疑問符が拭えない様子でもある。ここまで来てうまく言葉を継げない自分に苛立った。

「えっと、彼女は藤治さんのことを引きずっていると思うんです。もちろん彼女の気持ちは私には分からないんですけど、でもこのままだと彼女は死んじゃうかもしれないんです。私は彼女にどうにかして生きていて欲しくて、藤治さんと会えば生きる希望を持てるんじゃないかって、勝手に藤治さんを捜す旅に出たんです。藤治さんとお話させていただけないでしょうか。お会いするのが難しいなら、連絡先だけでもいいので教えてもらえないでしょうか」

顔を上げて一気に言うと、二人はじっと私の顔を見つめ、二人同時にティッシュに手を伸ばした。結局お父さんが手を引っ込め、お母さんが私にティッシュを差し出す。

「すみません。突然こんなこと言われてびっくりしていると思います。ごめんなさい。でももう他にあてはないんです。鵠沼藤治さんがどこで何をしているか、教えてもらえないでしょうか」

ティッシュで涙を拭いながら言い切ると、両親の間には迷いの視線が交わされ、何か決意したような清々《すがすが》しい表情でまた私に向き直った。行方が分からないとか、死んだとか言わないで。この近く、あるいは灯台下暗しで東京なんかにいる息子の連絡先を教えて、彼女に伝えていいよと許しの言葉を与えて。

「藤治は人に会えません」

息が止まるような衝撃に言葉を発せないでいると、アサヒが落ち着いた声で「どうしてですか？」と聞く。

「藤治は今、精神科に入院しています。今回はもう三ヶ月目に入りました。東京から戻ってきて以来、ずっと出たり入ったりを繰り返しています。病院に入っていない時も、危なっかしくてとても一人では暮らせません。体調が良さそうだなと思ったら、数日後には口もきけないほど衰弱しています。一人にしておくと食べ物も延々食べません」

どうして！　彼はどうしてそんな状態になったんですか！　ぐっと息を止めて憤りと共に溢れそうになる質問を止める。鵠沼藤治にも、ライにも、どうして自分がそういう状態にあるのか、分かるはずないのだ。なぜ自分が死んでいる状態が自然だと思うのかは、ライにも分からないのだ。でもそれを実感として分からない私からは「どうして！」が消えない。「私のあるべき姿は消えてる状態」というライ曰《いわ》く「自分の唯一無二の事実」は、性別違和の人の「本来の性でありたい欲望」と同じと言えるだろうか。本来のあるべき自分の姿について考えたことのない、自他共に認める腐女子として長らく生きてきた私には分からない。私は自分の思う自分と実際にここにいる自分が分裂したことがないのだ。

「どうして」

それでも溢れてしまった小さな嘆きをたしなめるように、アサヒの手が私の背中に触れた。

「私たちもずっとそれです。どうして、って。毎日毎日、ずっと思ってます。皆そうなんですよ、大切な人が生きようとしてくれない人は、皆そうしてすり減っていきます。彼は死んでしまった方が楽なんじゃないかって自問自答しながら、それでも大切な人に月並みな幸せを手に入れて欲しくて、どうしたら生きようとしてくれるのか、どうしたら少しでも楽になるのか、医学書を読んだり、哲学書を読んだり、メンタルヘルス関連の本、スピリチュアル的な本にすがったり、試行錯誤しては打ち破れています。時々投げ出したくなって、そんな気持ちになることに自己嫌悪して、また前向きに頑張ろうと思って、でも彼は何をしても前向きになってはくれない。どんなに手を伸ばしても、息子と交わることがない。彼は別の世界に生きていて、何故かその姿が私たちに見えているだけで、手を伸ばしても触れられないんです」

力が抜けていく気がした。彼らは私なんかよりもずっと長いこと、うまく生きられない息子と直面し続け、延々逡巡の中に生きているのだ。その事実に、鳩尾《みぞおち》に強烈なジャブを喰《く》らったような気持ち悪さを感じる。

私がここ最近ライへの不安を高めていた理由の一つは、彼女が私の目を見ることが減ったからだったと思い出す。世界に一人だけ。彼女を見ているとそんな言葉が浮かぶ。きっとライからしたら、私やアサヒは言葉が通じて対面していても、同じ世界線に生きているとは思えないのだろう。水族館に行ってガラスを隔てて魚たちを間近で眺めながら彼らとの親和性が高まったと感じないのは、彼らとはどうやって生きているかが違うからだ。私たちは肺呼吸で、彼らはえら呼吸で、私たちは陸でしか、彼らは水中でしか生きられない。そこに大きな断絶が生じるのは当然のことだ。でもえら呼吸のライが、陸でも普通に生きられる手だてがないか、模索し続けているのだ。水槽の中で普通に生きていられるのなら、私が水槽を持ち歩いて暮らせばいい。ポンプとかが必要なら発電機も持ち歩けばいい。そう思ってできることをしてきたつもりだった。でもそんな自分の思いが彼女にとって無意味であることを痛感し続けてきた。

「例えばですけど、例えば、彼が彼女に会って、救われるかもしれないとは思いませんか?」

「あなたが言っているのは、きっとライさんのことですよね?」

「そうです。藤治さん、彼女について何か言ってましたか? 一言でも思い出せる言葉があれば教えてください」

「思い出せるも何も、藤治は何度か彼女を家に連れてきたことがありました。二人は本当に仲が良くて、このマンションに建て替えられる前、ぼろぼろの弁当屋をやってて、そこの二階に住んでたんですけどね、そこのぼろぼろの手すりから身を乗り出して二人で煙草を吸ってる後ろ姿が今でも思い出せます。通りの向こうのドブに入れられるかって、火のついた吸い殻を投げて遊ぶから、中学生じゃないんだからやめなさいって怒ったりして、そうしたら二人は双子みたいに声を揃えてごめんなさーい、って言うんです」

「待ってください、そんな素敵な時間が二人にあったんなら、またそんな時間が二人に訪れるとは思わないんですか? 二人が元に戻ったら、またそんな幸福な時間が訪れるんじゃないかって、思わないんですか？　藤治さんはどうしてそんな素敵な時間から、立ち直れないゾーンに突入してしまったんでしょう？」

「彼女と付き合っていた時間が特別だったんです。それ以外はずっとギリギリでした。あれは藤治を産んでから初めて息継ぎができた瞬間でした。ずっと、綱渡りをしている気分でした。彼が東京に行ってからは、自殺したとか、何かの事件の被害者や加害者になったとか、いつそんな連絡が来るか不安でした。そんな気持ちのまま離れて暮らすことを許可した負い目が、彼女を連れてきてくれた瞬間に打ち消されたんです。この子はもう大丈夫だって思いました。彼女と生きていけば大丈夫って。この子は加害者にも被害者にもならない自死もしないって」

「彼らが再び幸せに生きていく可能性を、信じられない理由は何ですか？」

「理由は分からないけど、二人は別れたんです。それで藤治はここに帰ってきた。帰ってきた時にはもうぼろぼろで、すぐに入院させました。こっちに帰ってすぐ携帯も解約してしまった。あの子はライさんとあれ以上一緒にいることはできなかった。理由は分かりません。でも無理だったんです。それ以来、藤治は最低より少しまし、と、最低の間を行き来しています。いつか私たちより先に死ぬだろうと、私たちはいつも心のどこかで思っています。むしろ私たちが死んだ後、お金もなく世話する人もいない世界に、息子が取り残されることの方が不安でもあるんです」

ユキのことを思い出していた。幸福に耐えられず夫と子供を捨てた彼女は、より恐ろしい事態になることを恐れて彼らの前から姿を消した。鵠沼藤治もまた、二人に降りかかる最悪な事態を避けようとして、姿を消す決断を下したのだろうか。ユキは今幸せではない。でも幸せでない自分を肯定しているように見える。現状に満足しているかといえばしていないだろう。でも最悪の中の最上を生きているとも言えるかもしれない。私や鵠沼藤治の母親が思っている幸せが、彼らにとっての幸せとは限らないのだ。

「私たちは私たちが死んでも息子が生きていけるようになって欲しいと思ってます。死なない状態をキープしてもらいたいんです。ショック療法のようなことをしたら、本当にすうっと彼は死んでしまうかもしれない。あなたたちも、ライさんが心配なら気をつけて。ああいう人は、何気ない言葉とか体験一つで最後のロウソクが消えてしまったりするから」

ライはそういう人じゃない。彼女は内なる要請によってのみ、そのロウソクを消すだろう。心の中で自然に、そう反論していた。鵠沼藤治の父親とアサヒは、もう石像のように何も喋らない。絶望しきっている女性たちを前に、自分たちが何の言葉も持たないことを認めているかのようだ。突然目が窪《くぼ》んだような、目の周りが膨らんでいるかのようなむくみを感じる。

「分かりました。勝手なことばかり言ってすみませんでした。でもお互い必死で、大切な人を救いたい一心でいることは同じです。無理は言いません。でももしこれから先、彼がライさんに会いたいと言い出したりしたら、私に連絡してもらえないでしょうか。そしてもし可能であれば、ライさんの話をチラッと振ってみたりしてもらえないでしょうか。もちろん可能であればで構いません」

「お約束はできないですけど、もしもそういうタイミングがあれば、話してみます」

視線を合わせた藤治の母親は目が窪んでいて、私は強いシンパシーを感じる。そして唐突に、ライへの疑問が膨らんでいくのを感じた。ユキも藤治も、絶望して苦しんで七転八倒して傍目にも分かるほど手助けが必要な状態であるのに、ライはなぜあんなにも飄々《ひょうひょう》と、ただ「自分がいないのが自然な状態だと思っている人」なのだろう。彼女から、苦痛や絶望や逡巡を感じたことは一度もない。彼女は迷いなく「消えたい」のであり、「それが自然」だと思っていて、そのことに何ら悩んでいないどころか、その自分の資質を彼女は「ギフト」と評したのだ。どうしたらいいんだろう。何の執着もない人に何かに執着して欲しい、してくれと願う自分が正しいのか愚かなのか分からない。歯を食いしばって、私は鵠沼藤治の両親に頭を下げた。

逆方向の新幹線に乗り込んだあの時、私は少なからず浮かれていた。自分の浅はかさにも気づかず、無邪気にこの旅行を楽しんでいた。自分が如何《いか》に浅はかで軽薄で愚かであるか自覚した今、緒方義純のご尊顔と鵠沼藤治の母親の憔悴《しょうすい》しきった表情が交互に蘇って気持ちが乱気流に乗っているようだ。Xで昨晩の観劇感想を読み漁っては深く頷き共感し脳裏に焼き付いた緒方義純の儚《はかな》いその御姿を心の目で愛でるものの、すぐにずんと重たい現実に引きずられ、気がつくと宙を見つめている。ポテトチップの袋に手を伸ばすカサカサという音だけが響く私とアサヒの間には重たい空気が流れ、コン、という缶ビールと缶チューハイがプラスチックのテーブルに置かれる音は繰り返されるほど虚《むな》しさを増した。

「ライさんに、藤治さんの現在の様子について話すべきでしょうか?」

「やめた方がいいと思うぜ。ライ的にも、藤治的にも、話して欲しくないだろ」

「まあ、ですよね」

ゆかりんと呼ばれ振り返ると、アサヒはスマホから私に視線を移し「ゆかりんにできることはもっと他にあるんじゃない?」と首をかしげるようにして言った。

「何ですか私にできることって。そんなぼんやりした言葉で慰められませんよ」

「一緒に美味しいもの食べたり、たまに一緒に『寂寥』に飲みに行ったりさ。ゆかりんと一緒に生活してるの、ライは楽しいと思うよ。じゃなかったら一緒に住まないよ」

「楽しいのは私です。救われているのも、報われているのも、全部私です。一人相撲です」

「必死になってる人は皆、自分が一人相撲取ってる気になっちゃうもんだよ。でもさ、土俵の上で皆で踊ったっていいじゃん。パラパラ、ヒップホップ、トランス、もっといえばファンクとかジャズとか、皆が別のジャンルの音楽で踊ってたっていいし、土俵じゃなくて客席で踊っててもいいし、会場の外でも、世界のどこで踊っててもいいじゃん。ブラジルでライが踊ってる時、その胸にゆかりんのことが少しでも刻まれていれば、それはもう一緒に踊ってるも同然だよ」

訳分かんないです。そう呟くと、アサヒは私の肩を抱き、私はアサヒの胸で泣いた。初めて人の腕の中で泣いた。温かくて、すごく他人の匂いがした。そうかだから人は人と愛し合いたいのか、と納得するところと、あまりに過剰な肉体的コミュニケーションに引くところと、両方あった。そんな戸惑いの中でのぞみは新横浜に滑り込み、私はライに泣いていたことを悟られないため無理やり泣きやんだ。

色々、ありがとうございました。新宿三丁目の駅から地上に上がり、靖国通りと新宿柳通りが交差する、以前私がヨリちゃんというアサヒのお客さんに蹴られた場所で、私は頭を下げる。

「めっちゃ楽しかったよ。M・I・M鑑賞会今度はライも一緒にやろうぜ」

「ぜひやりましょう！　ピザとポップコーン用意して皆で観ましょう！　あ、そうだ、これどうぞ」

言いながら、手にぶら下げていた保冷バッグの一つをアサヒに差し出す。

「何これ」

「はにわぷりんです。急いでたんでうちの分とアサヒさんの分、一緒に買いました。はにわ形の陶器にプリンが入っています。腐女子としてははにプリと略したいところですね」

「何だよ嬉しいじゃん」

「四つ入りを買ったんで、ぜひ奥さんとデザートや朝ご飯に一緒に食べてください」

「奥さんかー。何も言わずに帰らなかったから怒ってるかもな」

「はにわに入ったプリンを見たら、誰でも少しは笑うはずです」

かな？　と穏やかな表情で保冷バッグを受け取ったアサヒと手を振り合うと、私は重たい足を無理やり動かし早足でマンションに向かう。品川ではまだ明るかったのに、もうすっかり日が暮れていた。でもライはまだ出勤していないはずだ。明日帰ると伝えてあったから、まあ驚きはしないだろうけどちょっと反応が楽しみだった。

ただいまー。ライさん？　ライさーん。いないんですかー？　何だいないのかーお土産買ってきたのになー。玄関から何となくいないない雰囲気を感じ、ズドンと落ち込みそうな気持ちを低空で保つため、無理やり空元気で大きな声を出す。リビングのドアを開け電気を点《つ》けると、キッチンにゴミ袋が置いてありきちんと瓶と缶が分けて入れてある。燃やすゴミの袋からは弁当容器なんかが透けて見え、私はお弁当屋さんだった鵠沼さんのことを思い出して胸が締め付けられるように苦しくなる。ふう、と意識的に声を出し、バッグから保冷剤を取り出し冷凍庫に入れると、はにわプリンの箱を冷蔵庫に仕舞う。何かに使うかもしれないしと保冷剤を捨てずに冷凍庫に保管してしまう癖は、保冷剤がどれだけ溜まったらなくなるのだろう。実家の冷凍庫の片隅にも保冷剤の山ができていたのを思い出し、情けない気持ちになる。

ソファに座ろうとしてローテーブルに置いてある見慣れないものに気づいた私は流れるようにそれを手に取り体が端々からじんと痺《しび》れていくのを感じた。

「来月末日にこのマンション引き払うことになったから、退去の立ち会いとここにあるものの処分をお願いしていい？　約束の三百万置いてくから費用はここから出して」

別に約束なんてしてないし。吐き捨てて、ペラペラの紙をじっと見つめる。裏を見るとUber Eatsでまあまあ離れたカレー屋さんから取り寄せたバターチキンカレーの注文書だった。セロハンテープが上に貼り付いているところを見ると、商品に貼られていたものだろう。紙の下にあった封筒には札束が入っていて、数えないけどきっとそれは三百万なのだろう。感情が無のままスマホを取り出しライに音声通話をかけてみるが繋がらない。それどころか、昨日の夜入れたメッセージにも既読がついていなかった。

フローリングにぺたんと座り込んだ私の太ももの下に何か硬いものがあってちくちくする。きっとライがソファでゴロゴロしながら食べたお弁当のご飯粒か何かだろうと思って手を伸ばすと予想通りガチガチに固まったご飯粒が出てきた。何度も何度もＬＩＮＥ通話をかけ、やっぱり繋がらないことを確認すると、私はようやくライがいない部屋を認識することができた。

これはどこかで予測していた現実で、ずっといつかは起こると思っていた事象で、だから大泣きすることはなかった。ただただ私は空っぽで、さっき食べたポテトチップもさっき飲んだチューハイも血液も内臓もどこかに行ったように、輪郭だけを残して中身が全て消えてしまったようだった。死体の輪郭を残すためポツンと置かれた一本のロープになってしまったようだった。もう二度と、私に中身など戻ってこないような気がした。

床に座ったまま脱力し頭をソファにのせてじっとしていると、ライと知り合ってすぐの頃のある朝が蘇る。ソファで目覚め、上半身を起こしたライが胸の前で両腕を交差させ二の腕をゆっくりさすっていて、寒いですかと聞いた私に、彼女は振り返って言ったのだ。「体がついてるなって思って」と。その日は明け方まで帰っていなかったようだったから「二日酔いですか」と笑ったけれど、ライは笑わなかった。

「深く眠ったあと寝ぼけたままいつも思うんだ。まだ体がついてるって。私にはまだ存在を失うことが欠けてるって」

ライに見えている世界が私にも見えたらいいのに。強烈にそう思いながら、カーテンの隙間から差し込む陽の光を見つめているのか目を瞑っているのか分からない逆光になったライの後ろ姿を見つめていた。もう十一時ですよ、何か食べますか？　Uber Eatsでタピオカとか、スムージーでも頼みます？　明るく聞いたけれど、体育座りのまま背もたれに寄り掛かったライはまだうとうとしているのか、答えはなかった。

もしかしたら、ライが消えたら正常な世界に戻った感があるかもしれない。そう思ったこともあった。彼女がこんなにも強固に自分は存在していないのが自然だと思っているのならば、彼女が消えたら本当に世界はよりナチュラルさを増し、本来あるべき姿に近づくのではないかと。でも違った。ただただライがいないだけの喪失感と違和感が残っていた。これからそれぞれの人に残っていたライが喪失していくことで、彼女は喪失していたものを取り戻すことができるのだろうか。考えがぐちゃぐちゃになって、もう全ての思考を放棄してしまいたくて投げやりな気持ちになるのに、この三百万って贈与税とかかからないの？　かからないわけないよね？　三百万贈与されたら贈与税って幾ら？　え、ていうかじゃあ私確定申告とかしなきゃいけないのかな？　でもそもそも現金で渡された三百万を申告しなかったことで申告漏れになる可能性なんてある？　ここで私がこの三百万を燃やしたりしたら私が三百万を贈与されたって事実は葬り去られるよね？　燃やしたか燃やしてないかなんて誰にも分からないよね？　でもお金燃やすのもなんかの罪に問われるんだっけ、預かってるだけって認識なら申告漏れにはならない？　とさもしいことを考えている自分が虚しくなる。でも現実なんてこんなもんなのかもしれない。現実はこうやっていろんな抜け道や表沙汰にならないことで満ち溢れていて、そんな中に、ライのような世捨て人的な人の死なんかも埋もれていくのかもしれない。ライが人知れず樹海なんかでひっそりと死んでいく様子を想像すると今すぐ樹海に乗り込みたくなるけれど、ライが捜して欲しがっているはずもない。もう死んでいるのかもしれない。彼女は死んで、本来の自分を取り戻しているのかもしれない。ほっとしているかもしれない。死ってそんなもの？　いや私にとっては違うけど、ライにとっては何よりの幸福なのかもしれない。でもどうして今。いや出会った時から彼女はもうすぐ死ぬと公言していた。全てがなるべくして、なったのかもしれない。こんななるべくしてなるがあっていいのだろうか。何の納得も理解も了承も解釈も解釈への手がかりもないまま、世界とは一瞬でこんな風に変わってしまうのだろうか。そんなことがあっていいのだろうか。いやそんなことがあっていいはずない。誰しもが被害者の気持ちを想像し落涙せずにはいられないような非人道的な事件の被害者になった気分だ。まるで自分をこの世界に繋ぎ止めていてくれる太いロープが断ち切られたようで、ああこれは父親が死んだ時と同じ気持ちだと思う。どうして人は生きるためだけに、こんな風に誰かを必要としてしまうのだろう。どうして自分一人で、怪獣や恐竜のように力強く生きていくことができないのだろう。いや、私は怪獣や恐竜を何かしらのバイアスをかけて見ているのだろうか。怪獣や恐竜にだって、今の私と同じように自分の無力さに泣きたくなる夜があるんだろうか。

ソファの向かって右側に体育座りをするか、向かって右のアームに頭をのせ横になるのがライの定位置だった。そのどちらかのままスマホを見るか酒を飲むか煙草を吸うかしていて、そうじゃない時は化粧をしているか着替えをしているかだった。ライはここで私と暮らしながら、幸せだっただろうか。頭をのせているソファの上にまだライが横になっているような気がして、ライさんと呼びかける。結局、ライのことなんて何も分からなかった。ライも、私のことを何も分からなかっただろう。私たちは水槽の中に生きる魚類と、陸を生きる哺乳類として一時人生のある瞬間を共にし、そしてまた一人に戻っていったのだ。心が通った瞬間なんて多分一度もなかった。あまりにもな事実にショックを受けるけれど、彼女は自分が消失する運命にあることを出会ってすぐに教えてくれていた。私は何を期待していたんだ。彼女に月並みな幸せが訪れて、結婚とか出産とかして、その頃には私もうまい具合に婚活で知り合った男と結婚していて、同じくらいの年の子供を産んでママ友なんかになって、子供の成長とかＰＴＡの面倒臭さを愚痴り合う未来でも夢見ていたんだろうか。私はそんなステレオタイプで彼女にとって苦しいだけだったかもしれない未来を望んでいたのだろうか。もう何も分からなかった。分からないの中をぐるぐるしているとスマホが震えて劇的に心拍が速くなったけれど、アサヒからであることに気づいて目が死ぬ。

「はにわぷりんで笑わせられなかったわ」

その一言の後に画像が送られていて、タップすると離婚届だった。書き込みがすでにされていると思しき部分は白で塗りつぶされていて、私は思わず「ネットリテラシーたか……」と呟いてトーク画面に戻る。

「ライさんが消えました」

私のメッセージには既読がつかなくて、そのままの画面を三分見つめた後スリープに戻した。聞いてくださいよライさん、私送ったメッセージに既読がつかないのが腹立たしくて、三分もトーク画面見つめてたんですよ、彼氏からＬＩＮＥの返信がない時ってこんな気持ちなんですかね？　初めての感情です。胸の内で呟くと目を閉じた。閉じた瞼の隙間から、涙が滲み出るのが分かった。

四時間後、私は病院にいた。もーちょっと信じられない何でこんなに人がいないの？　受付が一人だけなんておかしいわよゴールデン街の飲み屋かっつーの！　ボケなのかツッコミなのかよく分からないオシンの言葉に被せて、受付の人他にいませんかここに救急搬送されたアサヒって人に会いたいんです！　と声を上げる。この時間にいらしてる方たちは皆緊急です！　と受付の人に注意され、私たちは黙り込む。それでももう一人受付の人が出てくると、私たちの前に並んでいた二人が「お先にどうぞ」と譲ってくれ、私たちは受付の前に来て初めてアサヒの本名を知らないことに気づく。

「源氏名がアサヒでホストで髪が青くて、とにかく刺されたホストです刺されたホストなんて何人もいないでしょ早く会わせて！」

オシンのヒスにも動じない受付の中年女性が、この辺で刺されるホストはまあまあ多いんですよとたしなめつつ手術室の場所を教えてくれた。「ゆかりん大丈夫？てか俺刺されたー今救急車まじしんどいスマホ血塗《ちまみ》れでよく見えねくてちゃんと打ててなかったらぐみん」とLINEを送ってきたのが三十分前で、「寂寥」に向かっている途中だった私は全速力で店まで走り事情を説明すると、帰るとき鍵閉めてって！　と常連客に鍵を投げつけたオシンと二人で病院にやって来たのだ。どの通りに一番タクシーが多いかオシンと侃侃諤諤やりながら、そういえば「寂寥」に向かう前救急車のサイレンが鳴ってたのが聞こえたななんて冷静に思い出しつつ、私はライの喪失という現実がまた新たな現実に塗り替えられていっているその現実の諸行無常さにどこか安心してもいた。こうして色々なことが起こる日々の中で、私はライのことを少しずつ人生の一ページ的なものとして認識していくのかもしれないとも思って、でも今のところそうなる気はしないしそうなったらそうなったできついんですけど私そんなガツガツ人生を歩めるほど心臓ふさふさじゃないんですけどとも思う。

手術室の前には警官が二人いて、朝比奈倫太郎《あさひなりんたろう》さんのお知り合いですかと聞かれ、オシンと顔を見合わせた後「多分……」と声を揃える。アサヒって何だよポジティブネームがすぎないか？　と思ってたけど何だよ朝比奈かよていうか本名がBLの登場人物並みにキラキラしてんじゃねえか画数めっちゃ多いんですっていう私の自己紹介の時の十八番《おはこ》こいつも使えるなっていうか私とアサヒとどっちが画数多いんだろ？　とこれまでの人生で交番で道を聞いた時くらいしか話したことのない警官の存在にビビっているせいで頭の中のナレーションが乱暴な言葉遣いになってしまうのを止められない。警官は、犯人がすでに拘束されていることと、手術が終わるまで自分たちも待機することを簡潔に伝え、動揺している様子の私たちを刺激しないためか手術室の前から移動した。私は手術室のドアを見つめ、オシンを見つめ、今度は手術中という文字を浮かび上がらせるライトを見上げる。

「刺されたとこ、縫合してるだけですよね？　救急車の中でLINE打ってたわけだし、全然平気ですよね？」

「大丈夫よ。ビビらないの。刃傷沙汰《にんじょうざた》なんてあの界隈じゃよくあることなんだから」

「オシンさんは、これからもずっと『寂寥』にいてくれますか？」

「どうしたのあんた、大丈夫よアサヒは死なないから。絶対大丈夫よアサヒはライと違ってガンガン生きる奴だから、死んでも死なないわよ」

茶目っ気のある言い方をして笑うオシンの前で、呼吸が小刻みになっていくのを止められなかった。段々ヒクヒクと体が震え出し、眉も目も口もへの字になって私は泣き出す。

「今日、いや、昨日かもしれないけど、ライさんが消えたんです。部屋の退去に立ち会ってくれ、あるものは全部処分してくれって書き置きとお金残して、ごめんもありがとうもさよならもなくあの家から消えたんです。それで、その四時間後にアサヒさんから刺されたってＬＩＮＥがきたんです」

オシンはあーともまあともつかない声を上げてヒャクヒャクと声を上げる私を抱きしめ、私の頭を撫でた。さっき初めて人の腕の中で泣いたと思ったところなのに、もう二回目が訪れてしまった。

「私たちの街では、いつも人が入れ替わっていくのよ。どんなに頻繁に通ってる常連だってある日突然来なくなったりする。キャバとかホスクラの子たちはもっと短いスパンで、来てはその時間だけ楽しんでいずれ来なくなる。ライみたいにいつ死んでもおかしくないような人も、それはもう何人も来ては消えて、二度と会わない人もいれば、二年後とか五年後とかにふらっと現れる人もいる。もう覚えてなくて、何時間も飲んで話した後に、覚えてる？　って言われて初めて思い出したり。そんな奴らがね、毎日毎日来てはいなくなって、また通い始めたりまた来なくなったりを繰り返すの。ライは死んじゃうかもしれない。でも生きてて、五年後に現れるかもしれない。再会した彼らは幸せそうだったり、不幸そうだったりまちまちよ。でも彼らとまた出会うって、再会するっていう希望は私たちに残されてる。私たちがそれを持ち続けることは、誰にも、神様にも、いなくなっていく彼らにも止められないし、左右できないこと。片思いを何年もしちゃうような慎《つつ》ましい私たちに残された、ささやかで、強い力よ」

ひゃっ、ひゃっ、と声を上げて、私はオシンの胸で泣いた。全身を震わせて泣きじゃくる私をぐっと抱きしめるオシンからは、石鹸《せっけん》のようなコロンのような、柔らかい匂いがした。消毒液の匂いと混じったそれは包み込まれるような安心感を醸し、自分が生まれたばかりの頃病院で看護師や母親、父親や親戚なんかに抱かれ、未知の世界に産み落とされた心細さをその腕の温かさで何とか誤魔化し、この新しい世で生きていこうという気持ちにさせてもらったのかもしれないという想像を掻き立てた。でもどんなに温かい腕に幾度抱かれても、ライはこの気持ちを得られなかったのかもしれない。それを得た自分と、それを得られなかったのかもしれないライの対比がぐわぐわと数値化して棒グラフ化した挙句、キャパが限界に達した頭と胸からグラフが打《ぶ》ち抜けて高速で世界をぐるぐると回り、世界のどこかで衝突して放射状に広がり宇宙もブラックホールも突き抜けて私は死ぬまで出会うことがないであろう未知の生物を滅亡させていそうだった。オシンの温かい腕だけが、今私を支えていた。

一時間後、手術室から出てきたアサヒは朦朧《もうろう》としていて、それでも私と目を合わせると「生きてんじゃん」と呟いた。主語が「俺」だったのか「ゆかりん」だったのかは分からない。とにかく、ライに置いていかれた私も、刺されたアサヒも生きていた。結局、私たちは生命力が強い系の人間なのだ。ご家族ではないですよね、と医師に困り顔で聞かれ頷いた私たちは、命の危険がないこととしばらく入院することになるという二つだけ聞かされ、頭を下げた。

病室に移され、まだ眠っているアサヒの周りでなす術なくオシンと二人でうろうろしていると、ここに向かう途中でオシンが送ったLINEを読んだのであろうユキがやって来て、「ようやく刺されたか」と笑った。「いよいよ刺されましたね」と私が笑うと、「むしろよくここまで刺されなかったわよ」とオシンも笑って、「笑ってんじゃねえよ」とアサヒが目を開けて笑った。ライが消えた五時間後にこの四人で笑えたという事実は、後から思い返した時、本当にかけがえのない事実となるだろうと未来を想定できてしまう自分は、やはりこの先ありがちでありながら不可避な死を迎えるまで生きていく人間なのだと痛感する。

「アサヒさん、無理しなくていいですよ。まだ寝ててください」

「いや、せっかくここまで来てやったんだから何か小説に使えるネタ提供してもらわないと」

「鬼ですね。犯人捕まったって、警察の人が言ってました。刺したのって、あの私のこと飛び蹴りした女性ですか？」

「と思いきや、あの子の彼氏。家突き止められて話したいからって言われて、ドア開けた瞬間に刺された。直前にあの家から一抜けした俺の奥さんは嗅覚が鋭かったのかもな。まあ、奥さんを巻き込まなくて良かったよ。身から出た錆《さび》なんて言葉一生使わないだろうと思ってたけどさすがに言いたくなるな。まさしく、身から出た錆！」

「ちょっとちょっと、ぴったりなことわざ言いたい気持ちは分かりますけど、さすがに手術の麻酔から醒《さ》めたばっかりの人が大声出しちゃまずいですよ。自制してください」

「ゆかりんはいいよなあ。ほんとゆかりんは普通でいいよ。まあ俺の性癖には刺さらないんだけどさ」

麻酔から醒めた直後に言うのだから、本当に本当に私はアサヒの性癖には刺さらないのだろう。

「アサヒさんもまた私の性癖には全く刺さらないのでご心配なく」

「ゆかりんの冒険に付き合わされて、奥さんには離婚届置いて出ていかれて、太客の彼氏に刺されて、ゆかりんからもらったはにプリ割っちゃったし、散々な一日だったなあ。

おまけにライも消えちゃうし」

「ライちゃん、消えたんだ」

　ユキの言葉に、どこかで罪悪感を抱いている自分に気づいた。ライと一緒に暮らしながら、結局ライに何もできなかった自分が、何故か責められるような気がしたのだ。でももちろんそんなことを責める人はここにはいなくて、その温かさと、アサヒが目覚めた安堵《あんど》と、これからどうやって生きていったらいいんだろうという不安がぐちゃぐちゃになって、私はまた涙を流した。「やんなっちゃう。私泣いてる人見ると脊髄反射で抱きしめちゃうのよ」と言いながらオシンはまた私を抱きしめる。

「由嘉里は生きたいんでしょ？」

　オシンの腕の中で、ユキの言葉に頷く。私は生きたい。ライに申し訳ないほど私は生きたい。生きたいのだ。父親のロープが切られ、ライのロープが切られても私はこの世に普通に存在し続ける。誰が死んでも、私は後追いなんてしないだろう。彼氏もいないし恋愛する予定もなければ予感もしないし結婚とか出産とかそういうのMGS（マジ現実的に想像できない）けどトモサンが鎮座する私の世界はそれだけでこれ以上なく輝いていて生きるに値する。そしてそのことに気づかせてくれたのはライだった。

「だったら生きるしかないじゃん。何でもいいよ。由嘉里の好きなアニメのためでもいいし、肉食べるでもいいし、釣りするでもいいし、死体の写真見るとか、お薬飲むとか、世間的にはヤバいって言われるようなことでもいいよ。何でもいいからやりたいことやりながら生きていくしかないんだよ。ていうかそれ以外に由嘉里にできることあるの？」

ユキの容赦ない言葉に虚しさと諦めが湧き上がってくるのが分かる。

「ないですよ。ないんですよ！　だから生きてるし、生きるしかない！」

オシンの腕の中で声を上げないように泣いていると、オシンの背中に回せずに手持ち無沙汰になっていた右手を、アサヒがベッドから手を伸ばして握った。よく分からなくても抱きしめてくれるオシン、どんな時も突き放すユキ、何かあるととりあえず手を握るアサヒ、この三人に囲まれている病室は、ライが出ていった世界の中で最も私が安心できる空間のような気がした。

その後しばらくして警察がアサヒに事情聴取をしたいとやって来たため、私たちは病室を出てタクシーで歌舞伎町に戻りライの行きつけの超絶美味しい味噌ラーメン屋に行ったものの、目の前まで行って閉店しましたの貼り紙を見つける。十何年もここで営業してたのにと文句を垂れ、地下の店に続く階段に向かって病院の自販機で買ったコーヒーの空き缶を投げつけるユキに「やめてください」と眉を顰めると、あの子寂しいのよ、とオシンは呟いてユキの肩を抱いたから、何だか笑ってしまった。オシンから見たら、私もユキもライもアサヒも、毎晩来ては帰っていくサラリーマンや水商売や何してるんだかさっぱりなお客さんたちも、皆「寂しがってる子たち」なのかもしれない。

「私の店の近くに濃厚煮干ラーメンのお店があるから行きましょ。すごい煮干ラーメンっていう店の名前だから覚悟しなさい」

え、そんなすごいんですか？　そりゃもうすごいわよ。ユキさん食べたことありますか？　ないけどすごいって噂聞いたことはある。本当ですか？　ていうかこんな期待値上げちゃって大丈夫ですか？　大丈夫よ本当にすごいんだから。腰抜かすわよ腰。本当ですかー？　本当よこの間連れてった客が腰抜かして歩けなくなっちゃったから救急車呼んだのよ。オシンさん盛りすぎ！　その前に連れてった友達は気絶したわよ。

ケラケラ笑いながら到着すると、もうとっくに終電組は帰宅の途についているだろうに店の外に行列ができていてビビる。外国人が半分くらいだから、この辺に宿を取っている観光客が多いのかもしれない。表に吊るされている提灯《ちょうちん》の「我が煮干に一片の悔いなし」の言葉を見た瞬間、何故かまた泣けてきた。ライが悔いのない人生を送り、悔いのない結論を出したならば、誰かがそこに何かしらの手を加えたり手を差し伸べたり手をこまねいたりするのは、無駄なことに違いないのだ。

「約束の三百万？　何賃？」

二十分並んでようやく席について特製すごい煮干ラーメンを待ちながらライがいなくなった経緯を話した私に、ビールを片手にユキが眉間に皺を寄せる。

「知り合った日に言われたんです。ライさんのこと綺麗だって言ったら、整形して私になれば？　って。三百万あればなれるんじゃない？　って」

「なんかサスペンスの匂いがするね。失踪した女の顔に整形って。え、で、すんの整形？」

「私、ライさんといるうちに、自分は見た目のせいで自信が持てないし恋愛もできないんだっていう思い込みというか、シェルターを壊されたんです」

「シェルター？」

「まあ私は見た目がこれだからな、って思うことでそれ以上のことを考えなくて良くなるシェルターです。でもライさんはそのシェルターを壊したんです。あんたにとって恋愛って何？　何のためにするの？　って疑問を投げ続けて、ああ私たぶん恋愛する必要なかったんだわもっとやること他にあるわって気がついた瞬間に、お金を置いて出ていかれたんです。整形したら恋愛できるんでしょ？　してみたら？　って、無邪気に言われた気分です」

「とりあえずしてみたらいいんじゃないの？　由嘉里別に今の顔に思い入れないんでしょ？　化粧うまくなろうっていう気概もないんでしょ？　だったら整形は手っ取り早く

ていいんじゃないかしら？」

オシンの雑な提案に、「でも化粧うまくなろうっていう気概すらない奴が整形したって、美意識がついてこなければただの顔が整ったダサい奴になるだけだよ」とユキがド辛辣なことを言うけれど反論のしようが一ミリもない。

「顔が整ったダサい奴って、いいじゃない。太宰っぽくてキャラ的に魅力的じゃない？私は別にいいと思うわよ、センスのない美人て、アンバランスで素敵だと思うわよ。しかも整形してるなんて何だかミステリアスだし、人物像に奥行きが出るんじゃないかしら」

「でも実際どうなの？　由嘉里は三百万自由に使えるなら、例のバーベキュー何とかにお金使う方が幸せなんじゃないの？」

「違います。私が好きなのは焼肉擬人化漫画、ミート・イズ・マイン。略してM・I・Mです。焼肉とバーベキューは似て非なるものこの世の第三位くらいに入ります。ていうか二人とも好き勝手言わないでくださいよただでさえ混乱してるのに、私の整形に意味があるかないかとか、化粧うまくなろうっていう気概があるかないかとかそんな話されても困ります」

「気概があるかないかの話はしてないのよ。その気概はないってところで私たちは一致してるのよ」

「分かりましたよ確かに私は化粧うまくなろうという気概はありませんし、明日朝起きて超絶美人になってたらいいのになーとは思うけど、整形にお金使うよりはそりゃトモサンにお布施をしたいですよ」

「ていうか由嘉里分かってる？　整形って生半可な気持ちじゃできないよ？　まず整形して良かった勢と後遺症残った勢、思い通りの顔にならなかった勢の体験談とか口コミを読みまくるのに何十時間と費やすし、どこで施術受けるか決めるのにネットサーフィン何十時間。カウンセリングだって何軒か回るでしょ？　もしここに決めたってなったら有休取って下準備、施術前は恐怖で眠れない日々を過ごして、もしかしたら気持ちが揺らいで何度か延期もするかもしれない、受けたら受けたで恐怖のダウンタイムが始まる。内出血したり、ひどい腫れが出たとしたら、有休内でこれが治まるのかどうか、ダウンタイムが終わった時に希望の顔になるのかも分からなくて超恐怖。毎日毎日鏡を見てはゾッとする日々を過ごす。もちろん大きな施術なら激しい痛みも残る。もし後悔しても施術内容によっては元には戻せない。戻せるとしてもまた多額の金を払って痛い思いをすることになったりする。そんな苦行を乗り越えられるって、本当にほんの一握りの人だけだと思うよ。ノリでやってみよーって人も稀《まれ》にいるけど、ほとんどの人は悩みに悩んで決断してる。由嘉里にそんなことができる？　そもそもあんた、自分の顔について そこまで真剣に考えることができる？」

ユキの言葉に「考えられません」と即答する。

「私は本当に自分の外見のことには無頓着で正直もう本当にどうでもいいんです。もちろん自分が綺麗になるのは嬉しいけど、そのために時間とかお金とか精神力を費やすのはマジで苦痛です。私には、より時間もお金も精神力も費やさなければならない、全ての頂点に立つM・I・Mがあるので」

ユキとオシンが顔を見合わせて呆れ顔をして、じゃあ何に使うの？　三百万。とオシンがつまらなそうに聞く。

「まだ何も、考えてません。ていうか、ライさんがいなくなってまだ数時間しか経ってないのに、ライさんがいない生活とか人生なんて考えられません」

「まあゆっくり考えなさいよ。三百万は逃げないんだから」

オシンの言葉に少し傷つく。三百万は逃げないけど、ライは消えたのだ。これからどう生きていったらいいんだろうという漠然とした不安と憂鬱を誤魔化すためぐいぐいビールを飲んでいると、一気に三人分の特製すごい煮干ラーメンが出された。丼から湧き上がる湯気からはガツンと煮干の匂いがして、それだけで空腹の極み状態の私には刺激が強すぎるほどだったけれど、食べ始めると濃厚な煮干スープが絡むコシのある麺を啜《すす》る箸が止まらなくなった。

「オシンさん本当にスーパーゴールデンじゃなくて良かったんですか？」

スーパーゴールデンという全部載せの極みのようなラーメンと迷った挙句、特製すごい煮干ラーメンを選んだオシンは「スーパーゴールデンでーす」という言葉が響き渡るたびに反応してスーパーゴールデンを食べている人たちを恨めしげに眺めていたのだ。

「私に言える三つの教訓は、眉毛は絶対に毛抜きではなくハサミで処理しろ、二つ目は思いつきで家でインドカレーを作るな、三つ目は四十を過ぎたらそれまでとは違う体を授かったと思え、よ。スーパーゴールデンを諦めてすごい煮干ラーメン並盛りを頼んだ私がこの体形なんだから心しなさい」

大盛りを頼んだ私は心しますと呟き、最近乾き物しか食べてなかったからと小盛りにしたユキは、自分は無関係とでも言いたげに完全スルーで麺を啜っていた。私はどんな四十代になるんだろう。今でさえ若干太り気味なのだから、今よりもスマートということはないだろう。この未来に馳せる思いが、ライにはないのだ。でももし虫は未来の自分に思いを馳せられないから可哀想と言う人がいたとしたら、そう言ってる人の方が可哀想だ。その人は、未来の自分に思いを馳せない存在よりも、馳せる存在の方が優れていて幸せだと思い込んでいるからだ。小さな定規でものを測っている人間はその定規に自分が測られ縛られていることに気づけない。

何ですかこれ、レインボースパイス？　ユキががんがん振りかけている調味料とカウンターの貼り紙を見比べて言うと、「七味」とユキは私に瓶を差し出す。「なるほど、ものは言いようですね」と私も思い切ってわさわさと振り入れる。

「ものは言いようか。ライの失踪もさ、何か別の言いようはないかな？」

「作家っぽいこと言うじゃない。レインボーアドベンチャー的な？」

「まあレインボーからは離れてもいいんだけど、こっちが暗い気持ちにならないような捉え方をした方が、ライにとっても由嘉里にとっても幸せなんじゃないかな」

ライはもう死んでいるかもしれない、今一人で苦しんでいるかもしれない、樹海に迷い込んで死を待ってるかもしれないのに！　という私のセンチメンタルな苛立ちは、ライの何ものにも縛られていないかのようなあの笑顔の記憶に打ち消される。あんなに何にも思い悩むことがなさそうな彼女が自ら消えることを選ぶなんて、やっぱり私には受容不可能な現実なのだ。ここまできて私は、意外なほどライの希死念慮なるものに対して考えが尽きていることに気づく。結局何もできなかった、何もできないまま万策は尽きたのだ。残されたのは私の中にある割り切れない思い、何もできなかった悔しさだけだ。どうして、に答えはないともう知ってしまった。救えないことも、救いなど求められていないことも、救いというものが彼女の世界に存在しないことも知っている。私はライとの生活を、あのふんわりとしたライの目に認められた瞬間の喜びを、全然優しくない言葉に慰められる安堵を、どうしてそんな風に考えるの？　と私の溶岩のごとき思い込みをツルハシで容赦なく砕かれる快感を、永遠に忘れられないだろう。私はライに救われた。その真実が悲しかった。私を救った、私が救いたかった人は、救いという概念のない世界に生きていた。それ故に、救いたかったと悲しめば悲しむほど、私は滑稽だ。

「慰めるために言うわけじゃないけど、自分を大切に思う人が周りにいなくなったことで、私は解放されたよ。娘はまだ小さかったから何も分かってなかったけど、あのまま娘が大きくなって、一緒に生活しながら、『ママのことを救わなきゃ、ママは苦しんでるんだ』なんて隣で思われてたらもっと苦しかったはずで、だからこそこの苦しみを引き受ける覚悟ができた。苦しんだ挙句死んでもいいと思える。私は家族の幻想を引き受けることができなかったって長いこと思ってたけど、今はそうは思わなくて、あれを本気で信じられる人にとっては本当に真実なんだと思うことができる。自分にとってあれが真実ではなかったっていうだけのこと。別の真実を生きる者同士が一緒に生きると、定期的に不調和が生じてお互いを壊してしまう。あの時夫と娘と別れられたことで、三人それぞれの世界を守ることができたと思ってる」

「私は、ライさんの真実の中で生きていきたかった。自分の真実を曲げてでも、一緒にいたかった」

「それは自分を殺すことと一緒だよ。ライに対して自分の真実を押し付けようとする時、由嘉里だって苦しかったでしょ。それはそうすることで相手の大切な部分を殺してしまうからだよ。私たちは同じ世界を生きてないんだから。こっちのルールを押し付けたら向こうの世界は壊れる、向こうのルールを押し付けられてもこっちの世界は壊れる。離れた存在と近くで生きてると、必ずどちらかが壊れる」

「そんなこと言ったら、人は誰とも交わらずに自分一人の世界に閉じこもって生きていくことしかできないってことになりませんか？　自分は人によって変えられるし、人は自分によって変えられていくものだと私は思います」

「人が人によって変えられるのは四十五度まで。九十度、百八十度捻《ねじ》れたら、人は折れる。それはそれで死ぬよ」

　顔が歪んで歪んで、悲しみに任せてぐちゃぐちゃに丸めたライの書き置きが残されたレシートくらいめちゃくちゃになったまま、麺を啜り頬張る。んすっ、んすっ、とラーメンのせいで詰まり始めた鼻から息が漏れ、涙が出てくるのを袖で拭いながら、麺を啜り続ける。オシンが右手に持った箸で麺を啜りながら、左手で私の背中をさすった。

　徒歩二分の「寂寥」に戻り、まだ居残っていたラブラブなカップルに涙ながらに昨日及び日付が変わってからの出来事を話し慰められ、ユキに呆れられカウンター越しにオシンに手を取られながら、私は「ここからどこかへ行かなければならない」という漠然とした焦燥を抱いていた。そして朝五時に店じまいをすると、オシンとユキは当たり前のようにライの家に一緒に来てくれて、でも二人とも私より先に寝た。オシンはベッドで、ユキはソファで寝たため、薄い毛布を縦に二つ折りにして寝袋状にして寝る羽目になったけれど、それでもここで一人で寝ることを考えたらゾッとした。朝陽で明るみ始めた部屋の中、ソファを見やり、そこで寝ているのがライではないという事実を確認すると、また少し泣いた。

大阪滞在が三泊になるかもと思って取っていた有休のせいで、昼の二時という最もサイクルを戻しにくそうな時間に目覚めるともうオシンはおらず、「ハイボール永久に一杯無料券・来店一回につき一杯のみ有効・当券利用時は二杯以上注文のこと・経営状況によって無効化の可能性有り」というやたら達筆で細かい条件の書き込まれた手書きの無料券が置いてあった。裏を見るとコンビニでハイボールを五本と片栗粉《かたくりこ》を買ったレシートで、全くこの街の人間はハイボールで生き永らえているなと呆れる。ユキは寝室でハイボールを飲みながら城を守る系のアプリゲームをやっていて、由嘉里もやりなとほとんど無理やりインストールさせられ勝手にデッキを作られ、さしてやりたくもないのに長々とルール説明をされ、二人で対戦をしてああだこうだとダメ出しをされながら特訓させられた。

「どうして私はこんなやりたくもないゲームをやらなきゃいけないんでしょうか」

こんな風にエリクサーコストを使い切ったら向こうが攻撃系のキャラ出してきた時にカウンターできないでしょ、と指摘された流れで聞くと、ユキはしばらく黙り込んで私の城を完全に占領してから私を見つめた。

「仕事が行き詰まってる時にこれで対戦を一回か二回やると、その間勝つことだけを考えられる。勝つことだけを考えられる時間って、なかなかないでしょ。このゲームをやってる間は、とにかく勝つことだけに集中できる。私たちは考える生き物だから、何か一つだけのこと、それも超くだらないことに集中する時間ってなかなか人生の中になくて、でもだからこそそういうものを大切にしなきゃいけない。私たちは記憶に、情報に、今に縛られすぎている。スマホとか、情報の波から逃げたいって気持ち、現代人なら誰しも持ってるでしょ？」

「分かります。調べれば何でも分かってしまうからこそ、逃げ場がないですよね」

「昔ね、まだスマホが普及してなかった頃、右も左も分からない常識も知識もない新人だった私にすごいマンスプをしてくる担当編集者がいたの。これも知らないの？　これも？　って、これくらいは常識だから知らないとお話にならないよ的な。作家なのに恥ずかしくないの？　くらいのことも言ってたかもしれない。その時、私は自分の〝知らない権利〟を主張したの。知ってしまった人は、知らなかった頃の自分に戻れない。知ることで得るものも、失うものもあるんだって。そして知るべきものは自分が必要だと思ったタイミングで知りたいし、知るための手段も自分で模索したいって。彼は、それはもちろん大切なことだけど、それにしたって知識がなさすぎるって主張してた。それから時が流れて、今誰しもが興味を持った瞬間にググれて、大抵のものがＷｉｋｉに載ってる時代になったからこそ、〝知らない権利〟はより重要なものになってる。だから私たちには、私たちが埋没してる『今』とか、『現代』とか『情報化社会』、『グローバル社会』、『集合知』みたいなものから意識的に逸脱する時間が必要なんだよ。何でも知ることができるからこそ取捨選択をして、何を知っていて何を知っていない自分であるべきかを、服をコーディネートするみたいに考え続けなければならない」

「はあ」

飲み終えたハイボールの缶をサイドテーブルにコンと置き、「もう一戦やろう、今度は二つ目のデッキ使ってみ」とユキは顎で指図するとまたスマホを見つめた。私の質問の答えは、分かったような分かっていないような微妙なままだったけれど慌ててデッキ2をタップする。

打ち合わせあるからそろそろ行くわというユキの言葉によってようやく対戦から解放されリビングに出た瞬間、ローテーブルの下にライのメイクボックスがぽつんと取り残されているのが目に入って、私は今月末にはライのものを処分しここから出ていかなければならないのだと思い出し、急に力が抜けてしゃがみ込む。ユキは膝頭に顔を埋めて泣く私に一切反応しないまま私の貸したTシャツから自分の服に着替えていたようだったけれど、突然「支度しな」と声をかけられ私はめちゃくちゃになった顔を上げる。

「打ち合わせ馬場《ばば》だから、アサヒの病院で降ろしてあげる」

「えっと……お見舞いってことですか？」

「アサヒ、親も遠方だし誰も見舞い来ないだろうから行ってやりな」

はいと言いながら私は立ち上がって、これはユキの優しさなのかもしれないと思い至る。オシンもユキも、私を一人にさせないよう、昨日から気を遣っていたのかもしれない。大して長い時間は過ごしていない、お互いのことをさほど知ってるわけじゃない、クラスタも違う、それでも二人に、そしてアサヒに救われているのは事実だった。そもそも、歌舞伎町でゲロを吐いていた時、救ってくれたのは通りすがりのライだった。見ず知らずの、近々消える予定のキャバ嬢だったのだ。

ユキに連れられタクシーに乗り込み病院前で降ろされると確かにアサヒは一人で、良かった来てくれて！　と歓待された二分後には「これ買ってきて」と買い物リストを渡されコンビニに奔走し、戻ったらホスト仲間たちが来ていて「落ち込んでるゆかりんを皆で元気にしてやろうぜフォー！」というアサヒの掛け声によってお祭り状態でガンガン盛り上げられ何故かアサヒのために買ってきたコーラを一気飲みする羽目になり看護師さんにうるさいと怒られ、二時間も病室で接待された挙句帰宅すると夜十時にオシンから電話がかかってきて「お鍋を持って『寂寥』に来なさい」とのミッションを与えられ「おなべって、煮物とか作るやつですよね？　煮物っていうのはつまり、肉じゃがとか、筑前煮とかそういうもののことを指しているんですけど」と確認すると「お鍋はお鍋よ！　蓋付きのね！」と言われ、半信半疑のまま台所の棚を漁ったけれど当然そこにはここに住み始めた時私が何か一つコンロで使えるものをと思い大は小を兼ねるの信念に基づいて買った大きなフライパンが一個あるだけで蓋付きの鍋などなく、仕方なく遠回りをしてドンキで蓋付きのステンレス両手鍋八百九十九円也を買っていくと「なにあんた鍋も持ってなかったの？」と呆れられながら水洗いされた鍋に「芋煮よ芋煮、都会もんは芋煮知らないの？　最近皆寒そうだから芋煮作ったんだけど作りすぎたから夕飯に食べなさい」と芋煮をたっぷり入れられ渡された。ゴールデン街から家まで道ゆく人の注目を浴びながら鍋を持って十分強をそろそろと歩き、帰宅する頃にはへとへとで挙句ドアまであと十メートルというところで気が緩んで五十ccほど零してしまった。芋煮は美味しかったけれど、お店で出されるレベルというわけでもないという程度の芋煮だった。芋煮を調べ、東北には芋煮会なるものがあるという情報に「へー知らなかった」と独りごちると、二時起きでまだ十二時前だというのにソファで眠りについた。

「芋煮、美味しかったです。温まりました」寝落ちる直前にそうオシンに送ったけれど、朝六時に目覚めた時入っていたのは返信ではなくＬＩＮＥグループの招待だった。yuki

が由嘉里を招待しましたと出ているグループにはすでに「大塚《おおつか》」と「asapinchos」が参加していて、私は参加をタップすると「大塚ってオシンさんですよね?」と入れた。それ以外に思いつかないけれど、オシンが大塚さんだなんて何となく信じられなかった。「オシンの本名は大塚信也《しんや》」とユキがすぐに返信を入れてきて、「本名のアウティングはハラスメントです」とオシンも即座に反応した。「お、ようやくゆかりんも参加したな」とアサヒが入れてきて、「何で皆朝六時に起きてるんですか」と苦笑しながら入れた。もう二度と出勤なんてできないような気がしていたけれど、三人のやりとりを眺めているうち、私の体の中には僅かに気力が生じ始めていた。

たった五日ぶりなのに、出社するとひどく懐かしい気持ちになった。最後にここに来た時の私は、まだ普通にライと生活していて、その生活が続くと思っていて、鵠沼藤治に会いに行くことで二人の仲を取り持とうなどと愚かなことを考えていて、アサヒが離婚届を突きつけられたり刺されたりすることなど考えもしていなかったのだ。あの世界線にいた自分を思うとまったく呑気《のんき》すぎて泣けてくる。

ロッカールームで高藤恵美が「おはよう由嘉里ちゃん!」といつものキラキラオーラで声をかけてきて、彼女の相変わらずさにも涙が出てくる。万物に対して、諸行無常の響きあり、という気持ちだった。今私は、誰にどれだけ自分を侵害され迫害されようとも、無視され排除されようとも、いずれ滅びゆく儚き存在と思えばその相手の幸福さえ祈れそうというか祈らせてくださいという心境だった。

「そう言えばなんだけどー、由嘉里ちゃんって前に合コンした時にいい感じになった奥山さんて人とはどうなった？」

「ああ、何回かご飯に行きましたけど、ここ一ヶ月くらい連絡も取ってないですね」

「えーそっかーそうなんだー。じゃあさ、明後日《あさって》合コンあるんだけど来ない？」

明後日……と呟いて、木曜だと思い至った瞬間「あ、無理です」と答えていた。

「今回は前回よりもスペック高し！　四人中三人青年実業家だよ！」

「今クール火、木はどうしてもリアタイで見たいアニメがあるんで」

アニメ……とぽかんとした様子の恵美に、私今日給湯室の掃除当番なんで先行きますね、とパンプスを履き替えてロッカーを閉めると、ロッカールームを出た。恵美以外の同僚たちも、はっきりと顔には出さなかったけれどアニメという単語にぎょっとしていた。明らかに一瞬、ロッカールームの時が止まったのだ。彼女たちにとって断りの文句にアニメという言葉を使うのは、その日はオナニーの予定があるから行けないと言うのと同レベルに恥ずかしいことなのかもしれない。今の聞いたー？　などと小声で言って、軽蔑の念をあからさまに出さないようぬるい努力をしつつクスクス笑っているに違いない。

ポットへの水の補充、洗い物の片付けを終えると堺万奈がやって来て「あ、コーヒー私やります」と申し出てくれた。ありがとうと言いながら手元にあったフィルターを渡すと、堺万奈は手際良くコーヒーメーカーの準備を始める。

「木曜のアニメって、『脱走ＳＡＭＵＲＡＩ』ですか？　それとも『とれとれびあんこ』？」

　突然のアニメタイトルに世界が歪んだような不思議な感覚に陥る。就職して七年、職場でアニメの話をしたのは、唯一漫画好きを公言している邦丘穂積とだけで、それも話してみたらオタクとも言えないライトな漫画好きだったため何となくバツが悪くなって、それ以来漫画アニメの話は完全に封印していたのだ。

「脱サムです！　堺さんも見てるの？　ていうか、『とれび』候補に挙げてくるってことは結構ディープなアニオタですか？」

「いやいや、全然大したことないです。私は守備範囲狭いですし……」

「堺さんがアニオタなんてめちゃくちゃ意外です。こんなところに同志がいたとは」

「三ツ橋さん、裏痛《うらいた》バにしてますよね」

　思わずヒッと声を上げてしまいそうになる。推しの缶バッジでごてごてにデコレーションした痛バも持ってはいるものの羞恥心が邪魔をして持ち歩くことはできないため、私は考えに考えた挙句通勤バッグの内側の下の方に一段だけトモサンバッジを並べられるようＤＩＹで加工し、満員電車の中、仕事で嫌なことがあった帰り道、苦痛な飲み会の時なんかに何かを取り出すふりをしながらトモサンを見つめては癒されてきたのだ。

「やだ、絶対誰にもバレないと思ってたのに」

「いや、本当に一回だけチラッとだけ見えて……。実は私も同じ缶バ持ってたんですぐに気づいたんです」

「え、じゃあ堺さんも焼肉がお好きなんですか？」

考えてみればあまりにも直球なのだけれど、焼肉とはアニメの話をしていると思われたくないM・I・Mファンが使う隠語だ。

「ベタでお恥ずかしいんですが、〝ミスタン〟推しです」

「私はお察しの通りトモサン」

「もしかして三ツ橋さん、ターンのグッズ余ってたりしませんか？」

「私の周りターン推しいないから結構あったと思います。クリアファイルも何枚か持ってます」

「じゃあ交換しましょう！　私もトモサングッズいくつか持ってるんで！」

私たちはきゃっきゃはしゃいで推しカプの話をしながら窓口に向かった。入社以来、職場で最もテンションが上がった瞬間だった。世の中に一定数いて、イベントチケットの倍率からもその母集団の大きさはそれなりに把握しているつもりでも、実際にミマーとの偶然の出会い、それもこれまでミマーとは知らずに付き合っていた人がミマーだったと知った時の感動はひとしおだ。「三ツ橋さんおいし舎ってカレー屋さん知ってますか？私たち今日二人ともお昼休み12時半〜ですよね？色々話したいのでよかったらランチ行きませんか？」トイレに入った瞬間スマホに堺万奈からのＬＩＮＥを見つけ、即座に「行きましょう！語りましょう！」と返信した。これまで知っていた堺万奈とは全く違う新しい友達と知り合ったような盛り上がりと同時に、旧知の友と再会したような安心感にも包まれていた。

もう心配したのよ、だって、ある日突然だもの。最初は、もしかして借金でもつくって夜逃げしたんじゃないかしらって思ったわよ。まあそれは冗談だけど、でもちょっと本気で思ったのよ。だって二十七年間実家暮らしの子がよ、突然友達とルームシェアなんて、それも何の相談もなく、いきなり帰りませんって、それはもうびっくりよ。しかも連絡もせずに、私が市営体育館のヨガ行ってる時に荷物取りに来たでしょ？　何か私に嫌なところがあったんじゃないかって考えて、ちょっと鬱にもなったんだから。

嫌なところは星の数ほどあった。と思いながら出された紅茶を飲むと、ここに最後に来た時のことが思い出されて胸が苦しくなる。ライに拾われあの家に居ついてすぐ、母にあれこれ詮索されるのが嫌で、私は確実に母のいない日曜十四時を狙ってここにやって来て、徒歩十五分の体育館にヨガをしに行っている母が帰る前にと、どうしても手元に置いておきたい同人誌や漫画、服をスーツケースに詰め込み逃げるように帰ったのだ。その後、自分のいない時間を狙って荷物を取りに来たことを非難するＬＩＮＥも、安否確認のＬＩＮＥも郵便物の転送をどうするか聞くＬＩＮＥも既読スルーしていると、ようやく敬遠されている事実を認めたのか、母は連絡をよこさなくなった。

「それで、ちゃんとしてるの？」

「そりゃ、ちゃんとしてるよ」

「ちょっと太ったかしら。ねえ、どの辺りに住んでるの？」

新宿の方と言いながら、そんなことも伝えていなかったのだと改めて母への苦手意識を痛感する。そうか私は母と離れて暮らすことで、母への苦手意識すら忘れかけていたのだ。

「仕事は？　皆と仲良くやってるの？」

こういうところが好きじゃない。彼女が気にしているのは私の仕事の内容や成果ではなく、結局のところ人間関係なのだ。結局彼女は、女はコミュニケーションの生き物で、恵まれた人間関係さえあれば、幸せだと思っている。だって、母が父に対して「会社の皆と仲良くしてる？」なんて聞いたことは一度もなかったはずだ。確かに私にとって仕事はアイデンティティにはならない。仕事による自己実現など一度も感じたことはない。

完全な生業だ。でも私は職場の人との馴れ合いや恋愛相手探しのために仕事をしているわけでもない。私にとっての幸福とは仕事によって得た賃金を注ぎ込む漫画やアニメ、同人誌即売会やイベント参加などのオタ活により与えられるものだ。父にとっての幸福は仕事によって得た賃金で家庭を運営し私を育て上げることだったかもしれないが、私と父親の仕事の目的に優劣はない。でもそんな考えを母に理解させることは不可能だから、この手の話をされるたび「化石価値観乙」と思いながら適当に答えてきた。

「普通」

やっぱり私は適当に受け流す。楽だし、波風が立たないし、誰も傷つかないからだ。でも本当は、私は傷ついていたのかもしれない。赤くなる程度の痣、突き指、あるいは紙で切った小さな切り傷のような、さほど気にはしないがまあまあ痛む傷を、ずっと波風を立てないのと引き換えに、引き受けてきたのかもしれない。

「それで、由嘉里が一緒に暮らしてるお友達っていうのは、どういう人なの？　生活費とかは折半してるってこと？」

母は退屈な世界に生きている人だ。退屈な想像力しか持ち合わせていない。ライはもういない。私に三百万を置いて出ていった。どこにいるのかも分からない。ＬＩＮＥには既読さえつかない。でも今のところ退室という表示はないから生きているかもしれない。でも死んでいる可能性もないとは言い切れない。かつての同居人の現状は、何も分からない。そんな事実を伝えても彼女は何一つ理解できないだろうから、私は口を噤んだ後に「いい人だよ。生活費はまあ、折半みたいな感じ？」とまた適当なことを言う。実際、別にいいよとライは家賃すら教えてくれなかったから、ネットであのマンションの家賃を調べてその半分を渡していた。渡していたと言っても、いつもその辺に置いといてと言われ、テーブルやチェストに置くと延々そこに置きっぱなしになるから、いつも仕方なくライのバッグの中に裸の万札を突っ込んでいた。

「え、女の子なのよね？　男の人じゃないわよね？　別に、お母さんは男の人でも構わないけど、でもそれなら同棲《どうせい》する前に一言あるべきよね？」

頭の中がグルグルして、そうやってあらゆる物事を恋愛とかいわゆる普通の友達とかに当てはめてしか考えられないお前の脳味噌は腐ってんのかお前の価値観まじウンコ！　男は男の人って言うのに何で女は女の人じゃなくて女の子って言うの？　女には女の子とおばさんしかいないと思ってんの？　ていうか女とか男にこだわるとこまじでウザいじゃあオシンはどうなるのオシンは男の人ってことになるの？　それともオカマとか言うわけ？　まじでお前は進化を忘れた動物なの？　と中傷の言葉が頭を埋め尽くして爆発しそうになったところで「関係ないでしょ。お母さんと違って一緒にいて苦痛じゃない人と一緒に暮らしてる。私に言えるのはそれだけ。じゃあ取りに来たもの探すから」と言い残し、椅子から立ち上がった。母の視線が背中に絡みついて、そこが火傷《やけど》をしたように熱く痛んだ気がした。

私の部屋は、かつて私のシェルターだった。ドアを閉めた瞬間ほっとする、そういう場所だった。小学生の頃住んでいたマンションでは、私と母は隣に布団を並べて寝ていたし、クローゼットも共用だったからほとんど自由がなかった。中学生の頃引っ越してきたこの家の中でこの部屋はずっと、私の唯一安心できる場所だった。クローゼットの中に好きなものをコレクションできたし、閉じこもっている自由があった。ヴァージニア・ウルフの『自分だけの部屋』という本をふと思い出す。昔、自分の好きな同人作家がブログで紹介していたのを見て買ってはみたものの、普段漫画ばかり読んでいる私にはなかなかにハードルが高く、結局積ん読に仲間入りしてしまった本だった。服を掻き分け、クローゼットの奥に設置している本棚をスマホのライトで照らすと、薄い本とB6判のコミックがほとんどを占めるため、『自分だけの部屋』はすぐに見つかった。

持ってきた紙袋に本を詰めると、私は机の引き出しとクローゼットの中のプラケースを漁りグッズ探しに集中した。堺万奈とランチに行った際、ノリノリで交換会の日程を決め、さらに職場にターン推しを発見と伝えたところハナちゃんも交換会に参加したいと言い始めそれぞれの推し以外のグッズを持ち寄る予定になっていたため、もはや母の在不在に関係なく実家に立ち寄るほかなかったのだ。ハナちゃんの推しカプのカルビンとミノくん、堺万奈の推しカプのターンとミスジンのグッズをあらかた詰めてしまうとベッドに腰かけ、ゴロンと横になってみた。シーツの剝ぎ取られた、少しカビ臭いベッドから見渡す部屋はかつてのような包容力を持っておらず、まるで友達の家に泊まりに来た時のような軽い緊張感が支配していた。私は、自分だけの部屋を飛び出し、二人だけの部屋に暮らし、二人だけの部屋に一人取り残された。母親も私が出ていった時こんな気持ちだったんだろうか。ふとそんなことを思った。

「由嘉里、あのね、あなたも忙しそうだし、お母さん今話しておきたいの」

二階から下りると母が待ち受けていて、私は眉間に皺を寄せたままテーブルにつく。今すぐこの家を出てライの家に帰りたかった。今はライの家ではなく、ライの出ていった家だけれど。

「私たちは色々違うでしょう？　私が由嘉里に苛々《いらいら》するように、由嘉里も私に苛々することがあると思う。でもお母さんはあなたの幸せを願ってるし、その幸せがどんなに私の想像するものとかけ離れていても応援したいの。あなたの幸せを、私もお父さんもどれだけ願ってきたか。あなたも親になれば分かるはず。あ、いけないこういうところかしら。あなたがイラッとするところ。正直に言えば、私の思う幸せを、あなたも幸せと思ってくれれば良かったって思う。恋愛をして、幸せな結婚をして、子供をつくって、親に孫の顔を見せて、たまに親戚一同で集って、子供の成長とか誰かの病気とか、家を買うとか買わないとかそういう世間話したりして。でもね、あなたの幸せがそういうものじゃないって、お母さんももう分かってる。押し付けるものじゃないってことも分かってる。これまでそういうものを押し付けてきたのは本当に悪かったと思ってる。でも私はあなたが幸せと思うことを死ぬまで応援していきたい。理解できなくてもできるように頑張りたい。側にいなくても、お母さんとお父さんがあなたに寄り添ってるのを感じていて欲しい。あなたのことを理解できないのは、同じ理想を共有できないのは辛い。本当はあなたの結婚式とか、孫の顔とか見たい。でも私に理解できない幸せだったとしても、あなたの幸せは私たちの幸せなの。それは共有できると思うの。だから、何も言わなくていい。説明しなくていいから、あなたが幸せでいるかどうか、今の生活に満たされているかどうかだけ、たまに教えてくれない？」

この人は、私を理解することは永遠にできないけれど、私に寄り添いたいのだ。父もそうだった。私のやりたいことを、理解できないままある程度の距離を取りながら応援してくれた。そのままでいいと、少ない言葉と優しい眼差《まなざ》しで伝えてくれた。それがまだ同胞を見つける前の幼き日の私にとってどれだけ救いだっただろう。

「どうして今になってそんなこと言うの。あんなに私のこと否定してたくせに。気持ち悪いって、本心では思ってるくせに」

「あなたが出ていってからずっと考えてた。きっと由嘉里のこと何でもかんでも認めてくれてたお父さんがいなくなって辛かっただろうって。でも一緒に住んでいる間私はあなたを肯定することがどうしてもできなかった。恋愛に前向きになって欲しかったし結婚して子供をつくって欲しかった。友達をたくさんつくって欲しかった。私の思ってた幸せが、あなたの幸せじゃないことは分かってたのに押し付けていたことに気がついた。あなたがいなくなってくれたから」

母とこの家に二人きりになって以来如何に息を止めるようにして生きていたかを思い出して、苦しくなる。ライは消失することの重要性、いや消失することだけが意味を持っている自分の世界を認められない私と共に暮らしながら、苦しかっただろうか。今、あの家を出て、大きく呼吸ができているのだろうか。辛かった。好きなだけでは、足りないのだ。幸せを願うだけでは、足りないのだ。誰しも人と人との間には理解できなさがでんと横たわっていて、相手と関係継続を望むのであれば、その理解できなさとどう接していくか、どう処していくかを互いに考え続けなければならない。私はきちんとライに寄り添うことが、いや、寄り添わずとも優しくすることが、いや、優しくせずとも傷つけないでいることができていただろうか。きっと私ができる唯一のことはライを傷つけずにいることだけだったのだ。そのことを理解できずライを救いたいなんておこがましいことを考えていた自分の愚かさが憎くて、無力さが悲しくて、ライの気持ちを思うと苦しくて、とめどなく涙が流れ、私は野太い声を上げて肩を震わせた。

「どうしたの由嘉里」

慌てた母は隣に来て私の頭を抱き寄せると何度も何度も頭と背中を撫でた。久しぶりに触れた母は枯葉の臭いがした。こんな時でも私は、母ではなくライに会いたかった。私はライにとって相容《あいい》れない母親のようなもので、ライは私にとって理解できない子供のようなものだったのだろうか。理解されないことの苦しみを知っているのに、理想を押し付けられる苦しみを知っているのに、私はライに母と同じことをしていたのかもしれない。

「いつでも戻っておいで。私はいつだって由嘉里と一緒にいたいって願ってる。ずっと会いたかった」

ライへの気持ちを代弁したかのような母の言葉に驚き、私はまた泣いた。ライに会いたかった。懺悔《ざんげ》したかった。愛を伝えたかった。何も共有できなくても共感できなくても一緒にいたい、その色々そぎ落としたただ一つの自分の望みを伝えたかった。

それで、そんな顔で会いに来たわけか。アサヒはベッドに横たわったまま私の顔を見つめて言った。

「そんな顔って、失礼すぎません？」

「ちゃんと食べてるの？　寝れてる？　全然痩せてはないけどやつれて見えるぜ」

「そう言えば母親にも太った？　って言われました」

「まあ、大阪で暴飲暴食したしなー」

「その後もあれですよ、ユキさんとオシンさんがご飯に誘ってくれたり、色々食べ物押し付けられたり、最近お昼は腐女子仲間になった堺さんと連日ランチしながら沼話で盛り上がってるんで、日々体内にめちゃくちゃカロリー詰め込んでるんです。そろそろ真剣にカロリーをコントロールしないと」

「悲しい時にお腹が空いたら余計悲しくなるって知ってるから、みんな悲しんでる人に食べ物を与えたがるんだよ。ありがたくデブ活しな」

かくいうアサヒも、バランスの取れた病院食のせいか大阪に行った頃よりも肌艶が良く見える。髪のカラーが抜け始め、真っ青だったのがくすんだ緑っぽい色になっていて、その荒んだ雰囲気と肌艶の良さがどこかアンバランスだ。

「俺もこんなことになってなきゃ、もう少しゆかりんの側《そば》にいられたのになあ」

「営業癖が抜けてないですよ。そういうことを息をするように口にするから刺されるんです。根っからの人たらしですね」

「ゆかりんをたらそうと思ったことなんて一度もないよ」

「たらす気がないのにたらしてしまうのが才能ですからね。アサヒさんは、退院したらどうするんですか？　ホスト続けるんですか？　離婚届は出すんですか？」

「仕事については考え中。離婚届は、出すしかないよなあ。店長が勝手に奥さんに連絡しちゃってさ、俺のこと伝えたらしいんだけど、それでも俺には一本の連絡もないからね。奥さんが俺に一ミリも未練残さずに出ていけたのは、奥さんにとっても俺にとっても幸せなことだったんだろうなって思うよ。それに、退院まで残り僅かな既婚者としての人生を残されたのは、俺にとって幸せなことだった」

「心の準備的なことですか？」

「そ。大阪行く前から離婚するって言われてはいたけど、やっぱり心の準備はできてなかったんだよな。置いてあった離婚届見た時、やっぱりなっていうのと、何でだよっていうのがぐちゃぐちゃになった」

何でだよなんて、どの口が言うんだ。そう思った瞬間、アサヒが私を見つめながらその気持ちを見透かしたように唇の端を上げた。

「今よく言うぜ的なこと思っただろ？」

「至極当然のことです。奥さん傷つけてヨリちゃん傷つけて、ヨリちゃんの彼氏も傷つけて、いろんな人泣かせてきたくせに」

「みんな俺に彫刻作ってって言うんだよ」

「は？」

「みんな俺に彫刻を彫ってもらいたがる。俺は彫刻の才能なんて一ミリもないのに。彫刻作ってってせがむ。仕方ないから彫るけど、俺は下手だから彫刻はどんどんぼろぼろになってくし、彫刻刀で自分のこともザクザク切っちゃうんだけど、それでも彫り続けてってせがまれる。彼女たちはぼろぼろになっていく彫刻を見て傷ついて、俺は血まみれになって心で泣く。ゆかりんには分かりにくいかもしれないけど、彫刻って恋愛のことね。つまり俺は恋愛が得意じゃないのに、みんなに恋愛を求められて、恋愛はぐちゃぐちゃになって、みんな傷つく。人たらしっていうのは、人を幸せにして、最後まで傷つけない人だよ。俺は彼女たちが恋愛に盛り上がってる一瞬しか幸せにすることができない。気づいた時には相手も自分も耐えられないくらい傷だらけで、どっちかが別れようって言い出す。不毛だよ」

「だったら最初から手出さなきゃいいんですよ。下手なのに、下手に手出すからそういうことになるんです。お客さんのみならず家出少女まで引っ掛けて、下手なら大人しくしてればいいのに」

「そういう子がいたら家に連れて来いって奥さんに言われてたんだよ。奥さん、家出少女たち説得してNPOとか児童相談所に引き渡してたんだ。保護できない場合は無理強いしないで、何か困った時は連絡するようにって、連絡先渡しておけって言われてて」

「え、そうなんですか?」

「そうだよ。俺は奥さんの活動に使われてただけ。正直俺は熟女好きだから、中高生なんて鼻水垂らしたのび太みたいにしか見えないんだよ」

「マジですか？　家出少女普通に食い物にしてるんだと思ってました。ていうか、そんなクレバーな奥さんが、どうして体売ってアサヒさんに貢ぐみたいなことをしてたのか理解に苦しむんですけど」

「彼女の性癖は、俺も理解に苦しんだよ。別に聖人君子みたいな人じゃないし、頭はいいけど別にいい人ってわけでもなかった。なんかぐちゃぐちゃな人だったなって、今は思うよ。完璧な善人も完璧な悪人もいないってもちろん分かってるけど、とにかくバランスが悪い人だった」

「乖離《かいり》があった、と表現するといいと思いますよ」

「カイリか、なんか素敵な言葉だな」

「素敵な言葉です。人のぐちゃぐちゃを全てその言葉で回収してくれます」

「多分奥さんは俺のことを二・五次元の存在として愛してたんだ。ゆかりんとM・I・Mの舞台見に行って何となく分かったんだよ。奥さんは俺とのセックスが好きじゃなかった。自分を金で買う男と寝ることでしか彼女は自分の性欲を満たせなかった。俺はただの憧れの対象で、性的な対象じゃなかった」

「二・五次元が性欲の対象になる人も、いないわけではないんですけどね」

「分かってるよ。でも奥さんにとって俺はただ憧れて愛でていたい存在だった。だからよそで性欲を満たして俺に貢いでた。それでいいってお互い思ってたし、最初はそれでうまくいってた。でもいつの間にか俺は奥さんに不満を募らせるようになったたし、奥さんはいつからか俺への憧れも興味も失った。二・五は三になるべきじゃなかった」

確かにそれは、天国を装った地獄のような気もする。例えばトモサンが具現化して私と付き合うことになったけれど、満足のいくセックスだけはできないというシチュエーションだとしたら、それは二人の関係の中に何かしらの不能感を残すだろう。絶対に手に入らないと思っていたものを手に入れてしまったけれど核心的なものだけは手に入れられない苦悩、というのは恋愛未体験の私にはハードルの高い設定だけれど、ストーリーとして、幸福の中の小さな不幸が少しずつ存在感を増し、いつの間にか幸福をのみ込む大きな不幸となってしまう流れは想像に難くない。

「でも、二人で過ごした至上の時間だってあったわけですよね？　最終的には嚙み合わなくなってしまったけど、合致して、強く結びついていた時だってあったわけですよね？　そんな素敵な時間を持つって、とんでもないことですよ。アサヒさんはとんでもない時間を、奥さんと持っていたはずです。周りから見たら歪んでたかもしれないけど、それでいいって、それがいいって思ってたんですよね？　今はそういう歪みとか、相手への違和感が思い出されるかもしれないけど、アサヒさんと奥さんは、二人にしか築き上げられない素敵な時間、空間を、自分たちなりに慈しんでたんですよね？」

「ゆかりんの恋愛観は新鮮だな。確かに男と女が求め合って、一つの関係を築きたいと願い合って実行していくって、とんでもないことだよな。バイアスかけんなってゆかりんにいつも言ってんのに、どっかで奥さんのこと変な奴だったなって思うことで、離婚を納得しようとしてたのかもな。ありがとう」

「何がですか？」

「俺と奥さんが、すげー素敵な恋愛をしてたんだって思い出させてくれて」

アサヒが寂しそうな笑顔でそんなことを言うから、何ですか急にそんなこと言われると私の方が胸が苦しくなってきますよと呟く。薄い掛け布団の中で片膝を立てたアサヒは、夕陽を浴びて少しオレンジだ。そんなキザなシチュエーションも似合うのが憎い。ライとかユキとかもそうだけど、顔の良し悪《よあ》しとかでなくその人独特のビジュアルやオーラを完成させている奴らが、凡庸を繊細な筆致で描き出したような私にはマジで胸の底から羨ましい。

「今日、来週の退院が決まったんだ。こないだ店の奴に頼んで家に残してきた離婚届取りに行ってもらったから、その足で区役所行って、離婚届出してくる」

「もうちょっと逡巡する時間があっても、奥さん許してくれるんじゃないでしょうか」

「ここまで逃げ続けてきたんだから、これ以上逃げるわけにはいかねえだろ」

そうですか、と呟くと、アサヒは遠い目で窓の外を見やる。まあまあ雑多なエリアにあるこの病院は雑居ビルに包囲されたような立地で、この病室の窓の外も目隠しの衝立《ついたて》に覆われていて何も見えないのだけれど、アサヒは窓の外に何が見えるかということは特に気にしていないようだった。コンクリートジャングルに生きる哺乳類は強い。そんなに強くなくてもいいのにと思うくらい、強い。

「実はさ、店の奴らに頼んでライの店に探り入れてもらったんだけど、やっぱ店にも、他のキャストにも何も言ってなくて、ロッカーとかもそのままだったみたいでさ」

「でしょうね。私にあんなザツな置き手紙だけで、お店にきちんと挨拶とかしてたら普通にショックです」

「まあ、だよな。で、ゆかりんはこれからどうするわけ？」

「いや、もうだから、全然。混乱するばっかりで何にも」

「俺と一緒に住む？」

「はあ？　よその夫婦の元愛の巣かつ人が刺された事件現場に住むなんて怖すぎるんですけど」

「じゃ、ライの部屋に一緒に住む？」

「ライさんの家は今月末に引き払うんですよ。言ったじゃないですか」

「別に不動産屋に連絡すればあの部屋名義変更してそのまま住めるんじゃね？」

「えっ？　そんなことが可能なんですか？」

「まあ、キャバ嬢に貸して銀行員に貸さないってことはないと思うぜ」

「でも銀行員の収入はキャバ嬢っていうかライさんの収入の、もしかしたら十分の一とかかもしれないし、もっと言えば何分の一とかいう比較が無駄になるくらいの差があるかもしれませんよ」

「別に、収入の問題なら俺が契約してもいいぜ」

「ていうか、荷物とか置きっぱなしでいったん契約終了して、そのまま新規契約して住み続けることができるんでしょうか？」

「それはまあ、交渉次第だろ。あの辺の物件管理してる会社はそんなうるさいこと言わないと思うぜ。とりあえず不動産屋に連絡してみ」

なるほど、と呟いたけれど生まれてこの方不動産屋で賃貸契約したことのない私には勝手が分からない。朝比奈さんご飯ですよー、という声と共に入ってきた看護師の山岡《やまおか》さんが「あら由嘉里ちゃん、来てたのね」と笑顔を見せてくれてほっとする。何だか私は、ライがいなくなって以来色々な人に優しくされているような気がする。でもそんなの気のせいで、以前の私は人の優しさに気づけなかっただけなのだろうか。最近職場の人たちも優しい気がするけれど、それは多分私がオタクだと公言したせいで腫れ物扱いされているからに違いない。

「おっ、鰤《ぶり》の煮物？　嬉しいなあ。山岡さんまじ愛してる」

「作ってるのは私じゃないわよ」

「ご飯を配膳してくれる看護師さんはこの世に愛を行き渡らせる天使だよ。俺たちが愛さなくてどうするの」

「はいはい。私たちのこと、今後とも丁重に扱ってくださいね。そうだ、朝比奈さん夕食後先生の回診ありますからね」

ウィンクをするアサヒに苦笑しながらも嬉しそうな山岡さんが出ていくと、アサヒは「食べる?」「これは?」と聞きながら私の所望するおかずを好きなだけ食べさせてくれた。朝ご飯以来何も食べていなかった私は、鰤の煮物、大豆とじゃこのカリカリ炒め、小松菜と油揚げのおひたし、ご飯に味噌汁をそれぞれ半分ほど食べてしまった。天使の運んできた愛を半分も平らげてしまったことに、勧められたとはいえ僅かに罪悪感を抱く。まったく、皆私にご飯を与えたがる。恋愛関係とか親子関係なら抱きしめたり一緒にいてあげたりすることで相手を癒そうとするだろうけど、そこまでの距離感でない友人関係の場合、話を聞く以外には「何かを食べさせる」ことでしか相手を癒せないのかもしれない。アサヒたちに気を遣わせてしまって申し訳なく思うと同時に、確かにこのくらい気を遣ってもらわなきゃこんな状況生き延びられないよとも思う。

「ていうか、何で私とアサヒさんが一緒に暮らすって話になるんですか?」

「ゆかりんがそうしたいかなって思ったんだよ。別に暮らしたくなければ暮らさなくていいんだぜ」

「暮らしたい暮らしたくないじゃなくて、アサヒさんと暮らすなんて考えたこともなかったので面食らってるんです」

「これから先ゆかりんが誰とどこに住むかは、ゆかりんが決められる、っていうか、ゆかりんが決めなきゃいけないんだよ。今ゆかりんは自由で、ゆかりんを縛りつけるものは何もない。実家に帰るっていう消極的選択をしないんだったら、自分一人で、どこでどんな風に暮らしていくのか決めなきゃいけない。自由って大事だよ。でもさ、自由大事だけど、自由辛い奴とか、誰かに縛ってもらいたい奴もいっぱいいるじゃん。自由自由って皆言うけどさ、自由を手放す自由もあると思うんだよ。だから何か、俺が決めてやろうかなって気になったんだよ」

「……自由って不安だし、憂鬱です。無条件に愛してくれた父親は死んで、母親とは半絶縁状態、あんな風に謝られても一緒にいたいとは思わないし、ずっと一緒にいたかったライさんは消えて、恋人もいない。職場では存在感も存在意義も希薄な代替可能がすぎるアラサー行員、腐友はいるけど、私を強く求めてる人は一人もいない。重力がなくなったみたいなまま、私は生活の場を定めなきゃいけない。アサヒさんの言う通り、流されてアサヒさんと同居したら楽なのかもなって思います。でも私のこの希薄さ、求められなさは同居したって変わりません。もちろん恋愛してたり仕事にやりがいを感じてる人は絶対めっちゃ幸せだなんて幻想持ってないですよ。でもしみじみ思うんです。私の心は糸の切れた凧《たこ》みたいだなって。指針も指標もないなって」

「恋愛みたいな強烈なあれじゃないけど、オシンとユキと俺はずっとゆかりんのことを頭の片隅に置いてるよ。それに、ゆかりんにはミート・イズ・マインがある。強い情熱が、そこにはあるだろ？　求められる、だけじゃなくて、求める、だってゆかりんを地上に繋ぎ止める強い力だよ」

そうなんですね、そうですね、うん。丸椅子に座ってチェストに背をもたせかけて天井を見上げる私の手を、アサヒが握った。病室は暖房が効いていて私には暑いほどだというのに、アサヒの手はさらっとしている。思えば二十歳を過ぎてから私の手を取ったのは、ライとアサヒだけだった。

「じゃあ、結婚する？」

「しません」

「したいなら、してもいいよ」

「全然したくないです」

「一生俺のこと好きにならなくても、俺はゆかりんを責めないよ」

「アサヒさん血迷ってますね。あるいは自暴自棄になってますね」

「俺もゆかりんのことは愛せないと思うけど、ゆかりんがもういいって言うまで側にいてあげることはできるよ」

「そういうとこ」

「そっか、こういうとこなのか」

　アサヒは苦笑して、これは？　とデザートのパイナップルを指差した。食べます、と呟いて二切れのうち一切れを食べると、お皿を返す。もうそろそろ面会時間も終わりだろうと時計を見上げ、椅子から立ち上がってスマホをバッグに突っ込む。

「じゃあ、行きます。退院の日、決まったんですか？」

「いや、後で先生が回診に来た時、決まると思う」

「土日なら付き添いますよ。平日なら、半休か時間休取って付き添います」

「何だよ付き添う気満々じゃん」

「アサヒさんが退院して離婚届出したら、一つロープが切れると思うんです。そういう時、誰かが側にいた方がいいのかなって思って」

「そういうことは言わない方が粋だよ。ゆかりんは何ていうか、やっぱダセえな」

　はいはい、じゃあまた明日か明後日お見舞い来ますねと言うと、私はアサヒに手を振って病室を出た。病院から一歩足を踏み出した瞬間、風が冷たくて身震いする。生まれて初めて「結婚する？」と男の人に言われたからだろうか、世界のコントラストが狂っているようで吐き気と悪寒が同時に襲ってくる。結婚て……と吐き捨てるように言うと、私は足を速めた。ラブホ街を通ると、たくさんのカップルとすれ違う。慣れ切った様子で「ここ狭かったよね」などと話しながら物色するカップル、ラブホ街を歩くことで相手の意思を窺っている様子の男女、どう見ても金銭の介在する関係っぽい男女、観光しているのか泊まるつもりなのかよく分からない旅行者っぽい男女。彼らに、幸福な未来は待っているのだろうか。歌舞伎町という土地柄かもしれないが、彼らの未来が明るいような気はしなかった。恋愛って、何なんでしょう、みんなみーんなこぞって恋愛するし恋愛を求めるけど、そんないいもんなんでしょうか、ねえライさん、ライさんは恋愛をしていた時幸せでしたか？　そんな質問を頭に思い浮かべながら、もっとライと話せば良かったと今更思う。ライの世界観を、全て私の中に取り入れてしまえば、ライがいなくても私はライと対話ができたのに。

　ラブホ街の外れまで来て、どうしようかな「寂寥」に寄ろうかなそれとも帰ろうかな帰って溜まっている録画でも見ようかなその方がいいよね最近人付き合いが多くて録画溜まりすぎだしと負債を返上するような気持ちで家の方向に向き直った瞬間、スマホが鳴って「また何か食べ物を取りに来いというオシンからの呼び出しか」と思ったら、表示されているのが登録していない電話番号であることに気づき胸が苦しくなる。ライが、どこかで死にそびれたライが、私に助けを求めているのではないか。そんな想像が一瞬で湧き上がり慌てて通話ボタンを押した私は、もしもしと言っても向こうが沈黙していることに焦燥を強める。

「ライさん？　ライさんですか？」

「もしもし、三ツ橋さんですか？」

聞こえてきたのは男の声で、「はい三ツ橋です」という言葉にバレないようにため息を込めて答える。

「鵠沼藤治と申します。少し前に母から三ツ橋さんの話を聞いて……」

「鵠沼藤治さん？　え、鵠沼藤治さん？」

「はい。ライに何かあったんですか？」

私は鵠沼藤治に、鵠沼藤治に会いに行ってから今までのことを全て勢いよく話し切る。そして不安そう&不審そうな彼に、私とライの出会いと、そこから続いた二人の生活のことをつらつらと話す。話しながら泣きそうになるけれど何とか堪える。様子からしてライの失踪について何も知らないのは分かっていたけど、もう鵠沼藤治からしか手がかりをもらえない気がして張り裂けそうだった。

「ライさんがどこにいるか、心当たりありませんか？　前の生活が戻ってこなくてもいいんです。会って伝えたいことがあるんです」

会って伝えたいこと？　それって何だろう。感謝の気持ち？　自分の意志で私から離れたライに感謝を伝えて何になる？　自分の浅はかさ、ドラマなどに影響されたかのような便利で安易で薄い台詞に嫌気が差す。

「心当たりはないです。どこにいるか、見当もつきません」

「鵠沼さん、もしライさんの居場所が分かったら、ライさんと会う気はありますか?」

「ありません」

「じゃあ、どうして私に電話をかけてきたんですか」

「今日は調子が良くて、話くらいだったらできるかもしれないと思って……」

「ライさんのことは心配じゃないんですか? 曲がりなりにも元恋人ですよね? ライさんに好きな人いるんですかって聞いたら、真っ先にあなたを挙げたんですよ?」

「ライが、遺体で発見されたりしてなくて良かった」

「縁起でもないこと言わないでくださいよ。でもライさんはいなくなったんですよ? 失踪したんですよ?」

「死ぬこと以外はかすり傷みたいな言葉、あるじゃないですか。死ぬ以外は大したことないっていう意味の」

「はあ」

「あれ、当事者以外の人にとっては、遺体で見つかるまではかすり傷、なんですよ。遺体で見つかるまで、残された人たちはきっとあの人はどこかで生きてると思える。まあ別に、遺体で見つかった後に、遺体は蠟《ろう》人形で、本当はまだ生きてると思い込むんでももちろんいいんですけど」

「はあ？」

「三ツ橋さんの中でライが生きてれば、それは生きているということです。ライのことは、特にこういう状況になってしまった今、物理的な存在ではなくて、概念とか、思想みたいなものとして捉えた方がいいんじゃないかと」

「鵠沼さんもなかなか難しい人ですね」

「日本の死の概念は、心肺停止イコール死といった、科学的な定義に凝り固まりすぎていると思うんです。日本では宗教的な概念が浸透していないからかもしれませんけど、死について自由な捉え方が許されていない空気がある。それどころか、葬儀に参列しないだけで非難されたりする。僕は死について考え続けた挙句、この世界では誰も死なないという認識にたどり着きました。だから、誰かが死んだと聞いても本当にその人が死んだとは思わない。僕の世界には死はなくて、むしろ、吸収に似たものと捉えています。死とは、何かに吸収されていくこと。煙になったり土になったりして、何かに溶け込んでいく。記憶として残った誰かの中に吸収されていく。死は存在せず、吸収だけがある。僕はそう考えています」

　この人といて、ライは心が楽になるような思いをしたのかもしれない。世間の定義に身を委ねない、そのことで苦しんだとしても、自分の直感に寄り添う生き方をしている彼と長い時間を過ごしながら、ライは影響を受け彼の存在をその身にしっかりと焼き付けていたのではないだろうか。だからこそ、今も好きだと鵠沼藤治について語っていた時、ライはあんなにも穏やかな表情をしていたのかもしれない。だとしたら、ライはすでに彼を「吸収」していたのかもしれない。ライが私に死ぬことを伝える時、便宜的に死ぬと言ってはいたものの、どこか違和感を持っていたのか、極力「消える」という言葉を多用していたことを思い出す。自分のことを死んでいるはずの存在、ではなく、消えているはずの存在、と話していたことも。

「鵠沼さん、一つ聞いていいですか？」

「はい」

「ライさんにとって恋愛って、何だったと思いますか？」

「ライにとって恋愛は」

言葉を切って考え込む間があって、何となく浅はかかつデリカシーに欠けた質問だったような気がして取り消そうかと思った瞬間「じっけん」という言葉が聞こえて

「え？」と聞き返す。

「実験だったんじゃないかと思います」

「実験……？」

「いろんなことを本気でやって、自分がこの世に存在する理由を見出《みいだ》そうとしていた。色々なことを試して、試すたびこの世に生きる価値がないことに気づいていく。そうい

うかくつも経てきた実験のうちの一つだったんじゃないかと」

　全身から力が抜け、少しずつ怒りが湧いて、それでも彼がその結論に至っているという事実には何一つ手を加えられなくて、私よりもずっと長く密な関係を持っていた彼がそう言うのだからそれはそうだったのかもしれないと一瞬で怒りは萎えてしまう。じゃあ例えば、ライにとって泥酔している腐女子を拾って同居するというのも、この世に生きる意味を探す実験だったのだろうか。だとしたら私もまた、ライの生きる意味にはなり得なかったということだ。冷徹な言葉に打ちのめされていくのを感じ、慌ててお礼を言うと、もし何かライさんのことが分かったら連絡してくださいと付け加えて私は電話を切った。彼の無気力で、人をいい気持ちにさせたり元気付けようとしない、一切人におもねらない言葉を聞いているうち、生きる気力を削《そ》がれてしまいそうだった。数分前まで会っていたのに、アサヒに会いたかった。アサヒに会って、犯罪者に投げつけられるカラーボールのような、強力な何かを頭から浴びてしまった自分を洗い流したかった。でも彼はライの好きな人なのだ。恐らく一緒にいて安らぎを感じた人なのだ。彼をおぞましい存在と切り捨てることは、ライを切り捨てることにならないだろうか。どう考えたって、ライは私やアサヒより、鵠沼藤治に共感する人間なのだ。

　カップルがラブホ前に立ち寄る用と思しき立地のコンビニにふらふらと足を踏み入れると、私はストロングのロング缶を一本買い、出てすぐにその場で一気飲みする。しっかりと最後の一滴まで飲み込むとコンビニ前のゴミ箱に缶を捨て足早に歩いて、小走りになって、終《しま》いには全力で走った。走りながら倍々に心拍数が上がっていくのが分かる。区役所近くの路上で私は自分から勢いよく、でも怪我をしないように転ぶ。倒れ込み、座り込んだまま泣く。私は今、自分が何を考えているのかよく分からない。こんなことは初めてで、私は怖くなる。私はここで死ぬのかもしれない。そんなライに拾われたシチュエーションを同じ場所で再現してみてもライはやって来なかったし、道の端で立ちションをするおじさんのせいでおしっこが迫ってくるというのっぴきならない理由で慌てて立ち上がり、ライと出会った場所に未練を残したままストロングのせいで冷え切った体を無理やり動かし家に向かった。最低だった。「実験」という鵠沼藤治の言葉の響きは冷たく、しかもそれが何かを隠すための嘘のようには感じられなかった。でもライにとってあの言葉は冷たくはないのかもしれないと思ったら、自分のライに対する理解できなさ、ライに近づけなさが苦しくて涙が出た。帰宅すると家中をライがいないことを確認して回って、泣き続けた。こんな夜に限って、誰も連絡一つよこさなかった。

はーいかんぱーい。オシンの声が響き、グラスが合わさる。ローテーブルの上に設置された無煙ロースターはオシンからのプレゼントだ。何も用意しなくていいからと言われ待っていたら、オシンがロースターと焼肉の材料を、ユキが両手のコンビニ袋にウィスキーと炭酸水とチューハイとビールとワインを目いっぱい、アサヒがスナック菓子やつまみ類、パーティグッズをドンキで買い込んできた。「死の淵《ふち》から生還！」と書かれた金ピカのタスキをかけてやって来たアサヒを見た私たちの間では、「まあ死の淵って言ってもギリギリ誇大広告ではないわね」「いや死の淵は大袈裟《おおげさ》でしょ」「いや、刺されたのが死の淵じゃなかったら何が死の淵ですか」と死の淵談議が巻き起こり、「いや俺はまじで死後の世界を垣間《かいま》見《み》てきたんだって！」とアサヒも参入してやいやいしながら焼肉の準備は進められた。

「えっすごい、えっこんなに？　こんな素敵なお肉たちを食していいんですか？　こんなメンツと出会うなら正装しておくべきでした」

「近所の焼肉屋の店主がうちの常連でね、オススメ部位を卸値で売ってくれたのよ。もちろんトモサンカクもあるわよ。タン、ロース、中落ちカルビ、ヒレ、シンシン、ハラミ、マルチョウ、レバー、ミノ、あと焼肉屋のおっちゃんも仕入れたことないって言ってた由嘉里御所望のウルテも仕入れてもらったわよ。希少部位だから手に入るかどうか分かんないって言ってたんだけど、おっちゃん入手できたぞって大喜びで、ネットで食べ方調べて切れ込みまで入れてくれたのよ」

「生きてて良かった。こんなところで私の推しカプの邂逅《かいこう》に立ち会えるなんて感涙です」

並べられた肉たちの撮影会を繰り広げると、やっぱりちょっとスウェットではという気になって寝室で一張羅のワンピースに着替える。生肉を前にしてそれぞれの部位の特徴を説明していると、三人に煙たがられもう焼くぞと途中でぶった切られてしまった。

どうしようもなく美味しい肉にがっついていると、あんたたち野菜も食べなさいとオシンが育成した野菜を私たちの小皿に載せてくれる。ほらサンチュもあるわよ、辛味噌ももらったやつだから美味しいわよきっと、とオシンはお母さんのようにぐいぐい迫る。無煙ロースターとはいえやっぱり無煙ではなく、しばらくすると部屋中が煙くなり私たちは窓を全開、キッチンの換気扇を強にし、それでも煙がこもるため玄関のドアも靴を挟んで開け放し、毛布やコートを体に巻き付けながら肉を焼き続けた。もはや皆、血眼で肉を焼く動物、肉を食らう動物、肉を美味しく食べたいという本能に全身全霊を捧げる貪欲な動物だった。一通りタンと正肉を食らうと私たちは飢餓状態から脱した動物となり、じっくりとホルモンを焼き付けていく。というか、もはやお腹はかなりいっぱいで、お腹いっぱいだけど美味い肉が目の前にある限り食べ続けたいという欲望に踊らされる悲しき動物となっていた。

「ちょっと前から薄々気がついてたんだけど、私はもうお腹がいっぱい」

ホルモンを大量に残して、少し前から箸の動きが鈍っていたユキがそう言い残して離脱。「ユキに言われて、私ももうお腹がはち切れそうだって気づいたわ。ちなみにあんたたち気づいてないかもしれないけど、あんたたちも絶対にお腹いっぱいよ」と間を置かずにオシンも離脱。私とアサヒは「え私全然平気ですけど?」「肉を残すって言葉は俺の辞書にないけど?」と目力強く突っぱねホルモンを食べ続けていたけれど、ハラミレバーミノを残して力尽きる。

「ウルテ、初めて食べましたけど本当に硬かったですね」

「な。口ん中めっちゃグリグリしたよ。正直硬すぎて味よく分かんなかったよな」

「一頭五百グラムしか取れない希少部位ですよ! 有り難き幸せです!」

「すごいよな! だって一頭五百グラムってことは、牛一頭買っても五百グラムしか食べられないってことだもんな」

そりゃそうねとオシンが笑う。

「でも生きてりゃまたいつか食えるよ。ゆかりんがさ、トモサンとウルテ求めてる限り、いつか食えるんだよ。ライにもさ、会いたいって気持ち持ってればきっといつか会えるよ」

「まあ究極、会えなくてもいいんですよ。いや寂しいけど。まだ普通に泣くけど。でも、会えない人を熱烈に愛して思い続ける才能が、私にはあるんです。ライさんは自分が消失しているべきだっていう希求を持つ資質を神から与えられたギフトだって称しましたけど、私には、二次元、二・五次元、そして消えてしまった思い人を温かい気持ちで思い続けられるギフトが与えられてるんです。私は自分がこのギフトを持って生まれたことに心から感謝しています」

いいじゃない、素敵じゃない、とオシンが孫を見守るような目で言いながらマッコリを皆のコップに注ぎ足していく。

「もともと、二・五次元みたいな人でした。何を考えてるかよく分からなくて、すぐそこにいてもそこにいる感じがあんまりしなくて、ふわふわしてて、ライさんを見てる時、テレビを見てるみたいだったし、ライさんと話してる時も、テレビの中の人と話してるみたいだった。出会った瞬間から憧れの人でした。彼女の世界線に生きたいって、ずっと願ってました」

最初は宣誓のような口調で話し始めたのに、少しずつ口元が乱れ、言葉に詰まり、私の目には涙が浮かんだ。

「会いたい」

口がへの字になって、顎にくちゃくちゃに皺が寄っているであろう顔で、私は本音を漏らす。会いたかった。すぐそこにいたのに、私はどうしてもっと彼女の存在を近くに感じようとしなかったのだろう。あんなにも普通に、彼女の存在を当たり前と思っていたのだろう。彼女が存在して私のすぐ側にいたのは奇跡だったのに。もうまるでお笑いの天井のように、オシンが私を抱きしめ、アサヒが私の手を握る。何だこの茶番。とユキが吐き捨てるように言って、ハイボールを作り始めた。

さて洗い物でもしますかというオシンの掛け声で、私たちはゆるゆると立ち上がる。あんた水切りカゴくらい買いなさいよいつもどうやって洗い物してんの？　と言うオシンに、普段こんな洗い物が出ることないですもんと言い訳する。油っぽくなった床でツルツル滑って遊ぶアサヒとユキに、やめてくださいこんなことで怪我でもされたらたまりませんと声を上げるけれど、玄関から走ってリビングでスライディングしてどちらが綺麗なスライディングをできるか競争し始めたからもう無視することにした。

「俺さっきドンキで人狼《じんろう》ゲーム買ってきたから皆でやろうぜー」

「ウノはないのウノ？　私人狼ゲームのルールいくら説明されても理解できないのよ」

「あ、私ウノ持ってますよ。ライさんとやろうかなーと思ってある時ドンキで買ってきたんですよ……。まあ一度もやりませんでしたけど」

皆が一瞬じっと私の顔を見つめてからそれぞれ顔を見合わせるから、何ですか今の間、と眉を顰めると三人が「また泣くかと……」と口々に言う。泣きませんよと嘯《うそぶ》くけれど本当は少し泣きそうだった。ウノ？　ウノねえ……と気のない返事をするライを、もっと目いっぱい鼓舞して二人ウノをやれば良かった。

「人狼ゲームは口で説明しても分かんねえよ。とりあえず何回かやれば分かるからやってみようぜ」

「口で説明して分かんないものがやって分かるわけないでしょ。私はプラグマティズムが嫌い。物事は全て理論に基づいて認識されるべきだよ」

「は？　プラズマ？　元気玉みたいな話？　ユキってたまに訳分かんねえこと言うよな」

プラグマティズムが何なのかは分からないけれど、多分訳が分かっていないのはアサヒの方だ。結局人狼ゲーム未体験のオシンとユキは散々ルール説明を強要し、説明が下手なアサヒを私がフォローしたものの「やっぱり分かんないわそんな訳の分かんないゲームできないわよ」と言うオシンと「あまりに破綻が多すぎてとてもそんなゲームが成立するとは思えない」と言い張るユキのせいで結局ウノをやることになったけれど、一時間もするとアサヒとユキが飽きたと言い出し離脱してまたスライディングを始めた。オシンと向かい合ってウノをやりながら「深夜の二時に室内でスライディングしてたらさすがに苦情きませんかね？　ここ私の名義になったばっかりなのに」と嘆く。

「大丈夫よ。新宿だし、連日でなければ見逃してもらえるわ」

「新宿だからって無法地帯というわけではないですよ」

「でも新宿って、他の場所よりも悲しさとか寂しさ、っていうか、孤独が分かる人が住んでるような気がするわ。何となくだけど、うちで飲んだあとこれから世田谷《せたがや》に帰るって言う人と、この辺に帰っていく人たちの温度って違うのよ」

「それは、そうかもしれませんね」

私は、世田谷在住の副支店長と課長の顔を思い浮かべながらそう答える。彼らには守るべき家族、家庭がある。結局そんなの私のバイアスで、もしかしたら彼らはとっくに離婚していたり、子供の親権を喪失していたりするのかもしれないし、円満な家庭やお金があったとしても越えられない孤独に苦しみ続けているのかもしれないけれど。それでも、もし世界に副支店長か課長のどちらかと二人きりになったとしても、私は今の悲しみや寂しさについて一言も漏らしはしないだろう。

「良かったわね。ここに住み続けられて」

「はい。不動産屋の人がめちゃくちゃ適当な人で助かりました」

「いいんじゃない？　私恋人とか好きな人に振られた奴らにも同じこと言ってるのよ、新しい人生を見据えてとか、気持ちを切り替えてとか、そんなの馬鹿らしいって。気の済むまで泣き喚いて大騒ぎしてジタバタしてればいいって。しがみつきたいだけしがみつけばいいし、すがりたいだけすがればいい。あんたも気が済むまで、未練がましくここに居続ければいいわ。ライからの置き金もあるんだし」

家賃十六万管理費六千円也のマンションを契約するにあたって、生まれて初めて五十万以上のまとまったお金を振り込んだ。振り込みの文字をタップする時、目がチカチカした。さすがに私の月給で十六万六千円を支払い続けるのは無理ゲーすぎるため、ライの置いていったお金から月五万ずつ支払わせてもらうことにした。つまり、実質私の支払う家賃は十一万六千円。それでもまあまあきついのだが、それはもう仕方ないので毎月のオタ活費を削ることにした。なりふり構わず推しに課金してきた私にとって痛手ではあったけれど、考えてみればこんなこと大学入学や就職と同時に実家を出た組はとうの昔から行っている倹約であって、二十七にして初めて賃貸契約を結び完全自活する運びとなった私は脛齧《すねかじ》りストのキングオブ甘ったれだという感想しかない。ライが置いていったのは三百万、月五万ずつ支払っても五年はもつ。五年後どうするかは分からないけれど、その頃には昇給してるかもしれないし、もしかしたらライが戻ってるかもしれないし、私自身がここを出ていけるメンタルになっているかもしれない。分からないけれど、少なくとも私は五年ここでライのいない世界を生きるリハビリをする環境を手に入れたと言える。ライが戻ってきてもハッピーだし、リハビリしてライのいない世界を生きれるようになってもハッピーだし、立ち直れずハッピーとは言えない日々を送ったとしても、ここにいればアサヒとオシンとユキが近くにいるから何とかかんとか一日一日をやり過ごせるような気がする。

アサヒとユキがあまりにもしつこくやれやれ言うものだから、私とオシンもスライディングをする羽目になって、さらにはスライディングの果てに少年漫画の登場人物のキモい決めポーズを誰が一番うまく真似《まね》できるかという珍妙なゲームにも参加する羽目になり、皆明日の朝起きて足に痣ができてるのを見つけてうんざりするだろうなと予想しつつ、生来のオタク気質が祟《たた》りアサヒとユキの決めポーズ撮影に意外にテンションが上がってしまう自分を疎ましく思いつつむしろ積極的に滑り続ける。ライがいればとも思うけれど、これはこれで、ライがいなくなったことで実現した今なのだと思う。私の心の中にはずっとライがいて、ライが光を与えてくれることもあれば影を落とすこともあって、こうしてただただしんとした現実を教えてくれることもある。鵠沼藤治が言ったように、ライは私の中で一つの概念になりつつあるのを、最近少し実感する。

目が覚めると私はオシンと一緒にベッドに入っていて、そういえば前もアサヒとこんな状況になったことがあったなと思いながら、私は劇的とも言える喉の渇きを潤すためベッドから立ち上がろうとして床に寝転がっていたユキを蹴ってしまう。大丈夫よ女三人余裕で寝れるサイズだから、と言うオシンを無視して「どうしても人とは寝れない」と言い残したユキが毛布一枚で床に寝転がったのを思い出す。眠気でふらふらしながら微動だにしないユキの寝息を一応確認してからリビングに出ると、アサヒが自分のコートを被ってソファに寝ていた。二リットルのペットボトルから一気に水を飲み込むと、焼肉の濃い味とアルコールに焼かれた喉が一瞬潤うもののすぐにじりじりとした不快感が戻ってくる。何度か水を流し込んだ後諦めてよたよたと窓際に向かい、十五階の窓から見える景色を前に立ち竦む。朝六時の空は明るみ始めたばかりで、見ているだけで外の空気に触れたような寒々しさが襲ってきて鳥肌が立つ。この寒空の下、ライは誰とどこにいるのか、一人かもしれないし、私の知らない場所かもしれないし、暖かいところにいるのか寒いところにいるのかも分からない、生きているのか死んでいるのかも。それでも、生きていても死んでいても彼女の存在を祝福したい気分だった。すごく刺さる本を読んだ時その著者がすでに死んでいても悲しくならないし、推しがストーリー内で死を遂げたらトラウマになるけれどそれでも彼は心の中に存在し続けるし好きな気持ちは変わらない。死んだ著者も、ストーリー内で死を余儀なくされた推しも、死んでいるか生きているか分からないライも、概念として私の中に生き続けていてそれは変わらない事実なのだ。ライは、私にライという概念を教えてくれた。きっと私がこの考えに至っているのも、ライという概念をこの身に取り込んだからに違いない。ライは自分のことを好きで仕方ない人、どうやってもライを求めてしまう人に対して、ライがいない世界を生きるための抗体も与えていったのだ。それって自分に都合のいい考えでしかないじゃんライの幸福はどうなるの？　私だけが納得して完結してるだけじゃないの？　ってこの結論に至りかけた時からずっと考えてきたけど、結局関係性っていうのはいつも一方通行だ。いつも自分がいる。ここにいる。そしてそれぞれの自分が走っていく。ビユンビュン飛ばしていく人もいれば蛇行する人もいて、そして誰かと誰かがたまにぶつかる。ぶつかって跳ね返るかそこで炎上するかめり込んで一つの車になるか、それはその二つの自分の走行の仕方、ぶつかり方、そこでアクセルを踏むかブレーキを踏むか、双方の瞬間瞬間の判断によってしか決まらない。私たちはそういう、自分本位でしかなくて、それでも、いやだからこそ互いに自分たち同士でぶつかっていくしかない人生を生きている。誰かとぶつかって怪我しても膿《う》んでも反目しても喧嘩しても結びついても絡まり合っても溶け合っても溶け合った後分裂しても、結局究極この自分と生きていくしかない。どんなにくっついたとしても人は自分の人生しか生きられないのだ。でも全ての人が自分の人生しか生きられないからこそ、私たちは他人を、愛する人を包み込みその人が物理的にいなくなったとしてもその人の目を通して世界を見て、その人と共鳴しながら生きていくことができるのかもしれない。強がりでも逆張りでもなく本当に、そんな幸せは他にないのかもしれない。私はそこまで考えると目に涙が滲んでいることに気づき指先で拭う。ポケットの中のスマホを取り出し、窓の外に向ける。カシャと小さな音をたてたスマホには明るみ始めた新宿一丁目から南西に見える景色が保存された。

「ライに送んの？」

いつの間にかソファで上半身を起こしていたアサヒを振り返ると「コンタクトしたま

ま寝ちった」とコンタクトをずらす仕草をする。

「出ていった時からもうずっと既読つかないんですよ」

「そっか」

「だからインスタとXに載せます。ここからの景色を、毎朝由嘉里って名前で載せ続けるんです」

「それセキュリティ的にヤバくない？」

「私に執着する人間がこの世に存在するわけないじゃないですか」

「それは分からないよ。ライだって、ゆかりんに執着したからここに連れてきて、一緒に住んだ」

「ライさんが私に執着か、相変わらずアサヒさんは斬新な意見を提示してくれますね」

「俺だってゆかりんに執着してるよ」

「執着ってどういう意味か知ってますか？」

「何でかは分かんないけどなんか離れらんないってことだよ」

「それはもしかしたら、私の中にライさんがいるからかもしれませんね」

「そうなの？」

「はい。ユキさんもオシンさんも、私の中にライさんを感じていて、だから離れられなくなってるのかも」

「ライの混じったゆかりんか。それはちょっと興味をそそられるな」

「それは良かったです」

振り返っていた顔を、また窓の方に向ける。Yukariatshinjukuという名前で作ったアカウントで「#lailalai #M・I・M #ハイボール #asapinchos #yuki #大塚 #slidinglikeJOJO #UNOしました」とハッシュタグをつけて画像を投稿する。

「え、フォロワーゼロじゃん」

いつの間にか後ろから覗き込んでいたアサヒが眉を顰めて言って、私は慌てて画面を隠す。

「昨日作ったばっかりだからです。これから増えるんです」

「仕方ねえなフォロワー二万人の俺がフォローしてやんよ。全部の投稿にいいねしてやんよ」

「アサヒさんそんなフォロワーいるんですか？　いやいいですなんか怖いんでフォローしないでください」

「拡散してライに届けたいんだろ？　遠慮すんなって」

「いやいや、拡散しなくていいんです。いつかライさんが私の名前で検索してみようかなって思った時に、もしヒットして目に入ったらいいなあっていう、ここからの景色を懐かしく眺めてくれたらいいなあっていう、そういうそこにあるだけの灯台のような慎ましいアカウントなんです」

だとしてもフォロワーゼロだったら届かないかもしんないだろ？　とアサヒがスマホを操作して、すぐに私のスマホには新規フォロワー獲得の通知がきた。

「アサヒさんの彼女だと思われて今度は私が刺される結果とかになんないですかね？」

「大丈夫だよ俺何百人も女の人フォローしてるから」

もしなんかあったら一生恨みますよまあ恨めたらの話ですけど……とぶつくさ言っていると冷蔵庫に缶を取りに行ったアサヒに渡され、起きたばかりだというのにレモンサワーのプルタブを引き上げる。少しずつ明るんでいく街を見つめ、朝起きて出勤の支度をしながら、ソファでまだ寝ているライをチラチラと見やっていた時のことを思い出して涙がこみ上げてくる。このライとの思い出の場所で、推したちの尊さに日々癒され力をもらい、アサヒたちとの物理的なご飯やお酒の席を経ながら、私は生きていく。それはそれで、一つの完成された生活だ。ライの消失は、私にとってもさほど悲しいことではないと強がりではなく思える日が、分かり合えない未知の存在だったライが私の中にきちんと根付くその日がいつかくるかもしれないし、もしこなかったとしても、それは私とライの必然的な在り方なのだと心から言い切れる日がいつかはくるだろう。いや、こなかったとしても、それでいいような気が、今はするのだ。

「ライがこのアカウント見つけたら、ちょっと、クスってくらい笑うんじゃねえかな」

「笑ってくれたらいいな」

鼻で笑うような、口を歪ませたライの笑みが脳裏に蘇って閉口する。そうじゃなくてもいい、もうどこにもいなくて、ライがすでにこの世から消えてても、この私の手からデータが発信されること自体が祈りで、その祈りはライのためでも私のためでもなく何者のためでもない、この世に存在する全ての分かり合えないもの同士の関係への祈りなんだ、と頭の中で続ける。毎朝、私の起床と共に発信されていく画像は、分かり合えない人を愛してしまった全ての人、分かり合えない人に愛されてしまった全ての人、そして彼らの関係性に抱く愛しさの具現化だ。

「お、そろそろスタバが開く時間だからフラペチーノ飲みに行こうぜ」

「私上下超絶スウェットなんですけど」

「着飾ったゆかりんなんて誰も期待してないよ。大丈夫」

ディスりの込められた大丈夫に、ほっとする。ダークモカチップフラペチーノをベンティのホイップ追加シロップ追加で奢ってくれるならいいですけどとふっかけると、チョコレートチャンクスコーンも買ってあげようとアサヒは気前のいいことを言いながら立ち上がった。じゃあ、イングリッシュマフィンも頼んでいいですか？　とアサヒを試すようなことを言いながら、ラーメン屋でチャーシューを食べてもいいかとライを試すようなことを言ったのを思い出してまた涙ぐむ。こんなことを繰り返して、非実在や実在の誰かを深く愛し続けながら、私は図太く生きていくのだろう。ライを思うと胸が熱くなるのは、ライがいないからではなく、ライがそこにいるからだ。そんなことを考えながらほらほらとアサヒに手を取られ、私は超絶スウェットのまま家を飛び出し、爆発的エネルギー摂取に向かう。

解　説――自分の言葉でしか世界に出会えない

ゆっきゅん

我を忘れてのたうち回ったり泣き喚《わめ》いたりできる、金原ひとみさんの小説に主人公として出てくるような女性に憧れがある。という点で私は『ミーツ・ザ・ワールド』の由嘉里と共通している。自分のこの客観性とか妙な冷静さをときどきかなぐり捨てられたらと思う。私の中の暴走はいつも、誰かにぶつけることがなく、心と頭の中で終わらせられる程度のものだ。いつも色んなことを感じて考えて言葉は止まらないけれど、突撃しない。喧嘩《けんか》もできない。しにてー笑とか言う時はあるけど、どう見ても死にそうにない。自分ののたうち回れなさを受け入れて生きている。だから金原さんの作品が好きで、金原さんの描く人物が愛《いと》おしくて、そういう友人も多くて、でもだからこそ、自分のような人は登場しないと思っていたのだった。この小説に出会うまでは。

『ミーツ・ザ・ワールド』以前の金原さんならきっと、鹿野ライの一人称で小説を書いただろう。鹿野ライは自身のことを「消えているのが私の本当の姿」だと言い「もうすぐ死ぬ」つもりでいる歌舞伎町《かぶきちょう》のキャバ嬢である。ライが道端で助けたのが三ツ橋由嘉里という実家暮らしの銀行員の腐女子だ。この小説は由嘉里の一人称で書かれている。ライに死なないでほしいと半ば無邪気に願わずにいられない、希死念慮への理解に断絶がある由嘉里が主人公なのだ。つまり金原さんはここで、今まで描いてきたような性格や思考の人間と距離がある人物の内省を、詳細に描くことに取り組んだ。精神的に遠い存在へ、初めて手を伸ばしたとも言えるだろう。

その後の著作は〝陽キャ〟の女子中学生を主人公にした『腹を空かせた勇者ども』や、ウルトラノーマルな人々のバイト交流を描いた『ハジケテマザレ』、そして中年版『ミーツ・ザ・ワールド』とも言えるであろう、ルーティン中年事務職の女性とホスクラ通いの型破りな若い編集者との出会いで始まる『ナチュラルボーンチキン』……といったように、金原作品の小説の語り手がこの作品を機に変わっている。今がそういう時期というだけなのかもしれないけれども、やはり、『ミーツ・ザ・ワールド』はその意味で金原さんの転換点だ。世界は広がり、明るく開かれた。要するに、私が初めてマジで感情移入できる人が主人公だったって、ことです。この解説まで読んでくれている稀有《けう》な私の知り合いがいたらわかると思うけど、ゆっきゅんは由嘉里みたいなダサいところあるじゃないですか。あるんだよ。

由嘉里は「ミート・イズ・マイン」という焼き肉の部位を擬人化した漫画を愛している。共通の趣味を持つ腐友以外には自分が腐女子であることを公言せずにつつましく生きていたが、人生二回目の合コンで同僚から自分が腐女子であることをバラされ、惨めな思いで酔いつぶれて、歌舞伎町で歩けなくなり地面に座り込んでいたところを、見知らぬ美しい女性ライに「救急車呼んだ方がいい感じ？」と話しかけられる。そこから二人の同居と友情がはじまる。未知の夜の世界で働き、理解を超えた思考を持つライに由嘉里は惹《ひ》かれ、憧れ、もっと知りたくなる。ライの周りにいるホストのアサヒや小説家のユキとの交流、それぞれの複雑な人生に触れることによって、由嘉里はもうすぐ死んでしまうかもしれないライのためにできることを模索して行動に移していくが、ライは結局姿を消してしまう。

　由嘉里はライと出会うまでの人生において、恋愛の経験もなく、「ミート・イズ・マイン」をはじめとするアニメや漫画の世界に没頭してきた。そんな由嘉里が自分の世界を飛び出した場所で出会ったのがライやアサヒだ。今まで出会うはずのなかった存在。作中でアサヒが「俺もいわば二・五次元の男だから」と言うように、彼らはホストクラブやキャバクラで時にベールを被《かぶ》って客の望む人物像を演じるフィクショナルな存在でもあった。偏見を持たれやすい職業の彼らが、個人としてこれまでを生きてきて今を生きている様を目の当たりにすることによって、由嘉里は自身のステレオタイプを崩されていく。終盤で由嘉里は、ついにいなくなってしまったライを振り返って、「もともと、二・五次元みたいな人でした」「ライさんを見てる時、テレビを見てるみたいだった」

と言う。ライに惹かれたのは、その浮世離れした美しさ、さらに人間離れした執着のなさに心を奪われてしまったからだ。

こうして由嘉里は段階を踏むかのように二次元から二・五次元性のある存在との出会いを経て、〝生身の人間〟と対峙《たいじ》することになる。自分にとって大切な人間が、理解のできない、ケアの及ばない世界を心に抱えている。さらにその世界は苦しみに満ちたもののように見える。何もしてあげられない無力な現実に打ちのめされながらも、大事にしたい他者とどう向き合って生きていくのか、どこまでも自分ではない相手のために何かしてあげることはできるのか。この命題を自分の言葉で模索することによって、閉じこもっていたシェルターから生身の人間のいる場所へと飛び出してゆく。人はそれぞれ、自分の世界を生きている。これは、由嘉里が初めて他人の世界を知り、さらに己の人生と出会い直す、そんな物語なのだ。

由嘉里はライと同居することが決まった時、「初めて恋愛をした人が感じるとしたら、こんな高揚感なのではないだろうか」と内省した。由嘉里は別にライと交際したいと思ったわけではないし、ましてや性的な関係を結びたいと思ったわけでもなく、ただ自分の感覚を正確に言葉にしただけだろう。これはすごくよくわかる。由嘉里はライへの感情がどんな輪郭を持つかということを考えない。関係性に名前をつけたり、規定したりすることは全く重要なことではない。なんか名前のつく前の曖昧なもの……とかですらなくて、そんな暇がなかったんだと思う。ライにもそういった関心がなかっただろうし。この気持ちは何？　という問いよりも速く、感情や思考は溢《あふ》れて言葉になり、みるみるうちに更新されてゆくのだった。

由嘉里は現在の感情を言葉にする能力を持っていて、少なくとも心の中では多弁な人間だ。どうして言葉が必要なのか。それは、ライが由嘉里にとって理解のできない心の在り方で生きている相手だったからであると同時に、でも、そんなライのことが大好きだったからだ。

ライは出会った時から、「私死ぬよ」と言い「私にはこの世から消えるための高度な才能が与えられてる」「私のあるべき姿は消えてる状態」と由嘉里に語った。苦しくて悲しくて死んでしまいたい的希死念慮でもなく、自分は消えている状態が自然であるのだと。由嘉里はライに死んでほしくない、生きていてほしいと思って、質問も説得もしたけれど、これはライの中では変わりようのない事実だった。ここには大きな断絶がある。友情にはさまざまな形があって、共感によって繋《つな》がる連帯もあれば、誰かが何かをしてくれたことが支えとなって成立したり継続したりする関係もあるけれど、二人の友情はどちらとも違っていた。もちろん出会いはライが由嘉里を助けてあげたことに始まるけれど、助けてくれたからとか、部屋に住まわせてくれたからとか、部屋を片付けてくれたからとか、ギブ&テイク的なことは単なる出来事に過ぎない。ライが何をしてくれなくてもよかった、まあ本当は、生きていてくれさえすれば、よかった。由嘉里はライのことが好きで、大切に思うからこそ、その〝わからなさ〟はどんどん大きくなり、「どうして?」という問いの連続に自分の言葉で必死に追いつこうとしたのだ。だから言葉を尽くすしかなかった。理解したくて必死に考えて、寄り添いたいと願って、何かできることはないのかと懸命に奔走した。

理解の範疇《はんちゅう》を超えた新しいものや人が目の前に現れて、その理由や真実を知りたくて、奥の方へと手を伸ばす時、いつもその先に易しい答えになるような言葉は用意されていない。他者自身にとって納得のいく文言が存在しているとしても、それは他人の世界の言語で、腑《ふ》に落ちるとは限らない。由嘉里の側からライの抱える深淵《しんえん》を見ようとしても、せいぜい空っぽの部屋、大きな空洞、底の見えない暗闇のようなものしか見えないのだ。誰も教えてくれない。結局、自分の心を通した言葉でしかその空洞を埋めることはできない。あなたと一緒に生きてみたい。でも、あなたの世界で生きられない。だから私は私のこれまでの世界を広げながら、私の言語であなたの世界に少しずつ近づいていく。それしかできないし、それすら体力のいることだけど、由嘉里は果敢に、気が済むまでやり切ろうとした。

それでもやっぱり、ライは二人の暮らす部屋から姿を消してしまった。ライに会いたい。オタクで腐女子だからきっと二次創作的なセンスも由嘉里には豊かにあった気がする。たとえばアサヒならこんな時こう言うだろうとか、母親はこう考えるだろうとか、そういう想像力は二次創作に近い部分がある。でもライにだけはそれを適用できなかった。己の想像力の限界の外に存在しているのがライだったからだ。ライが由嘉里の前からいなくなると、ライの新しい言葉や声はもう、聞こえなくなってしまった。ライは自分の中で生き続けるけれど、ライが自分の中で何かを発言することはない。そんなことはさせられないよね。誰よりも大切に思ったライを、自分のわかるキャパに収めて、納得して安心したり、都合よく解釈したりしたくないから。由嘉里はどこまでも誠実だ。

あまりにも圧倒的な美しさや大切さを目の前にすると、大事なこととどうでもいいことの区別がはっきりつくような感覚になることがある。由嘉里がライと出会った時も、そんな感じだったんじゃないかと思う。それは少ない荷物で遠くへ旅に出る時ともどこか似ている。そこから自分のもともとの居場所へ帰ってきた時、いかに自分がしょうもないことを気にしていたかわかる。不要なものがはっきり見えるのだ。だから、由嘉里はライと共に生きた期間を終えて、一人の会社員としての生活に戻った時、今の自分にとって必要がない合コンの誘いを「見たいアニメがある」という正直な理由で断る。かっこいい。由嘉里は自分の言葉でライの世界とどうにか向き合ってみる経験、つまり誰にも流されることなく自分の聖域を存在させている人間たちとの出会いを通して、その先で、ちゃんと、誰にも侵犯させることのない自分の世界を卑下することなく手に入れたのだ。

由嘉里の視点で読むうちに、私の前からライのようにいなくなってしまった友人のことを思い出していた。あの時、心の交流があった。私に秘密を話してくれた。自分に何かができたんじゃないか？　とまで思ったことはないけれど、会いたい、とよく思っているし、その喪失をどう受け止めて生きていけばいいのかずっとわからないままでいた。でも『ミーツ・ザ・ワールド』を読んだことで、忘れる必要もなければ、自分の気持ちをわかりやすく整理する必要もないのだと思えた。私がここで生きているのと同じような自然な感覚で、あの人は死を選んでしまったのかもしれない。人は抱えきれないほどの過去の記憶と一緒に生きている。だから、あなたがここにいなくても、いなくなった人とも、私は一緒に生きているのだ。

あと、ひとつ由嘉里に言いたいのは、由嘉里は自分にとってのライの存在の大きさをいつも考えていたと思うけど、ライの人生にも由嘉里は登場していたんだよってこと。ライは最後に由嘉里と出会えて楽しかったと思う、幸せだったはず。私の周りにいるライみたいな友人はそう教えてくれたよ。これはただの願いかもしれないけど、絶対そうだったと思うから、由嘉里がいつかそう実感してくれるといいな。

（ゆっきゅん　ＤＩＶＡ）

第三十五回柴田錬三郎賞受賞作

本書は、二〇二二年一月、集英社より刊行されました。

初出
「SPUR」二〇一八年十二月号～二〇二一年九月号

金原ひとみの本

パリの砂漠、東京の蜃気楼

幼い娘たちと始めたパリでの母子生活。フェスと仕事に混迷する、帰国後の東京での毎日。二つの対照的な都市を舞台に、生きることに手を伸ばし続けた日々を綴る、著者初のエッセイ集。

集英社文庫

金原ひとみの本

アタラクシア

望んで結婚したはずなのに、どうしてこんなに苦しいのだろう——。ままならない結婚生活に救いを求めてもがく男女を、圧倒的熱量で描き切る。第5回渡辺淳一文学賞受賞作。

集英社文庫

金原ひとみの本

持たざる者

震災、死別、家庭環境の変化。ある日突然、日常は歪む。人はそれをいかに受けて生きていくのか。立場の違う四人の葛藤を描くことで現代社会の風潮を照射した傑作小説。

金原ひとみの本

オートフィクション

22歳の作家が、自分の過去を題材に小説を書き始めた。小説は現在から過去へと遡り15歳へ。過去は彼女の何を変えたのか。彼女は過去の何を変えたのか。渾身の異色作。

集英社文庫

金原ひとみの本

アッシュベイビー

好きです。大好きです。だから、お願い。私を殺してください——。主人公アヤの歪んだ純愛は、存在のすべてを賭けて疾走する。欲望の極限にせまる、衝撃的な恋愛小説。

集英社文庫

金原ひとみの本

蛇にピアス

蛇のように舌を二つに割るスプリットタンに魅せられたルイは舌ピアスを入れ、身体改造にのめり込む。第27回すばる文学賞と第130回芥川賞を受賞した、鮮烈なデビュー作。

集英社文庫

ミーツ・ザ・ワールド

2025年1月30日　第1刷　　定価はカバーに表示してあります。

著　者　金原《かねはら》ひとみ

発行者　樋口尚也

発行所　株式会社 集英社

東京都千代田区一ツ橋2-5-10　〒101-8050

電話　【編集部】03-3230-6095

【読者係】03-3230-6080

【販売部】03-3230-6393（書店専用）

印　刷　大日本印刷株式会社

製　本　大日本印刷株式会社

フォーマットデザイン　アリヤマデザインストア　　マークデザイン　居山浩二

ISBN978-4-08-744730-9 C0193